마지막
콜사인

1

마지막 콜사인 1

지은이 | 윤천수

1판 1쇄 펴낸날 | 2013년 2월 15일

펴낸이 | 이주명
편집 | 문나영
출력 | 문형사
종이 | 화인페이퍼
인쇄 · 제본 | 한영문화사

펴낸곳 | 필맥
출판등록 제300-2003-63호
주소 | 서울시 서대문구 충정로2가 184-4 경기빌딩 606호
이메일 | philmac@philmac.co.kr
홈페이지 | www.philmac.co.kr
전화 | 02-392-4491
팩스 | 02-392-4492

ISBN 978-89-97751-13-6 (세트)
ISBN 978-89-97751-14-3 (04810)

* 잘못된 책은 바꾸어 드립니다.
* 값은 뒤표지에 있습니다.

이도서의 국립중앙도서관 출판시도서목록(CIP)은 e-CIP 홈페이지(http//www.nl.go.kr/cip.php)에서
이용하실 수 있습니다.(CIP제어번호: CIP2013000603)

마지막 콜사인 ;

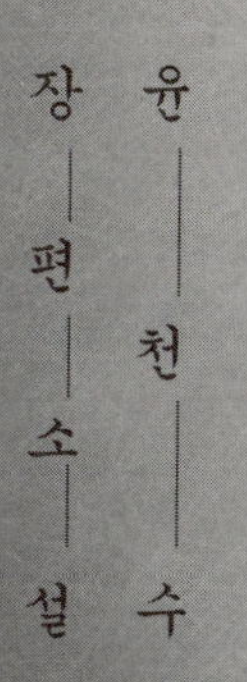

장편소설　윤천수

필맥

1권│차례

2권 | 차례

정오의 중대뉴스

묵직한 원반녹음기에 얹힌 검정색 레코드판이 가쁘게 돌아갔다. 레코드판은 이따금씩 쉬익, 미세한 마찰음을 냈다. 1분에 78회전을 하는 SP(Standard Play) 방식이었다. 2층 스튜디오 녹음실은 숨이 멎을 지경이었다. 방음벽에 갇혀 공기 흐름이 멈춘 밀실, 그 밀폐된 공간에서 가냘픈 목소리 하나가 떨렸다. 목소리는 라디오 스피커를 타고 흘러나오며 동시에 녹음되었다. 셀룰로스 아세테이트 인조수지를 입힌 레코드판은 원반녹음기 커터에 달린 예리한 바늘 끝에서 가느다란 홈으로 파이며 커팅이 되어 나갔다. 홈은 레코드판에서 원을 그리면서 깎였다. 바늘에 파이는 홈을 따라 그 목소리가 새겨졌다. 레코드판은 그렇게 2분 30초에서 3분 정도마다 한 장씩 깎여 나갔다. 녹음 담당자가 그때마다 정중한 자세로 턴테이블에 새 레코드판을 갈아끼웠다. 두 명의 녹음기사가 이 숨 막히는 작업에 달라붙어 있었다. 엄중한 순간이었으므로 그들은 녹음기의 커팅 바늘만큼이나 날카롭게 긴장하고 있었다. 녹음기 옆쪽 원탁에는 녹음에 사용될 레코드판 여러 장이 고급 모조지로 된 흰 포장지에 넣어져 차곡차곡 정리돼 있었다. 금속성 재질로 된 육면체 모양의 녹음기는 덩치가 크고 투박한 게 견고성이 뛰어나 보였는데 그 철제 모서리에선 서슬까지 감돌았다. 바로 그 옆에 삼나무 원목의 재질을 살려 서양풍으로 디자인한 타원형 탁자는 나뭇결의 부드럽고 우아한 곡선미를 드러내 쇠붙이 녹음기와는 이미지부터 어색한 대조를 이뤘다. 그것이 쇠와 나무의 서로 다른 속성에서 말미암은 격조의 부조화일지언정 그나마 스튜디오의 엄숙한 분위기를 누그러뜨리는 효과가 있었다.

나는 스튜디오 한편에서 그 묵중한 풍경에 눈길을 주며 라디오 소리에 귀를 세웠다. 생전 처음인 그 목소리는 제일성부터 떨렸다. 음절, 음절을 끊는 발성이되 그럼으로써 긴장도를 높였다. 목소리는 전파에 실려 도쿄에서 날아오고 있었다. 목소리를 담아 바다를 건너고 산을 넘은 전파는 혼신이 심했다. 파도소리 같은 해조음이 밀려다니는 듯 잡음이 섞여 있었다. 게다가 내내 침울한 음색은 멀고 흐렸다. 끊일 듯 이어지는 음성이 스튜디오의 공기를 지지눌렀다. 옥음방송이라 했다.

〈진와 데이코쿠 세이후 오시테 베이·에이·시·소 시코쿠니 다이시…….〉

짐은 제국정부로 하여금 미·영·중·소 4개국에 대해……. 그 대목에서 나는 숫제 숨을 죽였다. 베이(米)·에이(英)·시(支)·소(蘇), 라디오는 혼신과 잡음 속에서도 분명 그렇게 전하고 있었다. 다음 말이 바로 떨어졌다.

〈소노 교도센겐오 쥬다쿠 스루 무네 쓰코쿠 세시메타리…….〉

그 공동선언을 수락한다는 뜻을 통고하도록 하였다. 일순 나는 몸소름이 돋는 느낌이었다. 연합국 포츠담 공동선언을 받아들이겠다는 말이었다. 그건 일본제국이 항복한다는 뜻 아닌가.

그 뒤로 이어지는 목소리는 난해한 어투의 연속이었다. 내 청신경이 과민해진 탓일 수도 있겠으나 나로서도 알아듣기 힘든 방송이었다. 라디오의 목소리가 갈수록 뜻이 어려워 말을 따라갈 수 없었다. 문장은 애매했고 단어는 모호했다. 명색이 제국방송 아나운서인 내게조차 말뜻이 고스란하지 않았다. 지금까지 내가 들어온 일본말이 아니었다.

곧 녹음작업은 끝났다. 혹시나 있을지도 모를 재방송 상황에 대비하기 위한 녹음이었다. '옥음' 으로 떠받들린 목소리는 2장의 SP레코드판에 담겼다. 5분이 채 안 되는 분량이었다.

나는 1층 강당의 상황이 궁금했다. 직원들이 거기에 모여 그 목소리를 들었을 것이었다. 나는 부리나케 아래층으로 계단을 뛰어 내려갔다. 내 안에서 정신의 폭풍이 일고 있었다. 다시 한 번 살갖이 돋는 듯한 소름이 끼쳤다. 그 순간 걸음이 휘청하면서 1층 바닥에 깔린 붉은 카펫이 밀리는 바람에 하마터면 미끄러질 뻔했다. 세상이 바뀌는구나!

흥분을 억누르며 내가 강당에 들어섰을 때 직원들은 기립자세로 고개를 숙이고 있었다. 예의 그 카키색 국민복 차림인 채로. 나도 한 귀퉁이에 가서 섰다. 실내 라디오 스피커에선 그 난해한 일본어 목소리가 처음부터 다시 흘러나오고 있었다. 나는 찬찬히 그 뜻을 새겼다.

《짐은 세계의 대세와 제국의 현 상황을 감안하여 비상조치로써 시국을 수습코자 충량한 그대들 신민에게 고한다.》

도쿄로부터 중계되는 라디오는 여전히 지지직댔다. 잡음투성이 라디오만 빼고는 다들 무거운 침묵이었다. 넓은 실내에 라디오 소리만이 어지럽게 날았다.

〈짐의 육해군 장병의 용전, 짐의 백관유사의 여정, 짐의 일억중서의 봉공 등 각자 최선을 다했음에도…….〉

여전히 난해한 언사가 잡음을 타고 천장과 벽에 부딪혔다가 되울렸다. 그렇다 하여 추리 불능한 소리만은 아니었다. 소리의 되울림 속에서 사람들은 차차 감을 잡고 사태를 알아갔다. 현학적 수사에 찬 목소리는 애매한 표현으로 패배와 항복을 말하고 있었다. 은연중 말하되 교묘히 말하지 않는 것이기도 했다. 게다가 지지직거리는 잡음, 시대의 종언을 알리는 소리치고는 유감스럽게도 명료하지 못했다. 흐리고 어지러운 소리였으되 항복선언인 것만은 분명했다. 제국시대의 우상, 도그마, 이데올로기, 이즘(ism) 따위가 일제히 파멸하는 순간이었다.

젊은 여직원이 가느다랗게 흐느끼는가 싶더니 그 옆에 서 있는 남자의 어깨까지 가만히 들썩이면서 강당의 무거운 침묵은 깨어졌다. 그들은 울 수밖에 없는 사람들, 패배자의 눈물을 흘려야 하는 일본인 직원들이었다. 울 수밖에 없는 자들은 늘어났고, 그럼으로써 강당의 울음소리는 커져 갔다.

라디오의 잡음과 사람들의 흐느낌이 뒤섞이는 소용돌이에 순간적으로 내 머릿속이 엉클어지고 있었다. 나는 울지 않고 있었으니 패배자 쪽에 속한 건 아니었다. 내가 패자의 눈물을 흘릴 이유는 없었다. 패배자가 아니니 그럼 나는 승리자인가. 패자한테 절망의 눈물이 있다면 승자한텐 감격의 눈물도 있을 터. 하지만 나는 그 어떤 쪽의 눈물도 흘리지 못하고 있었다. 나는 잠시 나를 자괴했다. 패배와 승리의 중간지대, 그 어느 한 절충점에다 밖에 좌표를 설정할 수 없는 내 애매한 실체성에 나는 스스로를 가누지 못했다. 패배를 떨치지도 승리를 껴안지도 못하는 처지의 내 모호한 정체성에 나는 스스로 연민의 굴레를 씌웠다. 나, 일본제국 식민지 방송원, 더 정확히 말해 JODK 경성방송국 제2 조선어방송 아나운서 박숭(朴崇).

나는 내 옆쪽에 서 있던 가미야를 힐끗 바라봤다. 가미야 기요요시(神谷淸吉), 그는 침통한 표정이긴 했으나 눈물 따위는 보이지 않고 있었다. 가미야는 우는 자의 쪽에 선 사람이었으되 울지 않는 것이었다. JODK 경성방송국 제1 일본어방송 담당 일본인 아나운서 가미야, 그의 복잡한 심중이 내게도 읽혀지는 순간이었다. 그는 내가 던진 일별을 직감적으로 의식한 듯 내 쪽으로 고개를 반쯤 돌리는가 싶더니 이내 제 모습으로 되돌아갔다. 그러곤 시선을 땅에 떨어뜨렸다. 시선이 내려가면서 그의 하이칼라 머리가 이마 쪽으로 쏠려 내렸다. 짧게 친 머리에 카키색 국민복 차림이 주를 이루는 세상에서 '비국민' 소리를 들을 소지가 다분함에도 불구하고 자기 스타일이라며 고집스레 서구식 하이칼라 장발머리를 하고 다니는 가미야. 이 획일화의 시대에 외로운 개성파 로맨티시스트였다고나 할까. 그와 나는 친하며 서로 마음을 짚어 통하는 사이다. 내가 지금 그의 심경을 읽을 수 있는 것도 그 때문이다.

개성파 아나운서라면 가미야 말고 가네야마도 있었다. 있었다, 라고 내가 말한 것은 지금은 그가 없다는 뜻이다. 지금 이 강당에 없다는 것만이 아니라 이 세상 자체에 존재하지 않는다는 의미다. 나와 함께 조선어 방송을 했던 가네야마 이치로(金山一郞). 가네야마는 개성파여도 너무나 개성파여서 우리와는 스타일이 정반대였다. 가미야와는 대학 동창에 입사 동기로 남다른 관계이기도 했다. 가네야마가 지금 이 자리에 있다면 어떤 모습을 보였을까. 그는 필시 저 가미야와는 달랐을 것이다. 울었을 것이다. 통탄의 오열을 터뜨리며. 저 흐느끼는 사람들보다도 오히려 격하게. 이건 어디까지나 내 생각이지만 이런 내 생각이 빗나간 것일 린 만무하다. 가네야마, 그는 그럴 사람이었기 때문이다. 가네야마 생각은 이쯤 해두자. 지금 여기는 그를 오래 생각할 자리도 아니다. 가미야를 지켜보고 있자니 불현듯 가네야마의 생각이 떠올랐을 뿐이다. 지금 나는 옛일을 반추하거나 옛사람을 추억하고 있을 만큼 여유롭지 않다. 세상이 바뀌는 광경을 목도하고 있는 마당이다.

가미야는 어젯밤 숙직을 한 뒤 아직까지 퇴근을 하지 못하고 있었다. 이런 상황에 마음 편히 집에 들어가 쉴 노릇은 아니었을 게다. 나는 오늘 아침 방송국에 출근해서 그를 통해 긴박하게 돌아가는 사태에 대해 자세히 들을 수 있었다.

— 오늘 정오에 있을 중대방송은 옥음방송이랍니다. 천황의 음성으로 종전 조서가 발표된답니다.

아침에 가미야는 출근한 내게 목소리를 낮춰 귀띔했다. 그의 일본어 발음이 재즈 베이스음처럼 낮게 깔리고 있었다. 그의 전언 내용은 어젯밤 상황보다도 진전되고 구체화된 것이었다. 어젯밤 우리 경성방송 JODK 라디오에서는 '내일 정오 동경으로부터 중대방송이 있을 것' 이라는 사실만 예고했었다. 그러니까 중대방송이란 바로 천황의 항복방송이었던 것이다.

가미야는 야근을 했기 때문에 어젯밤 바다 건너 도쿄에서 벌어진 상황을 알고 있었다. 간밤에 천황의 항복방송을 저지하려는 극우파 군인들이 반란을 일으켜 궁성과 방송국을 무력으로 점령했으나 곧 진압됐다는 것이었다. 천황의 육성 레코드판을 찾으려는 반란군들에 의해 궁성이 아수라장이 되었고, 궁성에서 녹음작업을 맡았던 방송국 직원들도 군인들에게 붙잡혀 밤새 곤욕을 치른 것 같다는 이야기였다. 이 때문에 새벽에 도쿄 NHK 중앙방송인 JOAK 라디오의 송출이 중단됐다가 두 시간 뒤쯤 방송이 재개됐는데, 그때 천황의 중대방송을 예고하는 뉴스가 나왔다는 것이다. 가미야는 새벽에 우리 JODK 방송에서 갑자기 도쿄 JOAK 방송 수신이 안 되어 여기저기로 경위를 알아보는 과정에서 그런 얘기들을 듣게 됐다고 했다.

중대방송이 나간 정오, 경성의 하늘이 맑아지고 있었다. 아침나절까지도 하늘을 가리고 있던 구름장이 걷히고 있었다. 오후가 되면서는 사뭇 뜨겁기까지 했다. 8월의 태양이 작열하고 여름 더위가 달아오르고 있었다.

나는 창밖을 바라봤다. 도시의 전경이 한눈에 들어왔다. 정동 1번지 언덕바지에 우뚝 선 방송국이어서 조망은 늘 트여 있었다. 태평통에서 광화문통, 종로통, 멀리는 본정통까지 아우르는 시가지 풍경이 파노라마처럼 펼쳐졌다. 고풍스런 경복궁과 광화문과 덕수궁과 남대문, 르네상스풍의 경성역과 경성부청과 총독부와 조선호텔과 조선은행, 고딕식의 천주성당 건물까지도. 방송국에서 바라보노라면 오래전 식민도시가 되어버린 경성의 모습은 그때마다 다른 색깔로 다가오곤 했다. 전통양식의 고풍에 르네상스풍과 고딕식이 덧칠되어 자아내는 저 도시의 분위기를 무엇으로 설명

할까. 모던풍의 화려함 뒤에 깃든 망국의 우수랄까, 저 모던시티의 하늘에선 안개비 같은 애수가 흩날리곤 했다. 이제는 저 애련한 식민도시의 노스탤지어 따위는 걷어야 한다. 지금 나는 마지막 일제의 풍경을 보고 있는 것이다. 풍경은 곧 변하고 새로워질 것이다. 그럼 그때 나는 또 저 도시를 향하여 무슨 말을 걸 것인가. 그때 새로운 풍경 앞에서 감히 내가 무슨 말을 할 수 있을 것인가. 이제 나는 엄중한 현실에 서야 한다.

창문 너머 시내는 아직까진 조용한 편이었다. 라디오를 못 들은 사람들이 더 많았을 터. 들었더라도 말의 뜻을 얼른 알아채기가 쉽지 않았을 터. 방송국 아나운서 10년에 그토록 알아듣기 어려운 방송은 나도 처음이었으니까.

곧 소식이 곳곳으로 퍼져나가겠지. 내일쯤이면 환희와 함성으로 이 도시가 흔들리겠지. 누군들 닥쳐올 감동을 상상이나 할 수 있을 것인가.

나는 애써 상념을 떨치고 책상으로 다가갔다. 이 순간 나는 무엇을 해야 하는가. 마이크 앞에서 무엇이라도 말해야 한다. 나는 아나운서다. 원래 내가 담당하는 조선어 제2방송 프로그램은 저녁에 편성돼 있어 지금은 방송이 나가지 않는 시간이었다. 하지만 오늘 같은 날 정상편성대로 방송한다면 그게 비정상이었다. 비상방송 상황이었다. 제2 조선어방송 직원들이 사무실에 모여들었다. 우선 우리는 그 난해한 일본어 발표문을 번역해 조선어 해설방송을 내기로 했다. 아까 중대방송을 듣고도 뭐가 중대한지 몰라 어리둥절하고 있을 조선인 청취자들을 위해서였다. 우리는 도메이통신(同盟通信)으로 입수한 발표문을 갖다놓고 한쪽에선 번역을 하랴 또 한쪽에선 해설 원고를 쓰랴 제가끔 바빴다.

─ 해방이 이렇게도 올 수 있구나.

나는 책상 앞에서 중얼거렸다. 솔직히, 해방은 내게 구체적 개념이 아니었다. 관념으로 존재하던 것이 실제로 현상화한 상황에 나는 적이 창황한 모습을 보이고 있었던 것이다. 해방이라는 것을 몸소 맞는 이 순간, 나는 그것을 어떻게 실감해야 하는 것인가.

나는 해설방송 원고를 써나가기 시작했다. 펜대를 놀리는 손이 가느다랗게 떨렸다. 폐어가 되고 사어가 되었던 단어들이 원고지에서 살아나고 있었다. 쓰지 못했던, 쓸 수 없었던 글자들이 다퉈 문장을 이뤘다. 해방, 독립, 자유……. 내 일상에서 유폐되어 관념으로나마 인식되던 그 아득하고 막연한 말들이 바야흐로 나의 떨리는 펜촉 끝에서 생명의 숨결을 고르며 되살아나는 것이었다. 입으로 말하여지지 않아서 의미마저 생소해진, 방송에서 긴긴 시간 잊히고 배척된 금기어들이었다. 나는 마침내 쓰고 싶은 글을 쓰고, 하고 싶은 말을 하고 있었던 것이다. 내게 해방은 그렇게 모국어와의 해후로 찾아온 것이었다. 모진 세월 식민지어로 만신창이가 된 내 가련한 모국어 앞에서 잠시 나는 용서를 빌고자 했다. 치욕을 인내한 말과 글을 위로하고자 했다. 글 쓰고 말하는 아나운서 된 자로서 그렇게라도 최소한의 예의를 차려야 할 것 같았다.

해방의 정오, 그 낮 12시는 전율의 시간이었다. 한 순간의 시점을 기준으로 세상이 그리도 이전과 이후로 달라질 수 있다는 사실에 몸이 떨렸다. 나는 스튜디오 마이크로폰 앞에 앉아 호흡을 골랐다. 녹색의 원탁에 덩그러니 놓인 마이크를 응시했다. 마이크 받침대에 영문자로 새겨진 JODK 방송국 마크가 또렷했다. 마이크는 내 입이 떨어지기를 기다리고 있었다. 방송 시작을 알리는 램프에 빨간불이 켜졌다. 나는 원고를 읽어나갔다. 지금까지와는 전혀 다른 방송이었다. 나는 내겐 가당찮은, 그래서 송구하기 짝이 없는 '해방'을 말하고 '독립'을 말하고 '자유'를 말했다. 입에 붙지 않았던 단어들이 어떻게 목구멍을 타고 나왔는지는 나도 궁금했다. 미리 발음 연습도 하고 예독도 했지만 막상 그 말을 하는 대목에서는 억양 조절이 잘 되지 않는다는 느낌만 들었을 뿐이다.

내 목소리는 온전히 마이크로폰에 빨려 들어가 전파로 바뀌었다. 전파, 그 섬광 없는 빛줄기는 찰나도 두지 않고 즉시로 날아갔다. 그것은 넓은 바다와 높은 산맥과 짙은 구름에도 거침이 없어 세상 어느 곳에라도 가 닿았다. 나는 내 목소리가 전파를 타고 경성이든 평양이든 부산이든 그 처연한 강토 어디에든 날아가길 희망했고, 오래도록 앗긴 채 스스로를 부지하던 이 강토 사람들의 귀에 '해방'의 소리로 스미길 소망했다.

— 이런 게 해방인가.

나는 한 번 더 중얼댔다. 그지없는 사념들이 얽히고 있었다.

그렇다면 나도 해방인가. 육신과 더불어 내 정신도 자유인가. 선뜻 확신할 수 없으매 나는 하릴없이 8월 15일 수요일 오후의 하늘만 우러렀다. 이제 더는 게이죠(경성)가 아닌 서울의 푸른 하늘을. 오늘 내 마이크는 처음으로 자유이고 진실이었다. 그동안 내 마이크는 달콤하거나 무섭거나, 그 둘 중 하나였다. 내 말의 사탕을 입에 물었던, 혹은 내 말의 칼에 가슴을 베었던 사람들은 누구였나. 볼 수도 만질 수도 없는 목소리, 나는 마이크 앞에서 무엇이었나. 보이지도 만져지지도 않는 방송전파를 저 하늘에 날려 보낼 때 내 실체성은 보이고 만져졌던가. 저 하늘에 바람은 불고 구름은 흐른다. 말간 바람이고 하얀 구름이다. 바람이여, 구름이여! 나도 같이 걸어 가겠는가.

적어도 내 일상은 해방으로 '해방' 될 것이다. 이제 마이크 앞에서 더는 제국의 충용한 황군이 연일 성전에서 승리하고 있다는 대본영의 엉터리 발표를 앵무새처럼 되뇌지 않아도 된다. 스튜디오에서 황국신민 서사를 낭독하지 않아도 되고, 학병지원을 독려하는 대담을 하지 않아도 되고, 창씨개명을 강요하는 강연을 중계하지 않아도 되고, 국민총동원의 노래 레코드판을 틀지 않아도 된다. 그뿐인가. 청취불가였던 해외 단파방송은 이제 마음대로 들을 수 있게 된다. 재즈, 블루스, 팝송, 샹송 같은 서양음악을 듣기 위해 밤에 몰래 단파라디오 사이클을 맞추곤 하던 지극히 위험한 짓은 이제부턴 하지 않아도 된다는 얘기다. 루이 암스트롱의 트럼펫에 실린 재즈의 선율이 이 식민도시의 우수를 타고 흐를 때 내 젊음은 얼마나 쓸쓸했던가. 미지의 먼 땅에서 전파를 타고 날아오는 블루스 음악의 멜로디에 내 청춘은 얼마나 뛰놀았던가. 그동안 내가 JODK 라디오에서 틀어대고 틀어댄 음악이 기껏 무엇이었나. 엔카, 나니와부시 같은 일본노래나 남도소리, 서도소리 같은 조선노래는 방송진행자인 나부터 질리지 않았던가. 이제껏 우리 방송에선 그딴 노래뿐이었다. 거기에다 '게츠게츠카스이모쿠킨킨(월월화수목금금)' 이라는 노래 제목처럼 토요일도 일요일도 없이 총진군 대열에 나서 일하며 싸우고 싸우며 일하자고 시도 때도 없이 들려주던 4분의 2박자 군가풍의 행진곡, 아니면 그 신물 나는 군국가요.

내가 조선어 제2방송을 마치고 나왔을 때 이미 일본어 제1방송은 중단된 상태였다. 방송국장을 비롯한 주요 간부들이 국장실에 모여 긴급대책을 논의하고 있을 뿐 다른 일본인 직원들은 사무실에서 우왕좌왕하고 있었다. 일부는 총독부 쪽과 통화하느라 바빴다. 다른 일부는 도쿄 JOAK, 오사카 JOBK, 나고야 JOCK 등 본국 NHK 방송의 사정을 알아보기 위해 잘 연결되지도 않는 전화통을 붙잡고 공연한 애를 쓰고 있었다. 문의전화도 빗발쳤다. 부산방송 JBAK, 평양방송 JBBK 등 각 지방 방송국에서 걸려오는 전화로 경성중앙방송 JODK는 사무실마다 어수선하기 짝이 없었다. 게다가 엊그제 함경도에 있는 JBCK 청진방송국이 폭파됐다는 소식이 전해지면서 더욱 뒤숭숭한 분위기였다. 청진방송국이 소련군의 공격으로 점령당할 위기에 놓이자 끝까지 항전하던 일본군과 방송국 직원들이 방송국과 함께 자폭했다는 얘기였다.

긴급 대책회의가 계속되고 있는 방송국장실은 더운 날씨에 문까지 활짝 열려 있었다. 날개가 석 장인 선풍기 한 대가 돌아가지만 시원하기는커녕 후터분한 바람만 일으키고 있었다. 방송국 지휘부가 모였지만 대책이 나올 수 없는 회의였다.

— 지금 방송까지 끊겨 우리 내지인들이 더 불안해하고 있는데 대책이 없단 말이오?

국장의 카랑카랑한 목소리가 밖으로 흘러나왔다.

— 종전이 된 마당에 일본어 방송을 계속할 수도 없고요.

— 도메이통신도 안 들어오니 기사도 작성할 수 없습니다.

방송부장과 편성과장의 연이은 답변에 국장이 다시 말을 받았다.

— 그렇다고 마이크를 꺼놓고만 있으면 되겠소. 라디오가 갑자기 먹통이 돼 아무 소리도 안 나오면 안 그래도 불안한 내지인들이 얼마나 불안에

떨겠소. 방송부장, 지금 내보낼 만한 음악이라도 있소?

국장이 또 재우쳤다.

— 음악요? 도쿄방송관현악단 연주회 녹음레코드판이 몇 장 있는데 황군 찬양 음악이고요, 로쿄쿠 같은 일본민요는 많습니다만 지금 그런 노래를 틀어도 곤란할 것 같고요. 음악방송도 잘못 냈단 오히려 조선인들의 보복심리를 자극할 수 있습니다, 국장님!

— 답답하군! 방송중단, 벌써 몇 시간째요? 우리 내지인 동포들에게 무슨 방송이든 해줘야 할 것 아니오. 이럴 때 방송의 역할이 중요한 거 아니오.

국장은 계속 언성을 높이며 말을 이었다.

— 이렇게 합시다. 담화방송이라도 냅시다. 국어와 조선어로 된 이중 담화문을.

— 이중 담화방송요? 국장님, 그럼 국어방송에서 조선말 방송도 하자는 말씀입니까?

부장이 반문했다. 그들이 말하는 국어란 일본어였다. 그러니까 일본인들이 청취하는 일본어 방송 채널에 조선말 방송을 내보내자는 뜻이었다. 국장이 고개를 끄덕였다.

— 그렇소. 방송을 일원화합시다. 이런 상황에서 우리가 얼마나 방송을 계속할진 모르지만 말이오.

— 1, 2방송 주파수를 합쳐 단일방송을 하자는 말씀이군요?

그들은 즉석에서 라디오 주파수와 송출 문제를 논의했다.

— 이것저것 가릴 때가 아니오. 조선인 청취자들에 대한 회유책일 수도 있지만 이건 우리 내지인들을 위해서도 필요한 조치요. 안타깝지만 내지

인과 조선인의 처지가 뒤바뀐 현실을 받아들여야 하오.

국장은 괴로운 듯 잠시 미간을 찌푸리다가 말을 이었다.

— 제1방송에서 먼저 조선어 담화문을 발표해 조선인들의 양해를 구하고 자중을 당부합시다. 사정이 급해요. 좀 전에 우리 직원이 방송국으로 오다가 조선인들에게 봉변을 당할 뻔했다고 하오.

참석자들의 얼굴에서 긴장감이 묻어났다. 편성과장이 걱정스러운 듯 물었다.

— 국장님, 총독부에선 뭐랍니까?

— 총독부 당국과 그 문제를 의논하겠소. 지금은 그쪽도 다들 갈팡질팡…….

국장의 말끝이 흐려지면서 잠시 침묵이었다. 날개가 석 장인 선풍기만 무심하게 돌아갔다. 선풍기의 더운 바람에 국장 목소리가 다시 날렸다.

— 시간 없으니 서두르시오. 언제 또 조선인들이 방송국으로 몰려올지 모르오.

국장이 조바심을 냈다. 국장은 아까 한 무리의 수상한 조선청년들이 방송국 주변을 살피다 돌아갔다는 얘기도 했다. 몇몇은 방송국 안으로 들어오려다 직원들과 실랑이도 벌였다고 했다. 건국준비위원회 소속 청년학도 치안대라며 나중에 자기들이 방송국을 접수하러 다시 오겠다는 말까지 했다는 것이다. 지금 일본인 방송국장은 그것을 염려하고 있었다.

— 서무과장!

국장이 지금까지와는 다르게 은근한 목소리를 냈다. 선풍기 바람이 닿지 않는 건너편 자리에서 땀만 흘리며 앉아 있던 일본인 서무과장이 국장을 향해 고개를 쳐들었다.

　― 서무과장은 방송국 기밀문서와 중요서류 소각작업을 맡아줘야겠소.

　― 불태워 없애란 말씀입니까?

서무과장이 다소 놀란 표정을 지었다.

　― 그렇소. 총독부 지침이오.

　― 기밀문서, 중요서류라 하시면?

서무과장이 또 되물으며 이마의 땀을 훔쳤다.

　― 전시방송 운영일지, 간부회의록, 회계장부, 이런 것부터 없애시오. 다른 문건 자료들도 알아서 폐기하시오. 이젠 모든 게 끝났소. 으음!

　― …….

국장의 한숨소리에 다들 말없이 고개를 떨궜다. 유일하게 침묵하지 않는 건 비거덕대며 돌아가는 선풍기였다.

어느덧 해가 뉘엿뉘엿 기울고 있었다. 방송국은 어수선함과 불안감이 교차하는 가운데 또 다른 묘한 기류에 휩싸이고 있었다. 그것은 사람들의 심리적 변화에서 기인하는 것이었다. 한 직장의 동료였던 일본인과 조선인이 어느 순간부터 서로 거리감을 느끼게 된 것이었다. 하루아침에 달라진 분위기였다. 스튜디오, 조정실, 기계실, 사무실에서 양쪽은 상대의 어색한 시선을 피해 끼리끼리 어울렸다. 상대 쪽을 의식해 서로 조심스럽게 굴었다. 시간이 흐를수록 한쪽은 주눅이 들어갔고 다른 한쪽은 기를 펴갔는데 그것은 사태의 반전이었다.

이율배반의 시간 앞에서 나는 어지러웠다. 나는 나를 옥죄고 옭다가 방송국 2층 건물 옥상으로 올라갔다. 마음이 답답할 때 올라가 바람을 쐬던 곳이었다. 저녁나절로 가면서 더위는 꽤 가시고 공터 언덕길의 느티나무와 미루나무 이파리들이 살랑대는 게 제법 바람기도 있었다. 나는 방송국 언덕 아래 태평통 쪽을 내려다 봤다. 멀리 도로 복판을 따라 길게 늘어진 전찻길이 무심해 보였다. 8층 높이의 경성소방서 망루가 그 무심한 풍경 속에서 우뚝했다. 외견상으로는 고요히, 잠잠히 저무는 도시의 풍경이었다. 맴돌이가 일고 있는 내 마음과는 달리. 그것은 까닭모를 불안감이었다. 아니 까닭을 알기에 불안한지도 몰랐다.

— 방송국에도 회오리바람이 일겠지!

나는 혼잣말을 흘렸다. 멀리 소방서 앞 전찻길로 전차 한 대가 미끄러지듯 달리고 있었다. 그때 문득 어디선가 대한독립만세 소리가 들렸다. 소방서 맞은편의 부민관 극장 쪽이었다. 이십여 일 전 애국청년단이 일으킨 폭파사건으로 무대가 엉망이 된 부민관 극장은 지금까지 출입이 금지되고 있었다. 극장 정문이 방송국 방향과는 반대편 길가 쪽으로 나 있어 잘 보이지는 않았지만 정문 주변에 십여 명의 사람들이 모여 만세를 부르는 모습이 눈에 들어왔다. 저들은 아까 내 방송을 듣고 나온 걸까. 꽤나 용감한 사람들이었다. 라디오방송에 해방의 소식이 나갔다곤 하나 미처 그 소식을 듣지 못한 사람들이 대부분이었고 설령 알았다고 해도 당장 거리로 뛰쳐나가 환호하기에는 겁이 나고 망설여지는, 아직은 진행형의 일본세상이었다. 나는 사람들의 만세 소리를 묵묵히 듣고 있었다. 그들의 함성에 정체 모를 심리적 압박을 느끼면서. 만세의 환호성이 슬프게도 나를 중압하는 이유는 무엇인가. 숱한 날들을 황도방송의 아나운서로 보낸 나, 박승이기 때문인가.

― 숭!

갑자기 뒤에서 내 이름을 부르며 다가와 슬며시 어깨를 잡는 이가 있었다. 가미야였다. 그는 나를 늘 그런 식으로 불렀다. 성씨를 생략하고 단음절의 내 외자 이름만 부르는 방식, 그건 그의 오래된 버릇이었다.

― 가미야, 여긴 웬일로?

― 아까부터 당신이 안 보이더군요. 여기 있을 것 같아서 올라왔어요.

― 간밤에 숙직도 했는데 왜 아직 퇴근하지 않고!

― 사실은 퇴근하는 중이거든요. 그런데 이제 출퇴근이 무슨 의미가 있겠어요. 다 끝난 판국인데.

가미야는 하필 어젯밤 숙직을 하며 꼬박 밤을 지새운 탓에 해쓱한 모습이었다. 다만 그의 아나운서다운 미성, 좀체 흐트러지지 않는 그 낭랑한 목소리는 평소대로였다.

― 숭, 아까 화신백화점에 근무하는 친구와 통화했는데 거기선 벌써 백화점 건물에 내걸 연합군 환영 현수막을 만들고 있다는 군요.

― 연합군 환영 현수막? 재빠르군.

― Welcome Allied Forces, 영문으로 된 대형 플래카드래요.

그는 제법 유창한 영어발음을 냈다.

― 엊그제까지도 미국과 영국을 격멸하자는 총독부 구호를 내걸고 있더니 하루아침에 연합군 쪽으로 붙을 셈이군.

― 숭, 아무튼 당신 조국이 자유독립국으로 새 출발을 하게 된 거, 축하합니다.

― ……

가미야의 말은 잠시 나를 침묵하게 만들었다. 축하? 내가 누구에게 축하를 받을 수 있는가. 제국 황도방송의 나팔수였던 내가! 그 말이 튀어나오지 못하고 내 가슴 깊은 곳에 웅크리고 있었다.

부민관 쪽에선 만세소리가 몇 차례 더 들렸다. 급하게 그려 만든 태극기를 흔드는 사람들도 보였다. 태평정 도로에서는 이따금씩 관공서 차량으로 보이는 자동차들이 총독부 방면에서 남대문 방면으로 또는 그 반대 방향으로 달려오고 달려갔는데 사정이 급한 듯 속력이 맹렬했다. 욱일승천기가 펄럭이는 일본군 트럭도 태극기를 든 조선사람들의 옆을 스쳐 지나갔다. 일본군은 트럭에서 천황폐하는 영원하고 제국 황군은 건재하다고 고함쳤다. 그들은 이제 악만 쓰는 황군이었다. 그 통에 잠시 '대한독립 만세' 소리와 '덴노헤이카 반자이(천황폐하 만세)' 소리가 뒤섞였고 태극기와 일장기가 함께 휘날렸다. 잠깐의 혼란이었다. 그것은 '게이죠(경성)'가 서울'로 바뀌면서 빚어내는 풍경이었다.

— 슝! 혼자 자학하지 마세요.

가미야가 나를 위로하려 들었다. 그의 위로는 내 심리를 꿰뚫어 보고 있는 데서 나온 것일 터였다.

— 내가 그렇게 보이는 모양이지?

— 우린 서로의 마음을 짚어낼 줄 알지요.

나는 그의 위로를 받으며 속으로 자문했다. 지금 내가 자학하고 있는가? 그렇다면 오늘 하루 종일 내 마음을 중압하던, 내 가슴을 압박하던 그 우울함의 정체가 자학심리였다는 말인가.

— 슝, 개인의 자책은 뒤로 미뤄도 돼요. 개인의 사람들을 온통 죽음의

세상에 빠뜨린 덴노 이데올로기 집단이 먼저 책임을 져야죠.

그 대목에서 가미야의 목소리에 힘이 들어가 있었다. 그는 도발적이게도 '덴노(천황)'로만 발음했다. 그 뒤에 한 단어처럼 따라붙어야 하는 '헤이카(폐하)'가 감히 생략되어 있었다. 몇 시간 전 항복을 선언한 천황이긴 하지만.

— 살아있는 신이라고요? 천황주의 우상과 미망이 막을 내리는군요.

누가 듣는다면 제국 방송국 일본 아나운서로서 그의 언사는 무엄하고 발칙하기에 충분한 것이었다. 그는 자신의 속생각을 죄다 털어버리기라도 하려는 듯 혼자 떠들었다. 내가 우울한 자학심리에 사로잡혀 있다면 지금 서슴없고 기탄없는 말을 꺼내놓는 그의 심리는 또 무엇인가.

— 우리 인간은 왜 스스로 우상을 만들까요? 하나의 우상이 소멸하기까지 이렇게 많은 희생이 따르는데 말이죠. 천황주의는 잘못된 이데올로기였어요.

— 잘못됐지. 인류사의 숱한 이데올로기 가운데 가장 지독한 이데올로기로 남을 걸세. 가미야나 나나 우린 참 불행한 시대를 살았어.

— 나, 사실 그동안 많이 지쳐 있었어요. 오히려 내가 일본사람이어서 더 지칠 수밖에 없었던 그 마음, 알아요?

— …….

가미야가 던지는 고백 조의 말을 나는 잠자코 들었다. 그가 그렇게 말하는 이유를 짐작하지 못할 나는 아니었다. 사실 우리니까 오갈 수 있는 스스럼없는 얘기들이었다. 평소 그랬듯 가미야는 나를 믿고 말하고 있었다. 내가 그에게 그랬듯이. 그와 내가 민족을 떠나 줄곧 생각을 공유해왔다는 사실은 지금 이 순간 나로서도 새삼 놀라운 일이었다. 그것이 현실상 드러낼 수 없는 우리의 내밀한 감정체계에서 발로되고 유지되어 왔다는 점도 더불어 놀라웠다. 불행한 시절에 이어진 우리의 우정은 불운한가?

— 슝! 뭘 골똘히 생각합니까?

— 아니, 아무것도 아닐세.

나는 머릿속의 사념을 걷으면서 이야기를 돌렸다.

— 참, 단파라디오 사건으로 복역 중인 정은석이 형무소에서 풀려난다는군.

— 그래요? 잘됐네요. 끝까지 옥고를 치르고 석방되는군요.

— 뭐, 석방도 아니지. 해방이 됐으니 당연히 나오는 거지.

— 언제래요?

— 아마 내일 오전이라지. 출소 환영 나가야겠어.

— 슝! 난 어렵겠네요. 일본사람이 형무소까지 환영하러 나간다는 게 좀…….

— 아무래도 그렇겠지. 가미야, 마음 내키는 대로 해.

— 정은석은 출소하면 곧바로 방송에 복귀하게 될까요?

— 방송국조차 어찌될지 한 치 앞을 모르는 상황에서 복직이 쉽진 않겠지. 그 사건으로 해직된 직원이 한두 명도 아니고!

— 슝과 나도 그때 고생 좀 했잖아요.

— 그들에 비하면 우리야 뭐 고생하는 시늉만 했지.

단파라디오 사건은 지금도 내 기억에 생생하다. 경성방송국을 발칵 뒤집어놓은 시국사건으로, 단파수신기를 통해 외국방송을 몰래 청취해오던 제2방송 조선인 직원들이 대거 경찰에 체포된 것이었다. 미국과 중국의 단파방송이 전하는 국제정세와 전황 정보를 밀청하고 방송 내용을 외부에 전파한 직원들은 혹독한 고초를 당했다. 이제 해방을 맞아 감옥에서 나오게 되는 정은석은 방송기술자로 사건 주동자 중의 한 사람이었다. 나와 가미야도 사건에 연루되어 경찰조사를 받았지만, 가담활동 정도가 약하고 혐의가 단순하다는 이유로 며칠 고생하다 풀려난 건 그나마 다행이었다. 사실 그때 나와 가미야는 우리가 좋아하는 재즈, 팝송, 샹송, 칸초네 따위의 서양음악 때문에 단파라디오를 듣게 된 거였다. 당시 가미야는 경찰에서 나를 위해 결정적으로 유리한 진술을 해줬고 그 덕분에 나는 훈방되어 쉽게 방송국으로 돌아올 수 있었다. 나로서는 지금도 그에게 고마워해야 할 부분이다. 아무튼 그 사건으로 조선어방송 직원들이 줄줄이 감옥에 가거나 해고, 정직, 감봉을 당해야 했고 방송까지 한동안 폐지되는 수난을 겪었던 것이다.

— 슝! 저길 봐요. 하늘도 당신들을 축하하는 것 같군요.

— 정말 곱군!

나는 가미야가 연득없이 손으로 가리킨 하늘을 바라봤다. 해방의 날 저녁, 정동고갯마루의 방송국 옥상에서 바라본 서녘 하늘은 붉었다. 온통 아름다운 노을빛이었다. 부민관 앞에서 만세 부르던 사람들은 해산하는 중이었다. 축배의 술이라도 한잔 하러 가는 것인지 그들은 종로통을 향하고 있었다. 종로 쪽으로 벌써부터 'Welcome Allied Forces'라는 영문 플래카드를 준비하고 있다는 화신백화점이 눈에 들어왔다. 백화점 6층 건물 옥상에 세워진 전광판은 멀리 석양에 비끼어 있었다.

─ 가미야! 그나저나 이제 어쩔 건가?

─ 떠나야겠죠. 홀어머니하고요.

하늘을 향한 그의 시선이 멀어 보였다.

─ 어디로?

─ 히로시마. 삼십년 전 어머니가 살았던 곳이죠.

─ 히로시마? 얼마 전 원폭에 잿더미가 됐는데, 거기 가면 뭐가 남아 있을까?

─ 모든 게 사라졌겠지요. 그래도 거기 아니면 우린 돌아갈 데가 없어요. 이젠 어머니에게도 낯선 옛 고향일 테지만요. 나야 더더욱 모르는 곳이고!

─ 여기 남을 수는 없을까?

그가 그럴 수 없다는 걸 알면서도 나는 묻고 있었다. 이제 그는 하루속히 이 땅에서 떠나야 할, 아니 쫓겨 가야 할 패망한 제국의 난민일 뿐이었다.

─ 슝! 내가 경성에 남을 수 있겠어요? 내가 나고 자란 곳이지만…….

가미야는 말끝을 흐리며 노을 붉은 하늘을 다시 올려다봤다. 사실 그의 고향은 경성이었다. 그래서 조선말도 잘하는 그였다. 일본인인 그에게 일본은 외려 이국의 땅이었다. 히로시마뿐 아니라 도쿄조차도 그에겐 낯선 도시였다. 죽은 아버지의 고향이 거기였다는 것만 빼면 도쿄는 그에게 아무런 연고가 없는 이방의 도시였다. 어쩌다 방송국 출장이나 휴가 때 두어 번, 그것도 며칠 다녀온 게 전부였다. 자기 말대로 그는 일본에 돌아갈 고향이 없는 일본인이었다.

언젠가 그에게서 들은 집안 내력은 복잡하고 굴곡진 구석이 있었다. 그

의 부모는 도쿄에서 결혼한 직후 경성으로 이주해왔고 경성에서 그를 낳았
다. 그의 아버지는 학창시절부터 무정부주의로 기울어 일본 좌파계열에도
가담했던 인물로, 관동대지진 때 도쿄에 잠시 다니러 갔다가 조선인 학살
현장에서 반제국주의자로 몰려 조선인들과 함께 억울한 죽음을 당하고 말
았다. 당시 일본 사회는 당국의 감시와 탄압에도 불구하고 이른바 마르크
스 보이, 엥겔스 걸로 상징되는 좌파 사상이 도처에 번져나던 시절이었으
니, 그의 아버지가 죽은 직후에는 후쿠모토주의(福本主義) 곧 일본 마르크
스주의가 등장하고 나프(NAPF) 즉 전일본무산자예술동맹이 결성되었던
것이다. 그러나 천황의 나라 일본에서 사회주의가 설 자리는 없었다. 그의
아버지가 아내와 함께 식민지 경성으로 이주한 것도 날로 심해지는 일본제
국의 탄압을 피하기 위함이었으나 결국은 제국의 땅 도쿄에서 비참하게 희
생되고 만 것이었다. 그 후 그의 어머니는 홀로 경성에 남아 어렵게 어린
외아들을 키우며 살았다. 남산 기슭의 일본인 동네 골목을 누비며 모찌와
덴뿌라를 팔았고, 남대문통과 본정통 길거리에서 우동과 모리소바를 말아
팔았다. 그렇게 홀어머니가 떡 장사, 국수 장사를 해서 키운 아들이 어머니
은혜에 보답하듯 그 어렵다는 경성제대에 들어가고 종내는 그 힘들다는 경
성방송국 아나운서가 되었으니 그게 바로 가미야였다. 이제 제국의 패망
은 그와 노모에게 또 다른 운명의 선택을 요구하고 있었다. 제국 시대의 격
랑에 휘말려야 했던 그들 모자의 삶도 사실은 기구한 것이었다.

— 슝! 이제 낯선 조국 일본에 돌아가 어디서 뭘 하죠? 나 같은 이방인을
반기기나 할까요?

딱히 내 대답을 듣고자 던진 질문이 아님을 나는 알고 있었다.

─ 경성이 좋았죠. 무산계급 운동가 아버지와 모찌 떡장수 어머니의 아들이 조선에서 방송국 아나운서까지 됐으니 출세한 거죠, 안 그래요?

그의 말은 냉소적이기까지 했다.

─ 난 지금까지 일본인도 조선인도 아닌 채 살았던 거 같아요. 난 양쪽에서 다 문제아였던 거지요. 그래서 더 지치는 날들이었고요.

여기서 나는 아까 그가 했던 말, 그러니까 자신이 일본사람이어서 더 지칠 수밖에 없었다는 그 말을 상기했다. 그는 자신이 던진 그 역설의 어투에 내포된 의미를 내가 간파했으리라 믿고 있을 게 분명했다. 그에게 나는 자신의 마음을 알아주는 단 한 명의 조선사람이었다.

─ 난 알고 있네. 가미야 그대가 조선의 슬픔을 이해하려 했다는 것을.

─ 조선에 슬픔을 준 게 우리죠.

─ 그래서 그대가 더 지쳤던 게 아닌가.

─ 고맙군요. 내가 당신에게 그렇게 기억될 수 있다는 게.

─ 가미야! 그댄 좋은 아나운서였네. 그대가 떠나면 난 쓸쓸할 걸세.

내 마음이 시키는 그 말을 나는 하지 않을 수 없었다.

─ 당신도 내게 그런 사람입니다. 슝! 당신을 못 잊을 겁니다.

가미야는 고개를 돌리며 말끝을 흐렸다. 그의 가지런한 옆 얼굴선으로 어두운 빛이 서리고 있었다. 얼굴에 슬픈 듯 잔잔한 듯 감성이 발라지는 남자, 어떨 땐 그에게서 야릇한 여성성마저 묻어났다. 그런 느낌을 받게 될 때 나는 내 스스로의 감정에서 억지로라도 빠져나오려고 애써야 했다. 지금이 또 그런 순간이었다. 지금 내 마음의 허공에선 그에 대한 애수의 구름 송이들이 떠다니는 중이었다. 이 미묘하며 애매한 감정은 뭔가. 그의 우수 띤 얼굴선에 나도 모르게 들러붙는 내 눈길을 어찌해야 하는가. 내 고단한 청춘은 예민하기까지 해서 문제였다.

그런데, 그런데 말이다. 그렇게 지내온 우리의 관계였음에도 민족적 현실과 관련해 내가 그에 대해 어쩔 수 없이 양가감정을 품게 되는 때가 있었으니, 그것은 나로서도 안타깝고 슬픈 노릇이었다. 내게 내재돼온 그 모순의 감정이란 이런 거였다. 가미야, 우리의 만남이 처음부터 선의에 의한 것이었던가. 그건 아니잖은가. 나는 그런 자문자답 속에서 언제나 치명적인 현실의 문제에 직면해 왔던 것이다. 냉정히 말하면, 가미야는 이 강토를 유린하고 지배해온 일본제국의 국민 아닌가. 그가 이 땅에 태어나게 된 것도 제국의 침략과 정복이라는 불순한 야욕의 시대사를 배경으로 하고 있잖은가. 그는 제국의 든든한 보호막을 쓰고 이 땅에 들어온 일본 식민지 개척민의 아들인 것이다. 이제는 패망한 제국의 운명을 따라 패전국민의 처지가 된 것이고.

하지만 그는 군국 치하의 방송, 그 광풍 속에서도 인간애의 작은 불씨 하나를 가슴에 담고 있었던 몇 안 되는 일본인 중 하나가 아닌가. 그래서 그의 가슴은 따뜻하지 않았던가. 험하고 고단한 시절, 나는 그를 만나 그나마도 덜 절망할 수 있지 않았던가. 이제 우리가 헤어지면 서로에게 무엇으로 남을 것인가. 이제 우리는 청춘의 시간을 앞으로도 뒤로도 돌릴 수 없다. 예감되지 않는 우리의 앞날은 불안할 뿐이고, 그 반대로 소급되는 우리의 지난날은 불행했을 뿐이다. 앞을 내다볼 수도 뒤를 돌아볼 수도 없는, 불안과 불행 사이에 끼이고 만 우리의 시간 앞에서 나는 혼란스러웠다. 세상엔 영문 모를 일이 많았다.

— 가미야, 이럴 때 우린 시를 외웠지.

— 숭! 하이네의 시가 떠오르는 거군요.

가미야가 눈치 빠르게도 내 마음을 먼저 짚어줬다. 마음이 어지러우면 우리는 조용히 음악을 듣거나 시를 읊었다. 구라파 시인들을 좋아하는 취향까지 우리는 같았다.

— 두 비스트 비 아이네 블루메!

가미야가 하이네(Heine)의 독일어 시 제목을 댔다. 나도 가미야도 즐겨 암송하던 시. 불우했던 유태계 독일 시인 하이네를 우리는 특별히 좋아했다. 가미야도 나처럼 오래전 대학시절부터 하이네의 시를 외웠던 모양이다. 사실 십여 년 전 내가 대학 다니던 그 시절에 경성에서 신학문을 한다는, 사각모 쓰고 통치마 입은 남녀 대학생치고 하이네니 릴케니 보들레르니 하는 구라파 유명 시인들의 시 몇 편 원어로 줄줄 외우고 다니지 못하는 경우가 거의 없었다. 모던 보이, 모던 걸로서의 지성과 낭만을 과시하기 위한 포장된 의식의 발로로 그러는 경우도 개중에 없지 않아 있었겠으나, 어쨌든 그때는 그런 유행풍조가 상아탑의 세계를 풍미했다.

— 숭! 우리도 서로 한 송이 꽃인가요?

그의 창백한 얼굴에 은연한 웃음기가 번졌다.

— …….

그래, 가미야 그댄 내게 마음의 꽃으로 피어나곤 했지. 그대가 꼭 여인이 아닌들 어떠리. 하이네가 노래한 사랑스런 여인이 아니어도 어떠리. 나, 박 숭은 그대 가미야에게 꽃을 보낸다. 그대가 내 마음에 꽃을 보낸 것처럼.

가미야가 먼저 하이네를 읊조리기 시작했다.

― Du bist wie eine Blume / So hold und schön und rein…….

시어가 내 귓전을 감쌌다. 그댄 한 송이 꽃과도 같다는, 그토록 사랑스럽고 아름답고 순결하다는……. 다음 연은 번을 갈아 내가 받았다.

― Ich schau′ dich an, und Wehmut / Schleicht mir ins Herz hinein…….

시어가 이번엔 가미야의 귓전을 감쌀 것이었다. 그대를 바라보고 있노라면, 내 가슴에 애수가 스미누나……. 번갈아 시를 암송할 때 우리의 어깨로 낙조가 비끼었다. 짙붉은 노을빛이 가미야의 긴 하이칼라 머리에서 부서졌다. 독일어의 딱딱한 억양도 아나운서인 그의 부드러운 음성에 실리면 리듬감을 냈다. 우리는 정동고갯마루 방송국 옥상에서 석양빛 서녘하늘을 향해 하이네의 시를 날렸다. 그때였다. 암송을 마치려던 바로 그 말.

짜과광.

갑자기 요란한 폭발음이 울렸다. 일순 우리의 가슴에 피어나던 하이네의 꽃은 짓뭉개지고 말았다. 잠시나마의 시적 감흥도 굉음에 산산조각이 나버렸다. 우리는 동시에 폭발 소리가 난 쪽으로 고개를 돌렸다. 일본군사령부가 있는 용산 쪽이었다. 굉음과 함께 거대한 연기 기둥이 솟아오르고 있었다. 천지를 뒤흔드는 폭음은 너덧 번 더 들렸다. 퇴각을 앞둔 일본군이 무기류와 군수품 등을 폭파시켜 없애는 것이었다. 검은 연기는 용산 군부대뿐 아니라 방송국 바로 앞쪽의 경성부청, 왼쪽의 경기도경찰부와 조선총독부 건물에서도 피어오르고 있었다. 관공서들도 일제히 기밀문서를 소각하는 중이었다. 사실 총독부에선 이미 이틀 전부터 서류소각 작업을 해오고 있었다. 그동안은 총독부 청사 뒷마당에서 희뿌연 연기가 피어오르는 정도였는데 지금은 온통 먹구름처럼 연기가 치솟아 뒤편의 경복궁 쪽의 시야를 가리고 있었다. 시커먼 연기가 어둑한 하늘로 유령처럼 사라져 갔다. 총독부가 재가 되어 흩날리는 순간이었다. 어슬녘 곳곳에서 타오르는 불길과 치솟는 연기 속에서 제국주의의 최후가 몸부림치고 있었다.

ㅡ 경성이 불타는군요!

ㅡ 총퇴각이군!

식민도시 게이죠(경성)가 불타고 있는가. 사방에 뻗치는 연기 기둥의 용오름 속에 서서히 땅거미가 내리고 있었다. 그쯤에서 우리는 헤어졌다. 가미야는 피곤해 집에 가서 좀 쉬어야겠다며 먼저 옥상을 내려갔다. 조금은 휘청거리는 뒷모습이었다. 나는 저녁방송 때문에 사무실로 들어가야 했다. 하지만 그때까진 시간적 여유가 있었으므로 나는 좀 더 옥상에 남아 있었다. 경성 시내에 드문드문 불이 켜지고 있었다. 해방된 도시의 불빛치고는 찬란하지도 화려하지도 못했다. 경성의 희미한 저녁 풍경에 여전히 음영이 짙었다. 식민지에서 갓 벗어난 도시는 아직 해방을 감당하지 못하는 듯했다.

ㅡ 이젠 어찌 되는 거지?

여전히 마음이 산란했다. 골초는커녕 뻐끔담배인 주제에 나는 미도리 담배 한 개비를 꺼내 입에 물었다. 담배라도 피워야 했다. 하지만 나는 몇 모금 빨지 못하고 발로 비벼 끄고 말았다. 역시 나는 애연가가 못 되었다. 마음이 어지러운 탓이었을까, 쓴 담배 맛이 역하기까지 했다. 그나저나 총독부가 직영 발매하던 이 미도리 담배도 이젠 끝이었다. 담배 얘기가 나와서 하는 말이지만 내겐 담배에 관한 한 좋은 기억보다는 나쁜 기억이 더 많다. 가장 먼저 떠오르는 나쁜 기억 한 가지. 내가 언젠가 담배를 피운 직후 스튜디오에 들어가 생방송 뉴스 원고를 읽던 중에 갑자기 역한 니코틴 냄새와 함께 가래가 끓어오른 것이었는데, 하필 '천황폐하께옵서……' 라는 대목에서 기침이 터지는 바람에 발음이 엉망이 되어 나간 거였다. 그 일로 나는 일본인 방송과장에게까지 불려가 호된 꾸지람을 듣고 시말서를 쓰게 됐던 것이다. 일본 아나운서들이 마이크 앞에서 '덴노헤이카' 를 발음하며 공손히 고개를 숙여 예의를 차리는 지경인데, 조선 아나운서가 그런 중대 실수를 범하고도 시말서 한 장으로 끝났으니 그나마 다행으로 여겨야 할 판이었다.

하긴 '천황폐하' 를 발음할 때 마이크를 향해 고개를 숙이는 조선 아나운서도 있었다. 제2 조선어방송의 가네야마가 바로 그랬다. 가네야마는 스튜디오에 들어가 방송을 하는 중에 그 대목이 나오면 즉석에서 공손스레 고개를 숙였다. 그의 행동은 누가 시킨 게 아니고 자발적인 것이었다. 그래서 그는 제1방송 일본인 직원들 사이에서 칭찬이 자자했고, 상사들의 총애를 받으며 조선인으로서는 드물게 '올해의 모범사원' 으로 선정되기도 했다. 그랬던 가네야마는 지금의 제국 최후의 광경을 지켜볼 수 없다. 그는 수년 전 우리 곁을 영영 떠났기 때문이다. 저 총독부에서 피어오르는 연기처럼 흔적 없이 사라진 것이다. 어딘가를 떠돌 그의 영혼은 지금 저 연기에서 나는 파멸의 향을 맡고 있을까. 저 폭발에서 울리는 파국의 소리를 듣고 있을까. 아니 그는 오늘 같은 날이 오리라는 걸 상상이나 했을까.

내 인생에서 만났거나 만나게 될 많은 사람들 중에 영원히 기억될 이가 몇이나 될까. 좋은 쪽으로든 그렇지 않은 쪽으로든 간에. 내게 있어서 일본 아나운서 가미야가 그런 사람이라면 조선 아나운서 가네야마 또한 그런 이

일 것이다. 나는 그 두 청춘을 경성방송 JODK에서 운명처럼 만났던 것이다.

다시 담배 얘기인데, 이젠 아나운서가 담배를 피우다 가래 끓는 목소리로 '천황폐하 운운하는 방송'을 할 일은 없을 테다. 사실 담배는 나 같은 아나운서에겐 애물이다. 평소 담배를 즐기는 아나운서가 스튜디오에서 방송을 하고 나오면 마이크에서 고약한 담배냄새가 난다고 여자 아나운서들의 눈총을 맞기도 했다. 밀폐된 스튜디오에서 방송출연 손님들과 마이크를 맞대야 하는 아나운서가 담뱃진 냄새를 풀풀 풍긴다면 결례일뿐더러 방송국 위신 문제로서 출연자들의 눈총까지 받을 일이었다. 그런 눈총들 때문이 아니더라도 아나운서로서 스스로 목청을 관리해야 하는 내게 담배는 피울 수도 안 피울 수도 없는 영락없는 애물 꼴인 것이었다. 목소리가 밥줄인 주제에도 그 애물단지를 차마 끊지는 못하고 적당히 삼가는 정도에서 피워오다 보니 지금의 뻐끔담배가 되고 만 거였다. 사실 우리 고단한 식민지 청춘들에게 담배라도 피워 물지 않으면 안 될 일들이 오죽 많았으랴.

꽝, 꽈과광.

옥상에서 내려가기 위해 발걸음을 막 떼려는 맘인데 용산 군부대 쪽에서 또 큰 폭발음이 들렸다. 폭발의 진동이 이곳 정동고갯마루 방송국에서도 느껴질 정도였다. 어둠속에서 폭음과 화염이 또렷했다. 나는 천천히 옥상을 내려오기 시작했다.

그런 와중에 나는 또 하나의 서글픈 광경을 목도해야 했다. 군부대, 총독부, 경성부청 건물에서 치솟던 검은 연기 기둥이 옥상 아래 방송국 공터에서도 피어오르고 있었다. 나는 옥상 계단에서 걸음을 멈추고 아래쪽을 살펐다. 어스름한 저녁, 방송국 마당 한쪽 구석의 쓰레기 소각장에서 불길과 연기가 이는 것이었다. 불빛이 어른거리는 소각장 주위로 사람의 그림자 대여섯 개가 유령처럼 움직이고 있었다. 그들은 불구덩이에 끊임없이 서류 뭉치들을 던져 넣고 있었다. 자세히 보니 서무과 직원들이었다. 소각작업을 진두지휘하고 있는 사람은 다름 아닌 일본인 서무과장이었다. 서류를 더미더미 날라다 불 속에 집어넣는 일은 어둠속에서 은밀히 이뤄지는 듯했다. 전시 비상방송 관련 문건, 주요 회의록, 방송운영 일지 같은 서류들일 터. 나는 보지 않아도 알 수 있었다. 방송의 흔적들이 불길에 지워지고 있는 순간이었다. 저 속엔 내가 마이크 앞에서 읽던 '천황폐하를 위한 신민의 다짐', '대동아 성전 완수의 길' 같은 아나운서 공지문 원고 뭉치도 들어 있을 것이었다. 스튜디오에서 허깨비 같은 방송을 하던 내 존재 자체가 저 원고더미와 함께 불살라질 수 있다면……. 검은 연기는 높다란 방송 안테나 철탑을 휘감으며 올라갔다. 연기가 사라지는 정동고개의 밤하늘이 음울했다.

― 혹시 방송국도 불태우는 거 아닐까.

순간 검붉은 화염에 휩싸여 사라지는 방송국의 모습이 내 머릿속에 떠올랐다. 환영과 사념들이 얽히는 저녁, 갈피 차릴 수 없는 마음에 나는 한참이나 발길을 떼지 못하고 있었다. 겨우 옥상을 내려가는 내 무거운 발걸음이 층층계 하나하나에 얹히고 있다는 느낌이나마 받은 것도 그 한참 뒤의 일이었다.

옥상에서 내려와 사무실에 들어오니 한쪽에선 총독부의 일본어 담화 원고를 조선어로 번역해 방송하는 문제를 놓고 논란이 벌어지고 있었다. 제1

방송의 일본인 방송과장과 제2방송의 조선인 아나운서 간에 벌어진 설전이었다. '종전에 즈음하여'라는 제목의 일본어 담화문은 총독부에서 작성해 방송국에 전달됐는데, 원고 내용에 부적절한 부분들이 있다며 조선어방송을 맡은 선배 아나운서가 반발하고 있는 것이었다. 상대인 일본인 방송과장은 그의 상관이었다. 나는 옆에서 담화문 원고를 훑어봤다. 내가 보기에도 문제가 있었다. 해방된 조선인들에게 자중을 호소하고 냉정을 촉구하는 내용임에도 문구가 다분히 권위적인 데다 협박조이기까지 했다. 첨예한 논쟁이 되고 있는 부분은 조선 거주 일본인들의 신변 문제를 재일조선인들의 안위 문제와 연계시킨 점이었다.

— 자! 과장님, 제가 직접 읽어볼 테니 들어보세요. 만약 조선에서 예기치 못한 사태가 발생하고 있다는 소식을 일본에서 듣게 된다면 재일조선인들의 운명도 어떻게 될지 장담할 수 없다, 그들의 무사귀환을 위해서라도 조선인들은 자중하라, 재일조선인들은 이백만 명이 넘는다, 이는 조선 거류 일본인에 비해 두 배가 넘는 숫자다, 자! 이런 내용들, 이건 겁박입니다. 이걸 담화문이라고 방송을 한다면 오히려 조선인 청취자들의 반감을 살 겁니다. 이대로 방송이 나가선 곤란해요.

조선어방송 선배 아나운서가 흥분해 떠들었다.

— 그게 왜 곤란한가? 혼란 상황에서 우려되는 조선인들의 난폭한 행동을 막기 위함이 아닌가. 경각심을 주기 위해서라도 그렇게 방송할 필요가 있네. 그러다 불행한 사태가 일어나면 당신이 책임질 텐가? 아니, 그게 당신의 책임 따위로 해결될 문제인가?

일본어 방송과장이 맞받아쳤다.

─ 이런 내용이 사태를 오히려 악화시킬 수도 있어요. 과장님, 이 표현은 바꾸든지 빼든지 해야 합니다.

─ 그럴 순 없네. 총독부의 뜻인데 내 마음대로 어떻게 바꾸겠나. 지금 조선과 일본 각국 동포가 처한 현실을 적절하게 예로 들었기 때문에 문제 없다고 보네. 그대로 방송하게.

일본인 방송과장의 말은 단호했지만 그전 같은 기세는 아니었다. 오히려 조선인 아나운서의 태도가 당돌했다. 일본인 상사와 조선인 부하직원의 정면충돌 광경은 사실 이제까지 목격할 수 없던 것이었다.

─ 과장님, 문제는 또 있습니다. 바로 원고 이 부분을 보면 말씀이죠, 조선인들이 감정대로 행동해 일본인들에게 보복한다면 군도 부득이 강경한 자위조치를 취하지 않을 수 없다고 돼 있는데요, 이건 노골적인 협박이자 엄포 아닙니까? 지금 일본군이 항복한 마당에 조선인에게 이런 식으로 나올 수는 없잖습니까?

선배는 담화문의 중간 부분을 손가락으로 찍어가며 따지고 들었다.

─ 어이, 당신은 왜 그 부분만을 가지고 문제 삼나? 앞부분에 우리 일본인들이 조선인들에게 사과한다는 내용도 들어있지 않은가.

─ 저로서는 진정성이 느껴지지 않습니다. 협박과 엄포가 목적이고 사과 운운은 형식적으로 집어넣은 문구 아닙니까? 그런 느낌을 지울 수 없습니다. 결국 항복한 군대가 일본인의 생명과 재산을 지키기 위해선 끝까지 나서겠다는 거 아닙니까?

─ 이 사람이! 말 함부로 하지 말게. 종전이 되었다고 해도 방송국 운영권은 아직까진 우리가 가지고 있네. 지금 이 순간에도 당신은 내 부하직원

일세. 세상이 바뀌었다고 부하가 상사에게 어떻게 이렇게 대들 수 있나!

과장은 얼굴을 붉히고 감정을 드러냈다. 하지만 곧 냉정을 되찾고 말을 이었다.

─ 아무튼 내 소관 밖이네. 군부대 방침인데 방송국의 일개 과장인 내가 뭘 어쩌겠나. 군에서도 피차 불행한 사태를 미연에 막자는 취지이며 양쪽 국민을 생각하는 충정 아니겠나. 그러니 가능하면 그대로 조선말로 옮겨 방송을 하게!

과장은 이번엔 군 쪽으로 책임을 떠넘겼다. 담화문 논쟁은 옥신각신 더 이어졌다. 확실히 일본인 상사들은 강단 있게 굴던 예전의 그들이 아니었다. 그러나 아직도 그들은 상관의 우월적 지위에 있었다. 지루할 정도의 밀고 당기기 끝에 부분적으로 자구 정정과 표현 수정이 이뤄지긴 했으나 담화문 내용의 틀 자체를 바꾸기엔 역부족이었다. 나는 선배 아나운서를 도와 곁에서 번역 작업을 거들었다. 방송은 선배가 진행하도록 돼 있었다. 일본 아나운서와 조선 아나운서가 함께 스튜디오에 들어가 자국어로 된 담화문을 순차적으로 낭독하는 식이었다. 우여곡절을 거쳐 한밤중에 조선총독부 이름으로 된 담화문이 전파를 탔다. 정오의 중대방송 이후 오후 내내 중단되었던 제1 일본어방송 채널을 통해서였다.

〈조선인 청취자 여러분, 종전을 맞아 우리 총독부는 JODK 방송을 통해 호소하고자 합니다. 오랫동안 여러분께 협력을 강요했던 대동아전쟁도 무운이 다해 우리는 오늘 항복하지 않을 수 없게 됐습니다. 조선인 여러분에게는 이제 독립이 약속돼 있습니다. 그간의 일본 통치로부터 해방된 기쁜 심정 십분 이해하며 통치에 대한 원한의 감정 또한 상상하고도 남습니다.

우리는 여러분에게 깊이 반성하고 후회하며 충심으로 사과드리는 바입니다…….〉

담화문의 전반부는 방송과장의 말처럼 그런대로 조선 식민통치에 대한 반성과 조선인에 대한 사과의 뜻을 전하고 있었다. 담화문은 후반부로 이어졌다.

〈조선인 여러분, 무리한 부탁일지 모르겠으나 독립의 영광에 오점을 남기지 않도록 사태에 냉정히 대처하고 과격한 행동을 하지 않기를 삼가 바랍니다. 만약 감정에 따라 직접적인 수단으로 일본인에게 보복을 기도한다면 참으로 우려할 만한 사태를 피할 수 없을 것입니다. 그 경우 우리 일본군도 연합군으로부터 허락된 우리 동포 보호 권한을 행사하기 위해 부득이 자위조치를 취할 수밖에 없습니다. 현재 재일조선인은 이백오십만 명으로 조선 거류 일본인의 두 배가 훨씬 넘습니다. 만일 조선의 일본인들에게 불상사가 발생한다면 일본의 조선인들 운명에 어떤 일이 일어날지 아무도 예측할 수 없습니다. 한 방울의 피가 엄청난 유혈사태를 부를 수 있다는 사실을 인류역사에서 봐오지 않았습니까? 여러분의 동포 재일조선인들도 무사히 독립된 조국으로 돌아와야 하지 않겠습니까? 그들의 무사귀환을 위해서라도 여러분들이 부디 자중해 주기를 부탁드리는 바입니다.〉

담화 끝부분의 내용은 선배 아나운서의 항변 그대로였다. 자중을 부탁하면서도 교묘하게 재일조선인들의 무사귀환 문제를 걸어 협박하는 것에 다름 아니었다. 전반부 담화 내용의 진정성을 의심케 하는 것이기도 했다.

이제나저제나 하며 먹통이 된 라디오 앞을 떠나지 못하던 일본인들은 불쑥 재개된 방송에 놀라움과 함께 착잡한 심정을 억누를 길 없었다. 그 포고방송이 되레 불안심리를 증폭시킨 꼴이 되었기 때문이다.

— 일본어 제1방송에서 이젠 조선말이 나오다니!

— 이젠 어쩌지? 우린 어떻게 일본으로 돌아가지?

— 정말 조선인들이 우리에게 보복하면 어쩌지!

불안감에 밤공기가 으스스해지는 기분이었다. 지금 폭음 울리고 화염 솟고 포고방송 나오는 경성의 밤이 갑자기 무서워졌다. 자국 국민들을 식민지에까지 끌어들여 종내는 절망의 나락에 빠뜨린 제국에 대해 증오심도 일었다.

조선인들의 반응도 복잡하긴 마찬가지였다. 담화 내용에 불만을 품은 청취자들이 방송국에 항의전화를 걸어왔다.

— 세상이 바뀌었는데 아직도 협박방송이야? 방송 똑바로 해.

— 왜 일본 징용 끌려간 조선인들을 걸고넘어지는 거야. 비열한 술책 부리네.

— 누가 보복한다고 야단들이야. 괜히 지들끼리 지레 겁먹고 떠드는군.

총독부 포고방송은 밤 동안 서너 번이나 되풀이되었다. 담화문 낭독이 끝나면 음악으로 이어졌다. 담화문과 음악으로 때우는 철야 비상방송이었다. 아나운서, 편성원, 기술담당자 모두가 여기에 매달렸다. 자료실에 꽂혀 있던 레코드판들이 쏟아져 나왔다. 일본인 편성원은 일본노래를 틀었고 조선인 편성원은 조선노래를 틀었다. 더는 군가나 군국가요를 틀 수 없게 된 일본 편성원은 나니와부시 같은 전통 창곡을 내보냈다. 조선 판소리와도 같은 곡조의 노랫소리가 샤미센의 현악과 어우러져 한참이나 이어지곤 했다. 샤미센을 탄주할 때 비단실로 된 현들이 가냘프게 울었고 일본인 편성원은 심사를 달래려는 듯 지그시 눈을 감았다. 그는 비탄조의 장중한 노래를 내보내기도 했는데 흡사 심야의 진혼곡처럼 들렸다. 어쨌든 '결사대의 아내' 니 '아들의 혈서' 니 하는 따위의 군국가요를 듣지 않게 된 건 다행이었다. 조선인 편성원도 질세라 밤새 레코드판을 돌렸다. 그의 탁자 위에는 빅타, 콜롬비아 같은 음반제작사의 판들이 널려 있었다. 전통민요 '아리랑' 에, 만담가 신불출이 지은 신민요 '노들강변' 에, 가수 이난영이 히트시킨 유행가 '목포의 눈물' 에 레퍼토리는 끝이 없었다. 그동안 전시총동원체제의 사회 분위기에 맞지 않는다는 이유에서 방송금지곡으로 묶였던 노래들도 다시 전파를 탔다. '목포의 눈물' 도 한동안 방송금지에 묶여 JODK 라디오에서 들을 수 없던 노래였다. 이제 방송금지곡의 운명에 처해질 노래는 다름 아니라 단체로 발맞춰 행진할 때 듣던 그 4분의 2박자 내지 4분의 4박자의 군가와 군국가요였다.

《사공의 뱃노래 가물거리며 / 삼학도 파도 깊이 스며드는데……》

밤을 새워 빅타, 시에론, 콜롬비아, 태평, 오케 레코드판들이 닳도록 돌았다.

《제이·오·디·케이, 고치라와 게이죠 호소교쿠데스!

제이·오·디·케이, 여기는 경성방송국입니다!》

비상방송은 새벽녘에 방송종료를 알리는 콜사인으로 끝났다. 마무리 콜사인 방송은 내가 맡았다. 나는 마이크 앞에서 일본 아나운서와 함께 자국어로 콜사인 멘트를 넣었다. 경성방송국 전파호출부호 JODK, 이 콜사인도 일본제국의 몰락과 함께 사라지리라. 이제 일본사람이 물러가면 경성방송국엔 미국사람이, 평양방송국엔 소련사람이 오겠지. 이건 해방의 다른 얼굴 아닌가. 남녘과 북녘의 방송국에 비쳐드는 광복의 빛살에 불행히도 음영 진 색조 한 자락이 드리워질 줄이야.

　나는 상념에 빠져 새벽녘의 스튜디오에 앉아 있었다. 나와 함께 콜사인을 넣었던 일본인 동료 아나운서도 우두커니 앉아 스튜디오를 뜨지 못하고 있었다. 그는 그의 상념이 있을 것이었다. 그의 피곤한 얼굴에서 불안감이 짙게 묻어났다. 곧 일본으로 돌아가게 될 그는 일본인으로서 본국의 상황을 더 걱정하고 있었다. 그는 도쿄 NHK 라디오를 통해 천황의 항복방송이 나가게 된 전후 사정에 대해서도 비교적 소상히 알고 있었다. 나는 그를 통해 자세한 내용을 들을 수 있었다. 어제 잠깐 가미야에게서 들었던 이야기보다 훨씬 더 구체성을 띠고 있었다. 지금 그의 이야기에 따르면 NHK에서 그 방송이 나가기까지는 위기일발 상황의 연속이었다. 그러니까 천황의 육성이 녹음된 레코드판을 탈취해 항복방송을 저지하려는 극우 강경파 군인들의 반란 책동 속에서 그 방송이 극적으로 나간 것이었다.

마이크와 총

경성 조선총독부 야간 종합상황실.

청사 4층 상황실을 지지누르던 팽팽한 긴장과 불안은 새벽녘에도 그대로 이어지고 있었다. 간밤에 각 지방 도청 상황실에서는 보고도 제대로 올라오지 않았다. 총독 시대의 파국을 예고하듯 이제는 중앙과 지방의 행정 보고 체계도 무너지는 중이었다.

새벽 5시를 막 넘긴 시각, 상황실 한쪽 구석방에 별도로 꾸며진 보안과 소속 해외방송 청취 전담반에서 갑자기 술렁대는 소리가 들렸다.

— 어? 본토 방송이 왜 안 나오지?

새벽 5시에 습관처럼 본토 NHK 라디오 단파방송에 주파수를 맞추던 담당자가 헤드폰을 쓴 채 눈을 휘둥글렸다. 도쿄에서 방송을 시작할 시간인데 방송전파가 수신되지 않는 것이었다. 그는 단파라디오 수신기로 도쿄 NHK 방송을 전문으로 청취하는 보안과 직원이었다. 창가 쪽에서 미국의 소리 방송(VOA)을 감청하고 있던 다른 직원까지 달려와 라디오 다이얼을 이리저리 돌려봤다.

— 무슨 일이지? 방송이 전혀 잡히지 않네.

— 어젯밤까지도 오늘 정오에 중대발표가 있을 거라며 예고방송을 되풀이하더니, 왜 방송이 중단된 거야?

매일같이 해외 단파방송을 청취하고 주요 방송내용을 상부에 보고하는 게 그들의 업무였다. 미국, 소련, 중국 같은 적성국 방송은 물론 본국의 도쿄 방송도 청취와 정보보고 대상이었다.

— 예고도 없이 본토 방송이 끊기긴 처음인데!

— 아무래도 이상해. 우선 실장님에게 상황보고부터 해야겠어.

그들은 즉각 상황실장에게 사실을 알렸다.

— 뭐라고? 이 위중한 순간에 방송마저 안 들리면 본국 사정은 더욱 깜깜소식이 되는 거 아닌가!

상황실장의 파리한 안색에 긴장의 빛이 흘렀다. 비상 상황에서 국민복 차림으로 밤을 지새운 상황실장의 용색은 초췌했다. 8월 여름밤의 끈끈한 무더위에 시달린 탓에 그의 목둘레에 닿은 국민복 옷깃까지 땀이 배어 있었다.

— 동경에서 변고가 일어난 게 분명해. 어이, 상황을 더 알아볼 만한 데가 없나?

상황실장이 의자에서 일어서며 담당자를 향해 조바심쳤다.

— 실장님, 경성방송국에 전화해 볼까요?

— 경성방송?

― 예. 혹시 거기선 뭐라도 좀 알고 있지 않을까요?

― 관둬! 거기도 방송 끊어진 거나 아는 정도겠지, 뭘 더 알겠나. 우리 총독부 상황실에서 파악하지 못하는데 방송국이라고 파악하겠어? 괜히 방송국에까지 알려지면 일이 시끄러워질 수 있어.

상황실장은 담당직원의 의견을 묵살했다. 실장으로서는 그럴만한 이유도 있었다. 가슴에 짚이는 바가 있었던 것이다. 그는 조선총독부 상황실 책임자로서 며칠 전부터 본국 군부의 공기가 심상치 않다는 얘기를 듣고 있던 터였다. 제국이 연합국에 항복하면 강경파 군인들이 쿠데타를 일으킬 것이고 항복발표 방송을 저지하기 위해 NHK 방송국을 무력으로 점령할 것이라는 첩보였다. 그렇다면 지금 동경에선 군부가 반란을? 방송 중단도 그래서?

― 어이, 용산 조선군사령부 상황실에 연락해 봐! 거긴 무선통신망도 있고 하니 뭐 좀 알지 몰라.

상황실장은 어떤 직감이 스치는 듯 빠른 목소리로 담당자에게 지시했다.

― 용산 군사령부요?

― 어서 알아 봐! 군사적 변란일 수 있으니까.

― 군사적 변란요? 실장님, 그게 사실이라면 군사령부에서 우리한테 순순히 말해줄까요?

― 전화해서 뭐든 좀 알아내 보라니까!

상황실장은 자꾸 반문하고 주저하는 담당자에게 호통 쳤다.

― 예. 알아보고 다시 보고하겠습니다.

　담당직원이 물러간 뒤 상황실장은 털썩 의자에 주저앉았다. 다릿심까지 풀리는 느낌이었다. 어지러운 생각이 엄습하기 시작했다.

　오늘 운명의 날, 도대체 지금 바다 건너 본국 동경에서는 무슨 일이 일어나고 있는가. 정말 군부가 쿠데타를 일으켜 방송국까지 장악한 것인가. 그래서 방송이 중단되고 있는 것인가. 오늘 정오 동경에선 중대뉴스를 방송하기로 되어 있지 않은가. 과연 중대뉴스는 예정대로 발표될 것인가. 이제 낮 12시 정오까지는 일곱 시간도 채 안 남았는데. 중대뉴스는 무엇을 의미하는가. 그 뉴스가 나오는 순간, 그걸로 모든 상황은 끝이란 말인가. 그렇다, 상황 끝! 그나저나 아침에 총독 각하껜 본국 상황을 뭐라고 설명 드려야 하나. 지금 동경의 상황이 빨리 파악돼야 할 텐데…….

　상황실장은 상황을 모르는 이 상황이 답답하기만 했다. 다만 한 가지 분명한 상황은 그도 짚고 있었다. 오늘이 조선총독부 운명의 날이 될 거라는 사실이었다. 그는 의자에 앉은 채 창밖으로 먼동이 트는 광경을 멀뚱히 바라봤다.

　경성의 여름 새벽은 빠르게 밝아오고 있었다. 조선의 진산 북악산과 조선의 궁궐 경복궁이 여명 속에서 희붐한 윤곽을 드러내고 있었다.

*

그 새벽녘, 도쿄 NHK 방송국.

　방송국은 인근의 검푸른 히비야 공원과 함께 칠흑의 어둠에 묻혀 있었다. 도쿄 전체가 암흑천지였다. 에도시대 이래 일본의 심장부로, 벚꽃과 은행나무로 뒤덮이곤 하던 아름다운 도시 도쿄는 연일 초토화되고 있었다. 계속되는 B-29 미군폭격기의 공습에 유서 깊은 도시는 잔허의 벌판으로

변해 있었다. 주민소개령에 따라 사람들이 대거 빠져나간 도심은 텅 비다시피 했고 밤마다 도심의 공동은 음울한 어둠으로 채워졌다. 그나마 방송국은 천황의 궁성과 함께 폭격을 면하고 있었다. 용케 미군기의 폭격을 피한 건지 아니면 미군기가 폭격을 안 한 건지는 알 수 없는 노릇이었다.

반란군이 NHK 방송국에 들이닥친 건 새벽이었다. 중대 규모의 병력이었다. 저벅거리는 군홧발 소리, 철커덕대며 총칼이 부딪치는 소리, 악쓰는 고함 소리가 심야의 방송국을 뒤흔들었다. 소총과 군도로 무장한 군인들은 방송국을 모조리 뒤졌다. 스튜디오, 조정실, 기계실, 사무실, 숙직실에서 겁먹은 직원들이 줄줄이 끌려나왔다. 얼핏 오십 명이 넘어 보였다. 군인들은 그들을 다른 예비 스튜디오에 몰아넣고 가두었다. 그런 난리가 없었고 그런 북새가 없었다.

직원들은 잠시 후 새벽 5시 방송개시와 함께 '옥음방송 예고' 뉴스를 내보내기 위해 야간 비상근무를 하던 중이었다. 어젯밤 9시 뉴스에서는 '내일 정오에 중대방송이 있을 것'이라는 정도의 예고방송만 나간 상황이었다. '옥음방송'은 그 자체로 놀라운 뉴스였다. 여태껏 천황의 음성이 방송된 적이 없기 때문이었다. 방송 따위가 그 살아 있는 신의 목소리를 어찌 감히! 옥음방송의 내용이 무엇일까 하는 건 그 다음의 문제였다.

― 우리는 근위사단 소속으로 사단장 명령에 따라 출동했소. 옥음방송을 봉쇄하라는 명령이오. 이제 우리의 허락 없이는 어떤 방송도 할 수 없소!

중대장으로 보이는 젊은 장교가 방송국 직원들에게 엄중한 경고를 내렸다. 말할 때 허리에 찬 긴 군도가 좌우로 흔들렸다. 말투만큼이나 절도와 박력이 넘치는 지휘관이었다. 그는 오로지 명령에 살고 명령에 죽는 제국의 충직한 장교였다. 앞서 그는 사단 사령부에서 병력을 출동시키며 부하들에게 이렇게 말했다. 우리는 위기에 처한 조국을 위해 일어섰다. 일본의 운명이 제군의 손에 달렸다. 제군은 기필코 NHK 방송을 막아라!

― 지금 회장은 어디 있소?

지휘관이 웅기중기 모인 직원들을 향해 방송국 회장의 행방을 물었다. 나이 지긋한 간부직원이 답했다.

― 회장님 일행은 아직 궁성에서 안 돌아오셨소.

― 궁성에서 녹음이 아직도 안 끝난 거요?

상부명령에 따라 움직이는 일선 중대장으로선 궁성 내부의 사정까지는 알 수 없었다. 방송국 직원들도 궁금하기는 마찬가지였다.

― 우리도 거기까진 모릅니다. 연락도 안 되고…….

간부직원은 말끝을 흐렸다. 그 시각 회장과 보도국장, 기술국장 등 NHK 수뇌부는 녹음 기술진과 함께 궁성에서 천황의 육성 녹음 작업을 끝내고 돌아오다 반란군에게 잡혀 감금된 상태였다.

방송국은 순식간에 쿠데타군에게 장악되었다. 지금은 새벽이어서 방송 정파 시간이었다. 방송을 시작해야 하는 다섯 시까지는 두세 시간 남은 상황이었다. 직원들을 대신해 그 간부가 다시 용기를 냈다.

― 방송을 하도록 해주시오. 관할 감독기관의 승인 없인 누구도 방송을 중단할 수 없소.

― 뭐, 감독기관의 승인?

젊은 지휘관의 앳된 얼굴이 일그러졌다.

- 그렇소. 당국의 승인이 있어야 하오.

- 당국? 나는 천황폐하를 호위하는 근위사단장 명령으로 왔소. 근위사단장 명령은 곧 폐하의 명령이오.

지휘관은 찌푸린 인상을 더 찌푸렸다.

- 제발 선처해주시오. 새벽 다섯 시에 중요한 뉴스를 내보내야 하오.

- 방송 못한다지 않았소. 내 명령을 어길 작정이오?

지휘관은 느닷없이 허리에서 군도를 뽑아들었다. 저르렁, 날 선 칼날이 전등불빛에 번쩍였다. 간부직원은 서슬 퍼런 위협에 기가 죽어 물러났다.

시시각각, 초초분분을 다퉜다. 총을 든 쿠데타군은 여전히 스튜디오와 조정실을 가로막고 있었다. 밖은 아직도 야간공습 경계경보가 발령돼 있는 상태였다. B-29 미군기들이 칠흑의 도쿄 밤하늘을 마음대로 들락날락하며 벌써 몇 차례나 폭탄세례를 안긴 뒤였다. 전쟁의 마지막 날 새벽, B-29의 마지막 대공습이었다.

방송개시 삼십여 분 전. 그때 또 다른 장교가 다급하게 스튜디오로 뛰어들어왔다. 소좌 계급장을 달고 있었다. 그는 지금 막 방송국에 도착한 것이었다. 그가 먼저 와 있던 아까 그 젊은 지휘관의 계급장을 힐끗 쳐다보며 물었다.

- 어이, 중위! 귀관이 여기 지휘관인가?

- 옛! 근위보병사단 제1연대 1중대장입니다.

젊은 지휘관이 소좌를 향해 거수경례를 붙였다.

- 수고 많다, 중위! 나는 육군성 군사과 소속이다. 이상 없는가?

소좌는 자신의 소속을 밝히며 이상 유무를 물었다. 그는 쿠데타를 주도

하고 있는 청년장교들 중의 한 명이었다. 그는 두세 시간쯤 전에 근위사단장을 살해하고 병력을 지휘해 궁성에 난입한 뒤 천황의 항복방송 녹음 음반을 탈취하려다 실패하자 쫓기듯이 방송국으로 달려온 것이었다. 쿠데타 장교들은 허위로 꾸민 사단명령서를 이용해 병력을 움직이고 있었다.

　— 예, 소좌님! 방송봉쇄 철저 이행 중입니다.

　— 중위! 옥음방송 못 나가도록 끝까지 방송국을 지켜라. 우리는 철저 항전한다. 우리에게 항복은 없다. 알겠나?

　소좌의 눈은 불길이 일어 노기등등했다. 그는 미친 듯 야단을 떨었다. 거칠게 내딛는 발걸음으로 오른쪽 허리에 찬 권총집이 덜렁거릴 정도였다. 사단장 살해라는 극단의 하극상을 저지른 뒤끝이어서 마음의 평정을 유지한다는 건 애당초 가능하지 않았다. 사단장을 살해하던 광경에 그는 지금도 몸서리를 쳤다.

　소좌가 일단의 쿠데타 청년장교들과 함께 근위사단장실을 찾아간 건 아까의 일이었다. 소좌는 유카타 실내복 차림으로 잠시 휴식을 취하고 있던 근위사단장에게 '사단장 각하! 천황폐하의 옥음방송만 막을 수 있다면 우리 육군은 마지막 항전의 기회가 남아 있습니다. 항복은 안 됩니다. 각하, 부디 결단해 주십시오!' 라고 호소했다. 사단장은 눈을 치켜뜨며 '지금 너희들은 반역을 하고 있어. 내 임무는 폐하와 황성을 지키는 것이다. 폐하의 뜻에 거역할 수 없다!' 며 호통을 쳤다. 사단장 곁을 지키던 중좌 계급의 부관도 가세해 '지금 귀관들이 사단장 각하를 협박하는 것인가. 더 이상 불충과 반역을 저지르지 말고 부대로 복귀해!' 라며 청년장교들을 꾸짖었다. 부관과 사단장은 처남과 매형 사이이기도 했다. 새벽의 설득전은 피차간에 오래도록 이어졌다. 그때 비행사 복장을 한 대위가 뛰어 들어와 '소좌님, 아직도 설득이 안 됐습니까? 이렇게 질질 끌다 날이 새는 거 아닙니까?' 라고 소좌를 향해 물었다. 소좌는 자기도 답답하다는 표정을 지었다. 사단장이 의자에서 벌떡 일어나며 '네놈은 또 누구냐?' 고 고함쳤다. 대위도 기죽지 않고 '저는 육군 항공사관학교 구대장입니다. 근위병들도 궐기했는데 왜 근위사단장님은 아직도 주저하시는 겁니까?' 라고 따지듯 물었다. 화가 치민 사단장은 '이놈이 대체 뭔 소리를 지껄이는 거야? 너희들이 아무리 떠들어도 내 생각은 변하지 않아. 폐하의 뜻이 그게 아니라는 걸 명심해!' 라며 완강한 태도를 누그러뜨리지 않았다. 중장 계급의 사단장과 일개 구대장인 대위 사이에 그렇게 설전이 오갔다. 그러던 중 대위가 소좌 일행을 향해 '소좌님, 저는 이제 조국을 위해선 어쩔 수 없습니다!' 라고 외치며 갑자기 군도를 뽑아들고 사단장에게 달려들었다. 거의 동시에 사단장 부관인 중좌도 '네놈이 감히 사단장 각하를 벨 작정이냐?' 라고 고함치면서 칼을 마주 빼들고 매형인 사단장의 앞을 가로막고 나섰다. 칼은 중좌보다 대위의 것이 빨랐다. 대위의 칼이 먼저 중좌의 어깨와 가슴을 그어 내린 뒤였다. 놀란 사단장이 악을 쓰며 그들 앞으로 달려 나왔다. 다시 칼날이 번뜩였을 때 총성도 함께 울렸다. 대위의 칼과 소좌의 권총이 동시에 사단장을 향한 것이었다. 총탄과 칼에 맞은 사단장은 널브러진 중좌 처남의 몸통 위로 겹쳐 쓰러졌다. 사단장의 유카타 실내복이 피로 물들었다. 소좌가 빼든 권총에선 가느다란 화약연기가 날렸다. 이렇게 된 이상 외길 수순이었다. 소좌는 권총을 높이 쳐들고 '이젠 궁성이다. 뒷일은 다른 동지들이 알아서 처리할 것이다. 우린 궁성으로 간다!' 라고 일행에게 외쳤다. 뒷일이란 자신들이 살해한 사단장의 직인을 이용해 가짜로 사단명령서를 만들어 궁성으로 병력을 출동시키는 것이었다. 병력 출동은 소좌가 말한 대로 다른 공모자들이 맡아서 처리하도록 돼 있었다. 소좌 일행은 마지막으로 사단장의 시체를 향해 거수경례를 올린 뒤 방을 나섰다.

지금 방송국에서 사납게 으르대는 소좌에게 그런 끔찍한 순간이 있었던 것이다. 그게 불과 몇 시간 전의 일이었다. 힘하게 굴던 소좌는 방송국 직원들 중에서 보도책임자를 불렀다. 소좌와 나이가 어금지금해 보이는 삼십대 중반의 남자가 그의 앞에 나왔다.

— 당신이 보도 책임자인가?

— 그렇소. 보도부부장이오. 오늘밤 보도당직이오.

부부장의 눈길은 의연했고 목소리는 담담했다. 반면에 소좌의 눈빛은 초조했다. 소좌는 뭔가에 쫓기는 듯 권총부터 빼들었다. 사단장을 쏜 그 총에선 채 가시지 않은 화약 냄새가 났다. 소좌가 몇몇 사병들과 함께 부부장을 총으로 겨눠 보도부 사무실로 끌고 들어갔다.

— 새벽 다섯 시 방송은 내가 하겠소. 우리 청년장교들이 궐기할 수밖에 없었던 이유를 내가 직접 뉴스방송을 통해 국민들에게 알리겠소. 협조하시오!

권총이 부부장의 가슴을 향하고 있었다. 소좌의 눈빛에선 얼핏 살기가 감돌았다.

— 안 됩니다.

부부장은 조용히 그러나 단호히 거부했다. 감히 태도가 초연했다.

— 안 되다니! 죽고 싶은가?

권총의 뭉툭한 총구가 부부장의 가슴께로 바투 파고들었다.

— 안 됩니다. 공습경보 중엔 방송할 수 없습니다. 동부군사령부 허가를 받아야 가능하고 송신에 기술적인 문제도 있습니다.

부부장은 차분하게 이유를 대며 반란군의 방송 요구를 거절했다. 권총 협박에 굴하지 않는 상황대처였다. 그는 보도당직 책임을 맡은 기자로서 방송을 지켜낼 책임과 의무가 자신에게 있다고 믿었다.

소좌는 역사에 반역이 아닌 충절로, 불의가 아닌 정의로 남고 싶었다. 비록 이 순간 반란군의 오명을 쓰고 있지만 제국의 군인으로서 국체 보존과 조국 수호를 위해 신명을 바친다는 사명감에 불타고 있었다. 그가 나고 자라며 배운 건 개인보다는 집단, 집단보다는 국가라는 사실이었다. 국가, 그것은 그의 정신을 지배하는 세계였다.

새벽녘 한 보도 간부와 한 반란 군인의 대치가 이어졌다. 그러는 순간에도 시계바늘은 5시를 향하고 있었다. 피차 신념의 대결이었음에도 사정이 급한 건 소좌 쪽이었다. 반란군 소좌는 더 이상은 안 되겠다고 판단했는지 보도부 부부장을 권총으로 쳐 밀쳐내고 이번엔 옆에 있던 아나운서를 끌어냈다. 소좌는 그를 스튜디오로 데리고 들어가며 확인하듯 물었다.

— 당신, 아나운서 맞지?

— 방송원입니다. 지금 아나운서라는 용어는 사용금지입니다.

서른 안팎 나이의 남자였는데 그도 냉정하리만치 침착했다. 그 상황에서 아나운서 호칭을 바로잡아줄 정도로 당돌하기까지 했다. 미국과 전쟁을 시작하면서 영어는 적성국 언어가 되어 방송에선 아나운서라는 말도 쓸 수 없었다. 역설적이게도 방송국에 '아나운서'는 없었다.

— 흠, 그런가! 그럼 방송원, 이름이 뭔가?

— 다테노 방송원입니다.

소좌는 이름을 듣는 순간, 바로 이 친구가 4년 전 미국 하와이 진주만 공격 때 첫 소식을 전하던 그 유명한 아나운서구나, 라는 생각이 퍼뜩 떠올랐다.

《임시뉴스를 말씀드립니다. 제국 육해군이 8일 새벽 서태평양에서 미국·영국 군대와 전투상태에 들어갔습니다…….》

그때 그 대본영 발표 긴급뉴스에 일본열도가 얼마나 흥분했던가. 제국의 군인으로서 얼마나 가슴 뿌듯했던가. 당시 그 목소리의 주인공이 바로 이 친구였구나. 그러나 그 후 4년, 지금 그 욱일승천의 기세는 어디로 갔는가. 이제 제국은 패전 직전, 폐하께서 몸소 연합국 포츠담 선언을 수락하지 않을 수 없는 참담한 지경에 이르지 않았는가. 포츠담 선언은 항복을 의미하는 것 아닌가. 어쩌다 제국이 이런 상황까지 왔는가.

반란군 소좌는 와중에도 잠깐 그런 생각을 했다. 새벽 5시 방송개시 순간이 다가오고 있었다.

— 다테노 방송원! 옥음방송은 막아야 해. 그것이 나와 자네의 조국 일본을 구하는 길이야. 우린 우국충정 일념에서 궐기했네. 내가 국민들에게 꼭 할 말이 있으니 이따 잠깐 나도 방송하게 해주게.

소좌는 속사포처럼 말을 쏟아냈다. 그의 권총은 이번에도 아나운서 쪽을 향하고 있었다. 그러나 그 등등하던 분기는 아까보다는 가라앉아 있었다.

— 그럴 순 없습니다.

아나운서는 거부했다. 그는 묵묵히 마이크 쪽에 시선을 박고 있었다.

— 폐하께선 정부내각 화평파의 계략에 휘말리셨네. 항복 음모를 꾸미는 각료대신들로부터 폐하를 보호해야 되네. 제발 협조해주게!

소좌는 이제는 설득하고 사정하는 투로 나왔다. 그의 손에서 총구가 까닥였다. 다른 손에는 방송할 내용을 미리 적어온 종이쪽지가 쥐어져 있었다. 땀 난 손에 젖고 구겨진 쪽지였다. 쪽지에서 그의 조바심을 읽을 수 있었다.

— 방송을 즉흥감정으로 할 수는 없습니다. 지금은 공습경보 중이고…….

아나운서도 아까 보도 부부장과 같은 이유를 대며 버텼다. 소좌의 낯빛이 어두워졌다. 눈빛은 절망을 말하고 있었다. 방송 문외한인 소좌로서는 스스로 복잡한 기기를 조작해 방송할 수 있는 능력이 없었다. 지금 그가 모르는 사실이 또 하나 있었다. 만약 그가 쿠데타 방송을 한다고 해도 그 방송은 전파를 타고 나갈 수 없다는 점이었다. 아까 소란스러운 와중에 눈치 빠른 방송기술계장이 아무도 몰래 송신소로 통하는 회선이 차단되도록 미리 스위치 조작을 해놓았기 때문이었다. 기술계장의 기지가 발휘된 순간이었다. 권총 한 자루만 들고 스튜디오로 뛰어든 반란군 소좌는 기자, 아나운서, 기술자 앞에서 차례로 속수무책이었다. 그렇다고 괘씸하게도 명령을 거부하고 있는 그 유명한 국민 아나운서를 향해 차마 방아쇠를 당길 자신도 없었다. 그의 기는 이미 꺾여 있었다.

— 제발 내게 방송할 기회를 주게!

— 그럴 수 없습니다. 장교님, 단념하십시오.

아나운서는 한 손으로 마이크를 움켜쥐었다. 이번에는 마이크를 잡은 아나운서와 권총을 잡은 반란군의 대치, 곧 마이크와 총의 대결이었다.

마침내 스튜디오 밖 조정실 벽에 걸린 괘종시계가 5시를 가리켰다. 다섯 시면 스튜디오 방송표시등에 빨간불이 들어오고 방송이 시작되는 시간이었다. 그러나 지금 방송 램프엔 빨간불이 켜지지 않았고 마이크는 침묵했다. 반란군과 아나운서 어느 누구도 마이크 앞에 앉지 못했다. 그대로 방송은 끊겼다. 중차대한 순간에 무단으로 전파가 끊기는 사태가 발생한 것이었다. 그 숱한 태풍, 폭우, 지진, 쓰나미 같은 재난 상황에서도 방송이 전면 중단된 적은 없었다. 있었다면 9년 전 2.26 군사반란사건 당시뿐이었다. 그 해 2월 26일 새벽에도 지금과 같은 군사정변이 일어나 방송이 중단됐던 것이다. 스튜디오에 감금된 방송국 직원들은 그때의 악몽을 떠올리며 긴 한숨을 토해냈다.

동이 트고 있었다. 날이 밝아오면서 총과 마이크의 대결은 끝났다. 반란군 소좌가 권총을 천천히 거두고 스튜디오에서 휘청휘청 걸어 나갔다. 마이크의 승리였다. 총은 탄환으로 사람을 쓰러뜨리지만 마이크는 말의 총탄으로 사람의 세상을 무너뜨리는 무기였다. 마이크는 말의 탄환을 쏴 능히 총의 탄환을 이겼다. 마이크를 통해 자신의 충정을 세상에 알리려 했던 소좌의 마지막 시도는 그렇게 무산되었다. 한여름 밤의 헛된 꿈, 거사가 실패로 끝나가고 있음을 그는 알았다. 아까 궁성에서 쫓겨 나와 방송국으로 오면서부터 예견된 일이었다. 이제 그는 방송국을 떠나가며 탄식의 눈물을 쏟았다.

― 천황폐하, 제가 정녕 반란군입니까!

아침 7시 21분. NHK 중앙방송 JOAK 라디오는 새벽 5시에서 2시간 21분이나 늦게 시작됐다. 아나운서가 자신이 끝까지 지켜낸 바로 그 마이크 앞에서 긴급뉴스를 전했다.

〈삼가 알립니다. 오늘 정오 황궁에서 조서를 발표한다고 합니다. 황공스럽게도 천황폐하께서 친히 방송을 하시게 됩니다. 국민 여러분, 빠짐없이 삼가 폐하의 옥음방송을 들어주기 바랍니다……〉

*

그 새벽, 경성 JODK 방송국.

따르르 따르르륵, 1층 당직실에 전화벨이 울렸다. 새벽같이 울리는 전화가 예사롭진 않았다. 전화기 가까이 있던 일본인 당직조장이 낚아채듯 수화기를 들었다.

— 뭐라고요? 지금 본국 전파가 안 잡힌다고요?

부산 동래중계소에서 걸려온 전화였다. 동래중계소는 도쿄 NHK 방송을 무선중계로 수신하는 곳이었다. 일본과 지리적으로 가까워 처음부터 일본방송 수신을 목적으로 세워진 중계소였다.

— 예고도 없이 첫 뉴스부터 결방되고 있습니다. 지금까지 이런 일은 없었는데 무슨 까닭인지 모르겠습니다.

중계소 직원의 얘기는 아까 새벽 5시 도쿄에서 전파가 끊겨 방송프로그램을 수신하지 못하고 있는데 도쿄 쪽에 무슨 일이 생긴 것 같으니 경성 중앙방송국에서 직접 알아보는 게 좋겠다는 것이었다. 전쟁이 막바지로 치달으면서 경성방송국은 도쿄로부터 NHK 방송을 수신해 중계하는 일이 부쩍 잦았다. 결사항전이니 일억일심이니, 비장하기 짝이 없는 말들이 도쿄

NHK에서 경성 JODK로 그대로 전파를 탔다. 결사, 격멸, 옥쇄…… 바다를 건넌 죽음의 언어들이 경성 하늘에 날릴 때 방송이 광기의 춤을 췄다.

– 알았습니다. 우리가 확인해볼 테니 그쪽에서도 계속 알아보시오.

당직조장이 수화기를 내려놓았다. 다른 당직근무자들이 졸린 눈을 비비며 주위로 모여들었다. 뒤숭숭한 기분에 밤을 새우다시피 한 터라 부스스한 얼굴들이었다. 비상시국이어서 평소보다 많은 예닐곱 명의 직원들이 야간당직 조에 투입돼 상황에 대비하고 있었다. 그중엔 가미야 아나운서도 끼어 있었다. 당직자들이 바빠졌다. 몇은 조정실에 있는 업무용 단파 수신기의 상태를 점검했고 또 몇은 단파방송 수신이 가능한 개성방송소와 연락을 취하며 그쪽의 사정을 알아보기도 했다.

그러나 이런 문제라면 아무래도 막강한 정보수집 능력을 갖고 있는 조선총독부 상황실에 확인해 보는 수밖에 없었다. 총독부는 본국 정부와 다양한 경로를 통해 접촉하고 있고 독자적으로 도쿄에 출장소를 두고 있어 본국 사정을 파악하는 데 빠르고 정확했다. 출장소는 본국뿐만 아니라 중국에까지 두고 있었다. 국제정보의 중요성을 충분히 인식하고 있는 총독부였다. 청사 상황실에 자체적으로 해외 단파방송 라디오 청취 전담반을 운영하고 있는 것도 그 때문이었다. 단파방송 청취반은 도쿄는 물론 미국 샌프란시스코, 소련 블라디보스토크, 중국 중경의 방송을 주로 듣고 있었다. 주요 방송내용은 즉각 상부에 정보보고로 올라갔다.

총독부 상황실과 접촉하는 일은 가미야가 맡았다. 가미야는 단파라디오 청취반에 전화를 걸었다. 전화를 받은 담당자는 목소리만으로 가미야 아나운서를 알아봤다. 그 덕에 가미야는 그와 비교적 쉽게 통화할 수 있었고 중요한 정보까지 얻어들을 수 있었다. 통화는 그리 길지 않았다.

 ─ 제도에서 군사변란이 일어나 미야기와 방송회관이 장악된 것 같소.

 ─ 예? 군사변란이라면……쿠데타인가요?

 ─ 우리도 그 이상 알 수 없고 알아도 말하기 곤란하오.

 ─ 군부 쿠데타, 맞습니까?

 ─ 눈치껏 알아들으쇼. 혹시 이거 방송에 나가면 큰일 나는 거 알죠?

 ─ 그럼요. 우리도 도쿄에서 오는 방송전파가 끊겼기에 사정을 알아보
려는 것뿐입니다.

 ─ 우린 경성방송에서도 상황을 파악하고 있는 줄 알았소만.

 ─ 우리가 무슨 수로요? 그런 정보 파악은 총독부 상황실에서나 가능하
겠죠.

 ─ 우리도 용산의 군사령부를 통해 그 정보를 알아냈소.

 ─ 그랬군요. 아무튼 알려주셔서 고맙습니다.

 ─ 가미야 당신이어서 특별히 얘기해준 거요. 나도 당신의 방송 애청자
요. 자, 이제 그만 전화 끊읍시다.

 이제 상황은 분명해졌다. 제도는 제국의 수도 도쿄, 미야기는 궁성, 방송
회관은 NHK. 그러니까 도쿄에서 군부 쿠데타가 일어나 궁성과 방송국이
점령됐다는 얘기 아닌가. 가미야는 총독부와 통화한 내용을 당직조장에게
전했다. 조장은 다시 이를 방송국장에 보고하기 위해 그의 집에 전화를 걸
었다. 방송국장은 사태를 예상하기라도 했다는 듯 담담하게 전화보고를
받는 눈치였다. 비상한 시기여서 어젯밤에도 늦도록 방송국에 머물다 사
택으로 귀가한 그였다. 당직조장은 방송국장에게 보고를 마친 뒤 당직자

들에게는 본국 쿠데타 건에 대해 함구하도록 입단속을 시켰다. 지금 그들이 할 수 있는 일이라고는 아무것도 없었다. 국으로 기다리며 세상이 바뀌게 될 아침을 맞을 뿐이었다.

경성의 동녘하늘에는 구름이 끼어 있었다. 구름과 구름 사이로 8월 15일의 아침햇살이 언뜻언뜻 비쳤다. 7시 21분이 지났을 때 2층 조정실에서 단파라디오 수신기 앞을 지키고 있던 당직자가 급히 외쳤다.

― 아, 나옵니다. 이제 도쿄 수신이 됩니다. 빨리들 와보세요.

당직근무자들이 우르르 단파라디오 앞으로 몰려갔다. 라디오 소리는 밀물과 썰물이 내는 해조음 비슷한 잡음이 간간이 끼어들긴 했으나 청취하는 데는 불편이 없었다. 다소 혼신도 되어 들렸지만 분명 NHK 아나운서가 엄숙한 음성으로 아침뉴스를 전하고 있었다. 오늘 정오에 천황의 종전발표 방송이 있다고.

가미야는 일단 본국의 방송이 정상화된 것에 안도했다. 그는 본국 아나운서의 뉴스를 들으면서 눈을 감았다. 이제야 올 것이 오는가.

아침뉴스는 그 뒤로도 몇 가지 소식을 전했다. 마지막 날인데도 도쿄 대본영이 발표하는 전황보도였다. 제국의 육해군이 오키나와, 태평양 섬, 버마 정글에서 미국 잠수함과 비행기에 맞서 용전분투하고 있다는 내용이었다. 만주와 조선에서는 소련군의 진격이 계속돼 그저께는 북조선 나진에 소련군이 상륙했다는 뉴스도 있었다. 라디오는 괌 통신, 워싱턴 통신, 신화사 통신의 뉴스를 인용하고 있었다.

가미야는 어지러웠다. 사념들이 뒤엉켰다. 솔직히 걱정도 됐다. 이제 나는 어찌 되는가, 나는 어디로 가야 하는가. 그는 앞으로 4시간 남짓 있으면

'서울'이 될 게이죠(경성)의 거리를 바라봤다. 게이죠의 마지막 아침, 멀리 총독부 청사의 반구형 청동 지붕이 푸른빛을 뿜고 있었다.

*

그 시각, 다시 도쿄 궁성.

칠흑 같은 어둠에 휩싸였던 궁성은 반란 근위병들의 난입으로 아수라장이 되어 있었다. 반란군 장교들이 날조한 사단명령서를 이용해 근위대 병력을 출동시킨 것이었다. 멀리 궁성 밖에서는 조금 전 B-29 폭격을 받은 건물들이 불타고 있어 혼란의 분위기를 더했다. 그 아수라장에 NHK 간부진과 녹음 기술진 여덟 명마저 천황의 옥음방송 녹음을 끝내고 돌아가다 반란군에게 붙잡혀 곤욕을 치르고 있었다. 그들은 궁성 입구 위병소의 밀폐된 골방에 감금됐는데 거기에는 정부 관계자들도 잡혀와 있었다. 어두운 방안은 비집을 틈이 없었다. 밤더위와 곰팡내까지 턱턱 숨을 막았다.

방송국 직원들에 대한 반란군의 심문이 시작되었다. 한 사람이 위병소 막사로 불려 나왔다.

— 당신이 보도국장인가?

군모를 눌러쓴 반란군 청년장교가 미리 파악한 수감자 명단을 보며 물었다. 그의 어깨에 소좌 계급장이 붙어 있었다.

— 그렇소.

짤막한 답변이 울렸다.

— 폐하의 방송 녹음을 지휘한 책임자가 누군가?

침침한 불빛 속에서 들리는 청년장교의 목소리는 위압적이었다. 어깨에서 계급장과 함께 누런 견장이 희미하게 빛났다.

－ 나요. 내가 했소.

회장과 기술국장도 있었지만 보도국장이 선뜻 자처하고 나섰다.

－ 방송은 언제 되는가?

－ 원래는 엊저녁 6시에 예정돼 있었으나 사정상 불가능했소.

－ 그럼 오늘은 몇 시에 방송하는가?

－ 아침 7시 예정이었다가 다시 낮 12시 정오로 결정됐소.

－ 오늘 정오는 틀림없는가?

－ 지금 같아선 또 어찌 될지 모르겠소.

피차 질문과 답변은 간결했다. 사실 천황의 항복방송 시간은 여러 차례 변경된 것이었다. 처음에 정부 내각에선 14일인 어제 저녁 6시 방송을 생각하기도 했다. 그러나 결사항전을 주장하는 군부 강경파의 반대로 최종 항복결정 과정이 늦어지면서 방송일정도 차질을 빚은 것이었다.

－ 녹음한 음반은 어디 있는가?

－ 궁내성에 맡기고 왔소.

반란군들은 천황의 육성이 녹음된 레코드판을 찾고 있었다. NHK 측은 녹음을 마친 뒤 레코드판을 방송국으로 가져가는 것은 위험하다고 판단해 궁내성에 안전하게 맡겨두고 온 것이었다. 다시 소좌가 다그쳐 물었다.

－ 궁내성 누구에게 맡겼는가? 그자의 직책과 이름이 뭔가?

－ 궁중 시종인데 이름은 모르겠소.

보도국장은 레코드판을 인계한 시종의 이름까지는 알지 못하고 있었다. 소좌가 재차 다그쳤다.

－ 이름을 모르면 얼굴은 알 것 아닌가!

소좌는 보도국장을 노려보면서 한편으로는 옆의 부하 장교에게 명령했다.

— 어이, 대위! 이자를 시종들한테 끌고 가서 녹음 음반을 찾아와!

— 알겠습니다, 소좌님!

명령을 받은 대위는 병사들과 함께 출발을 서둘렀다. 소좌가 그들을 향해 외쳤다.

— 제군들, 근위사단 참모로서 명령한다. 우리 일본제국에 항복은 없다. 우리가 궁성에 온 목적은, 첫째 무조건 항복을 주장하는 불충한 역신 세력을 제거하고, 둘째는 녹음 음반을 찾아내 항복방송을 막는 것이다. 음반은 꼭 찾아내야 한다. 제군들, 명심하라!

심야의 궁중은 대혼란 그것이었다. 반란군은 어둠 속에서 플래시를 비추며 곳곳을 뒤졌다. 반란군이 노리는 건 천황의 레코드 음반 외에 주화파 인물들도 있었다. 그들은 천황의 최측근으로 연합국 포츠담 선언을 수락해 무조건 항복을 해야 한다는 생각을 가진 이들이었다. 그 때문에 그들은 지금 결사항전을 부르짖는 반란군의 타도 대상이 되어 있었다. 그러나 반란군은 그들을 찾지 못하고 있었다. 그들은 궁성 깊이 숨었거나 미리 피신해 있었다.

천황의 육성이 녹음된 레코드판도 오리무중이었다. 레코드판은 용의주도한 궁중 시종에 의해 황후의 시녀들이 거처하던 방으로 옮겨져 허섭스레기 같은 서류더미 속의 소형 금고에 감쪽같이 숨겨져 있었다. 의표를 찔러 부러 허술하게 보관하도록 한 시종의 기지가 돋보였다. 궁성을 지키는 근위병사들이라고는 하나 한밤중 궁성의 복잡한 내부 구조를 속속들이 알 수는 없는 노릇이었다. 음반도 사람도 찾아내지 못한 반란군은 초조했다. 궁중 회랑과 층계마다 온통 문짝이 부서지고 유리창이 깨지고 기물이 나뒹구는 소리로 요란했다. 아직 캄캄한 새벽, 어지럽게 날리는 플래시 불빛 속에서 반란군이 총검을 번뜩이며 날뛰고 있었다. 궁성 서편으로 호젓한 정원 너머 철근콘크리트 지하실에 자리 잡은 천황의 거소는 지금 이 난리판을 아는지 모르는지 짙은 어둠에 파묻혀 있었다. 반란군이 천황 거소까지 몰려올 거라는 소문에 시종들만 안절부절못하고 있었다. 천황은 지난봄부터 미군기 공습을 피해 지하방공호에 마련된 서재로 거처를 옮겨 줄곧 그곳에서 생활해오고 있었다.

NHK 보도국장은 반란군에게 이리저리 끌려 다니며 고초를 겪고 있었다. 병사들은 시종들을 한 사람씩 보도국장 앞으로 끌고 와 캐물었다.

— 이자가 맞는가?

— 아니오.

— 이잔가?

— 아니오.

같은 질문과 답변이 되풀이됐다. 병사들은 착검한 총부리를 겨누고 누구든 보이기만 하면 붙잡아 족쳤다.

— 그럼 이잔가?

— 아니오. 음반을 가져간 시종은 여기엔 없는 것 같소.

— 에잇, 더 물어봤자 시간낭비군. 이자를 다시 가둬버려.

반란군은 더 이상의 추궁을 포기했다. 병사 서넛이 보도국장을 다시 위병소 골방으로 데려가 군홧발로 차 넣었다.

번히 날이 새는 중이었다. 그러나 밀폐된 방안은 깜깜하고 무더운 그대로였다. 방송국 사람들은 좁은 방안에서 괴로운 숨을 내쉬고 있었다. 옆 사람의 훗훗하고 구터분한 숨결이 바로 자신의 콧속으로 빨려 들어왔다. NHK 회장이 쪼그려 앉은 채로 보도국장을 맞았다.

— 국장, 우리를 대신해 고생 많았네. 다친 덴 없나?

— 협박만 당했습니다. 고생이야 회장님이 하시죠.

회장과 보도국장이 귓속말 가깝게 조용조용 얘기를 나눴다.

— 어찌됐나, 옥음 음반은?

— 찾지 못했습니다. 음반은 안전합니다.

— 음, 그럼 정오엔 방송이 가능할까? 예고방송까지 나갔는데…….

— 문제없을 겁니다.

— 국장, 바깥 분위기는 어떻던가?

— 저들은 몰리고 있고 초조해 하고 있어요. 상황은 곧 끝납니다.

— 음, 불행 중 다행이군.

보도국장의 말에 회장은 안심하는 모습이었다. 바로 옆의 기술국장과 녹음작업을 담당했던 실무자들도 안도하는 눈치였다. 기술국장이 입을 열었다.

— 방송국에선 우리가 이 꼴로 연금돼 있는 걸 아는지 모르겠군요.

— 공습경보 때문에 궁성에 머물고 있는 걸로 알겠지요.

— 방송국은 괜찮을까요?

— 저들이 거기도 들이닥쳤겠죠. 하지만 직원들이 지혜롭게 대처할 겁니다.

NHK 방송국은 궁성에서 코 닿을 데에 있었다. 사실 방송국 최고위층인 그들은 이런 사태를 어느 정도 예견하고 있었다. 엊그제부터 그들은 강경파 군인들이 반란의 움직임을 보이고 있으며 실제로 그런 상황이 오면 방송국도 안전하지 못할 것이라는 정보를 사전에 듣고 있던 터였다. 아까 천황의 육성이 녹음된 레코드판을 방송국으로 가져가지 않고 궁성에 맡겨둔 것도 그런 이유에서였다.

— 밖은 다 밝았겠네요. 갇혀 있으니 도대체 밤인지 낮인지 모르겠어요.

— 해가 뜨고 있습니다. 아침이면 상황이 다 끝나 있을 겁니다. 조금만 참읍시다.

바깥 사정을 목도한 보도국장의 말에 다들 잠자코 귀를 기울였다. 방안에선 사람들의 땀 냄새가 훅훅 끼쳤다.

아닌 게 아니라 궁성의 난리판은 진정돼 가고 있었다. 동부군사령관이 직접 반란 진압을 진두지휘하고 나섰고, 반란 주동자들은 거사가 실패로 돌아가자 무릎을 꿇었다. 근위사단장의 명령인 줄로 믿어 반란에 가담했던 근위대 장병들은 그 명령서가 가짜였다는 사실을 뒤늦게 알고 궁성에서 자진 철수했다. 사단장까지 피살됐다는 소식에는 그만 아연해졌다. 줄줄 눈물을 쏟는 병사들도 있었다. 사단장을 잃은 슬픔, 반란 주동자들의 손에 놀아났다는 자괴감, 궁성을 지켜야 할 근위부대 병사가 궁성을 쳐들어갔다는 죄책감 따위가 뒤엉긴 눈물이었다.

아침 7시가 조금 지나서 NHK 방송국 사람들은 어둡고 답답한 위병소 골방에서 풀려났다. 감금 6시간 만이었다. 처음 도착한 때부터 따지면 무려 16시간 만에 궁성을 빠져나온 것이었다. 그들은 밖에 나오는 순간 눈이 아프도록 밝은 해를 바라봤고 가슴 터지도록 맑은 공기를 들이마셨다. 공기와 햇빛이 이토록 좋은 것이었던가! 간밤에 B-29 폭격기들이 남기고 간 매캐한 폭연과 화약내가 시가지 쪽에서 이따금씩 밀려오기도 했지만 그런 건 아무래도 좋았다.

그들은 병사들에게 압수당했던 녹음기와 방송장비를 챙기면서 라디오 수신기를 켰다. 7시 16분, 그 시각 라디오는 먹통이었다. 그들은 우려했던 대로 방송국에 심상찮은 사태가 벌어지고 있음을 직감했다. 이러다 정오에 예정된 천황의 방송도 차질을 빚는 게 아닐까, 걱정이 앞섰다. 그러나 그들의 걱정은 5분밖에 가지 않았다. 정확히 7시 21분, 먹통이던 라디오가 느닷없이 터졌기 때문이었다. 매일같이 듣는 아나운서의 목소리였다. 아나운서는 말하고 있었다. 오늘 정오에 있을 천황의 종전발표 방송을 청취해 달라고.

— 후유! 이젠 음반을 인수해서 방송하는 일만 남았군.

— 자, 빨리 가서 준비합시다.

그들은 안도의 숨을 몰아쉬며 방송국을 향해 차를 몰았다. 그들이 폭격에 무너지고 불에 타고 그슬린 히비야 거리를 자동차로 달리고 있을 때 하늘에선 무심하게도 햇살이 퍼지고 있었다. 그들은 지난밤의 공포와 불안을 떨쳐버리기라도 하려는 듯 자동차의 가속기를 힘껏 밟았다.

햇볕이 쨍쨍 갈라지기 시작할 무렵, 쿠데타를 주도했던 청년 장교들은 차례로 제 배를 가르고 있었다. 진압군은 그들을 체포하는 대신 스스로 알아서 하라키리(복절(腹切), 할복)를 하도록 내버려뒀다. 그들은 천황이 있는 궁성을 향해 무릎을 꿇고 군도로 자신의 배를 갈랐다. 왼쪽에서 오른쪽으로 일자로 배를 건너긋는 자도 있었고 일자에서 더 나아가 위에서 아래로까지 십자로 내리긋는 자도 있었다. 칼을 숭배한 사무라이의 후예답게 군인으로서 무사도 정신을 발휘한 것이었지만 끝내는 할복의 고통을 견디지 못하고 스스로 머리에 총을 당겨 고통을 단축시키는 경우도 있었다. 사무라이는 오직 칼일 뿐 총은 아니라는 걸 그들이 모를 리는 없었다. 그들 딴으로는 명예로운 죽음을 택한 것이었으되 그 죽음을 지켜보는 뭇 시선은 냉정했다.

하라키리의 시간, 그들에게 낮 12시, 정오는 절망의 시간이었다. 정오의 항복방송을 차마 들을 수가 없어서였을까, 절망보다 죽음이 차라리 나아서였을까, 낮12시가 되기 전 그들은 하나하나 칼로 배를 가르며 쓰러졌다. 방송 마이크 앞에서 절명사를 고하려던 소좌도, 방송국 보도국장을 심문하던 소좌도, 항복방송 녹음 레코드판을 찾아내려던 중좌도 뜨거운 태양 아래 선혈을 쏟았다. 피비린내가 바람결에 해자를 건너 성곽을 넘어 궁성으로 조용히 스며들었다.

《지금은 미련만 남기고, 모든 게 끝나면 그뿐 / 저 먹구름 사라지고, 천황세상은 다시 오는 것…….》

새파라니 젊은 장교 하나는 그렇게 자결에 임하는 심경을 사세(辭世)의 문구로 적어 남겼다. 그러곤 천황세상의 도래와 군국주의의 부활을 간절히 꿈꿔 마지않으며 스스로 배에 칼을 꽂아 넣었다. 반란군 청년장교들의 자결에 앞서, 그들의 정신적 지주였고 최후까지 결사항전 의지를 꺾지 않았던 대장 출신의 늙은 육군대신은 이미 새벽녘에 관저에서 자신의 교조적 신념이자 가치인 일본 군국주의의 무궁한 발흥을 굳게 믿어 의심치 않으며 예의 그 무사도 정신에 따라 죽음의 할복 의식을 끝낸 상태였다.

곳곳에서 할복이 이어지던 무렵, 천황의 육성이 녹음된 음반은 극비리에 궁중에서 방송국으로 옮겨지고 있었다. 쿠데타 세력이 잔존하는 상황에서 도중에 음반을 탈취당할 우려가 있기 때문이었다. 운반을 맡은 궁내성 관리들은 협수룩하게 변장하거나 변복하는 식으로 사람의 눈을 피해야만 했다. 음반은 두 세트로 제작되어 하나는 NHK 회장실로 무사히 전달되었고, 다른 하나는 히비야 공원 근처에서 기술국장에게 인계돼 별도의 지하 비상 스튜디오로 옮겨졌다.

빠듯했다. 정오까지는 한 시간 남짓 남은 상황. NHK 회장실에서는 회장 주재로 긴급 간부회의가 열리고 있었다. 밤새 궁성에 억류돼 고생한 그들이었지만 지금 피곤에 젖어있을 때가 아니었다.

— 여러분, 한 치의 오차도 있어선 안 됩니다. 비장한 각오로 옥음방송에 임해주시오. 방송이 잘못되면 회장인 나를 비롯해 우리도 다함께 죽는 겁니다. 분야별로 점검하겠소. 먼저 기술국장, 얘기해 보시오.

— 예, 회장님! 기술적 준비는 다 됐습니다. 음반은 안전하게 인수했고, 본관 스튜디오 방송준비 작업도 마쳤습니다. 지하 비상 스튜디오도 문제없습니다. 만약 본관에서 방송이 잘못될 경우 즉시 비상 스튜디오로 넘기도록 조치했습니다.

— 방송은 본관 제8 스튜디오에서 해야겠지요?

— 예, 물론입니다. 아무래도 거기가 안전하고 시설도 좋습니다. 벌써 제8 스튜디오의 송출장비와 기기 점검을 끝냈습니다.

— 수고했소. 방송출력 문제는 해결됐나요?

— 예. 현재 십 킬로와트에서 육십 킬로와트로 여섯 배 증강했습니다. 전국 방송국과 송신소에도 제반 기술적 사항들을 확인, 점검하도록 통보했습니다. 계획절전에 들어간 방송수신소들도 전력공급이 재개됐다는 소식입니다.

— 다음은 보도국장 말해보시오. 방송계획은 어떻게 돼가고 있소?

— 네, 회장님! 내각 정보국 관계자들과 긴밀히 협의해 방송계획을 짰습니다. 방송순서는 이렇습니다. 정오 시보가 울리면 방송원과 정보국 총재의 인사말에 이어 기미가요가 나간 뒤 폐하의 종전조서가 발표됩니다. 발표가 끝나면 다시 우리 방송원이 조서를 낭독하고 해설방송을 할 계획입니다. 방송편성은 삼십분 정도로 잡고 있습니다.

— 지금 편성이 문제요? 편성시간에 구애받지 마시오. 옥음방송이오.

— 물론입니다, 회장님!

— 진행은 누가 하나요? 아까 아침뉴스 했던 다테노 방송원인가요?

— 아닙니다. 다테노 방송원은 간밤에 고생을 많이 해서 휴식을 취하도록 했습니다. 대신 와다 방송원이 진행합니다.

— 와다요?

— 네, 와다는 다테노보다 선임이고 방송경력이 십년 넘은 중견 방송원이어서 무난하게 진행하리라 봅니다. 잘해낼 겁니다.

— 음, 그리하시오. 그리고 아시아 식민제국들도 동시중계로 청취하게 될 텐데 해외로 나가는 단파방송은 문제없겠소?

— 네, 그 문제는 정부 내각 소관입니다만 우리도 외무성, 내무성 등 관계부처와 협의를 끝냈습니다. 해외 단파방송 관련 공문이 각지 공관에 통

보됐고 조선, 만주, 대만, 필리핀, 말레이, 인도지나 등 각 식민지 관할청에
도 이런 사항이 하달된 걸로 압니다. 라디오도쿄 국제방송에선 영어번역
방송도 내보낼 것으로 알고 있습니다. 그러면 태평양 상의 미군들도 듣겠
지요.

　― 으음, 그건 그런데 걱정이군. 방송이 나가면 누구보다도 현지에 주둔
하고 있는 우리 군대와 거류민들의 충격이 클 텐데…….

　회장은 괴로운 듯 잠시 눈을 감았다.

　― 이제 현지에서도 상황을 어느 정도 짐작은 하고 있는 것으로 압니다,
회장님!

　― 좋소. 다음으로 총무국장에게 묻겠소. 방송시설 경비와 보호 문제가
중요한데 대책은 어떻게 세우고 있소?

　― 예, 회장님 말씀대로 방송이 무사히 나갈 수 있도록 군 당국과 함께
경비 및 감시 대책을 수립해 만전을 기하고 있습니다. 방송되는 동안 군 병
력이 외곽 경비를 맡게 되며, 스튜디오와 연주소 주변 곳곳에는 헌병과 직
원들을 배치할 계획입니다.

　― 빈틈없는 안전대책을 세워 철저경비, 엄중감시에 최선을 다하시오.
반란음모 사건이 수습됐다지만 아직도 곳곳에 우리 방송을 방해하려는 세
력들이 남아있다는 걸 잊어선 안돼요.

　회장실의 공기는 내내 무거웠다.

　어느덧 11시 30분, 방송 30분 전의 NHK 제8 스튜디오. 사방이 회색 방음
벽으로 둘러싸이고 바닥엔 상앗빛 카펫이 깔린 널따랗고 산뜻한 공간, 그
중앙에 놓인 커다란 흑갈색 원탁 주위로 대여섯 개의 흰색 등받이 의자들

이 자리 잡고 있다. 원탁에는 광택 나는 은백색의 마이크 하나가 놓여있을 뿐으로 단출하기 짝이 없다. 스튜디오 유리창 너머 조정실은 조심스러운 가운데 바쁘다. 방송 준비에 여념 없는 사람들이 조용조용 그러나 빠르게 움직인다. 방송원도 편성원도 기술자도 다들 살얼음판을 딛는 기분이다. 전례가 없는 방송을 해야 하는 그들의 얼굴에 긴장감과 초조감이 잔뜩 발라져 있다. 스튜디오 조정실 밖 출입문과 복도에선 눈을 부릅뜬 헌병들과 직원들이 지키고 있을 것이다.

그러는 동안 뚜, 스튜디오 비상벨이 울린다. 천황의 육성이 담긴 레코드판이 도착했다는 신호다. 황색의 16엽 국화 문장이 수놓아진 자줏빛 비단보를 끄르자 다갈색의 오동 목함이 나오고 그 나무상자를 열자 검정색 레코드판 두 장이 보인다. 1분에 78회전을 하는 SP레코드판이다.

레코드판이 원반 녹음재생기에 걸리는 순간, 아, 음반 테스트를 안했구나! 녹음 송출 담당자의 뇌리에 아차 하는 생각이 번개처럼 스친다. 녹음이 문제없이 재생될까? 두 장의 음반이 첫 번째에서 두 번째로 넘어갈 때 서로 매끄럽게 연결될까? 만약에 녹음 재생이 안 돼 방송이 못 나가면 그 책임은……. 끔찍한 일이다! 방송 전에 음반을 돌려 확인을 해야 한다. 그러나 옥음을 함부로 다루는 건 불경을 저지르는 짓 아닌가. 그래도 사전시험을 해봐야 한다. 그는 고민하던 끝에 기어코 레코드판을 돌려본다. 천황의 목소리 몇 마디가 재생되어 튀어나온다. 순간 옆에 있던 동료들이 흠칫하며 노려본다. 휴, 다행히 이상이 없다. 흙빛으로 질리다시피 했던 그의 얼굴이 비로소 풀린다. 레코드판을 시험하는 사이에 편성원이 급한 손짓을 보낸다. 스튜디오 대기 신호다. 담당 방송원과 정부 측 관계자가 굳은 표정으로 스튜디오로 들어가 의자에 앉는다.

11시 45분, 방송 15분 전. 갑자기 조정실 바깥 복도가 소란하다. 엄중한 감시를 어떻게 뚫었는지 군복 차림에 군도를 찬 사내가 스튜디오를 향해 뛰어가며 버럭 소리친다. 종전방송을 하는 놈들은 내가 모두 베어버리겠다! 사내가 칼집에서 칼을 뽑으려는 순간 뒤에서 헌병들과 직원들이 그를 덮친다. 사내는 스튜디오 근처에는 가지도 못하고 제압되고 만다. 잠깐의 소동으로 그치자 사람들은 가슴을 쓸어내린다. 결사항전 세력의 끈질긴 항복방송 저지 시도는 이렇듯 방송 직전까지도 계속된다. 그 사내는 새벽에 방송국을 점거했던 반란군의 일원으로 방송국에 숨어 머물러 있다가 소동을 벌인 것이리라. 그리고 보면 방송국 경비 대책에 만전을 기하겠다던 총무국장의 말은 반은 맞았고 반은 틀린 셈이다. 틀린 부분은 경비감시망이 뚫렸다는 점이고, 맞은 부분은 경비와 감시를 잘했기에 미수로 끝나게 됐다는 점이다.

소동이 벌어지던 시각, NHK 본관 건물에서 좀 떨어진 히비야 거리의 다이이치 생명보험회사 건물 지하실. 또 하나의 비밀 방송시설이 있는 곳이다. 이 비상 스튜디오에도 긴장이 감돈다. 직원들이 다른 하나의 천황 육성 녹음 레코드판을 재생장치에 걸어놓은 채 비상시에 대비하고 있다. 본관에서 방송이 잘못될 경우 여기에서 비상방송을 하게 된다. 건물 지하층인데다 6층에는 동부군 사령관실도 있어 보안이나 안전에 대한 대비는 철저하다.

11시 59분 50초……57, 58, 59, 땡! 정오 시보가 울리고 제8 스튜디오에 빨간 램프불이 들어온다. 그와 거의 동시, 편성원이 유리창 안쪽 스튜디오를 향해 미리 위로 쳐들고 있던 오른손을 빠르게 아래로 그어 내린다. 편성원의 손짓 신호가 떨어지자 방송원이 이를 받는다.

〈지금부터 중대방송이 있겠습니다. 청취자 여러분 모두 기립해주시기 바랍니다.〉

스튜디오 조정실에 모여 앉아 있던 회장 이하 간부직원들이 일어난다. 실무 방송담당자들까지 덩달아 따라 일어선다. 방송은 보도국장이 회장에게 보고했던 진행 순서대로 이어진다. 마침내 데논 원반녹음기에서 SP레코드판이 돌아가는 순간 음성이 재생되어 확성기로 흘러나온다. 떨리는 목소리다. 직원들이 일제히 허리를 굽히고 숨을 죽인다.

〈짐은 세계의 대세와 제국의 현 상황을 감안하여 비상조치로써 시국을 수습코자 충량한 그대들 신민에게 고한다. 짐은 제국정부로 하여금 미·영·중·소 4개국에 공동선언을 수락한다는 뜻을 통고하도록 하였다…….〉

목소리는 4분 37초 동안 계속된다. 12시 37분, 정오의 중대방송은 37분만에 모두 끝난다. 목소리의 주인공은 궁성 지하방공호의 빈방에서 홀로 고개를 숙이고 라디오를 듣는다. 스스로 제국의 조종을 고하고 있는 자신의 침울한 음성을. 더는 신의 소리가 아닌, 마흔네 살 중년남자의 초라한 목소리가 지하벙커에 울려 퍼질 뿐이다.

*

그 시각, 다시 경성 조선총독부.

식민통치의 총본산이 비통에 잠겨 있었다. 총독부가 송두리째 무너지는 순간이었다. 2천여 직원들이 흘리는 비탄의 눈물이 건물 꼭대기의 청동 돔에서부터 화강석 벽을 타고 흘러내리는 듯했다. 더운 날씨에 청사 사무실의 창문들은 열려 있었다. 지하 1층에서 지상 4층까지 각층 사무실마다 라디오 확성기가 울리기 시작했다. 확성기 소리는 실내 공간에서 넘쳐 창문 밖으로 흘러나왔고, 천장과 복도에선 맞울림 소리가 되어 윙윙거렸다. 건물 전체가 하나의 거대한 공명상자 같았다.

총독을 비롯해 총감과 국장 등 고위간부들은 별도로 청사 2층 제1회의실에 모여 기립한 자세로 라디오 방송을 듣고 있었다. 맨 앞줄에 칠십 노구의 총독이 회의실 정면의 일장기를 향해 고개를 숙이고 있었고, 그 뒤로 U자형 회의석을 따라 총감 이하 국장들과 과장들이 도열해 있었다. 국민복 차림에 금테안경을 쓴 총독은 아까부터 어깨를 들썩이며 흐느끼고 있었다. 새삼 방송내용이 궁금할 건 없었다. 이미 간밤에 입수한 종전조서 원문을 수도 없이 읽어본 터라 내용을 외울 정도였다. 이 순간 그가 할 수 있는 일은 오직 비통한 심정이 되어 바다 건너 멀리서나마 주군을 그리워함으로써 충성스런 신하의 도리를 차리는 것밖엔 없었다. 지금 칠십 고령의 중신은 삼십년이나 아래인 젊은 성상의 떨리는 목소리를 들으며 가슴을 후빌 뿐이었다. 억장같이 높던 저 총독부의 돔 천장이 무너져 내리는 느낌이었다. 실로 그는 천황주의자였다.

1년 전, 작년 7월 조선총독으로 부임하기 위해 도쿄를 떠나면서, 성지를 받들어 내선일치의 국책 수행에 혼신의 힘을 기울이겠으며 아울러 조선 반도인들도 성상폐하의 은혜로운 신민이 될 수 있도록 견마지로를 다하겠다고 어전에서 머리 조아려 약조를 드리지 않았던가.

지난 세월 대일본제국의 육군대장으로, 총리대신으로, 조선총독으로 과분한 광영을 누리면서 성상폐하의 하해 같은 은혜를 입은 몸 아닌가. 그 성은에 티끌 같은 보답조차 바치지 못했는데 지금 폐하께선 바다 건너 궁성에서 홀로 저 고심참담을 무릅쓰고 계시니 상심이 얼마나 크실까.

젊은 천황을 보필하던 지난날의 기억들이 주마등처럼 그의 뇌리를 스쳤다. 1년 전 천황 곁을 떠나오던 그 메별 이후 가슴에 담아온 절절한 그리움이 새삼 솟구쳤다. 정말이지 성은이 망극했다. 마음 같아선 당장 현해탄 건너 한달음에 도쿄 궁성으로 달려가 천황을 우러러 통석의 눈물을 흘리고 싶었다. 그랬던 천황인데 지금은 저토록 잔뜩 떠는 목소리로 항복방송을 하고 있는 것이다. 방송에 잡음이 더해져 처량하게까지 들리는 목소리로.

— 으음!

총독은 짧은, 그러나 한없이 슬픈 탄식 소리를 냈다. 눈물과 땀이 눈앞을 가렸다. 그는 잠깐 안경을 밀어 올려 손수건으로 눈가를 훔쳐낸 뒤 다시 부동의 기립 자세를 취했다. 회의실 지붕을 떠받치고 있는 견고한 대리석 기둥처럼.

이윽고 천황의 항복방송은 끝났다. 천황의 목소리가 나오는 그 5분 동안을 서 있었을 뿐이었다. 그러나 총독에겐 그 5분이 5시간, 아니 그 이상으로 길게 느껴졌다. 천길 나락에 드는 듯한 현기증도 일었다. 요 며칠 번민과 불면의 밤을 보낸 탓일까, 총독부 엘리베이터를 타고 오르내리는 그 잠깐 사이에도 어지럼증을 느끼곤 했다. 그는 천천히 뒤로 돌아서며 부하직원들을 바라봤다. 다들 고개를 떨어뜨리고 흐느끼고 있었기 때문에 정수리밖에 보이지 않았다. 천황주의자답게 그는 이번에는 궁성요배라도 하듯 동쪽을 향해 잠시 머리를 숙였다. 다함없는 성은을 생각한다면 돈수백배로도 부족했다. 지금 현해탄 건너 열도의 땅에 있는 천황은 그에게 영원히 살아 있는 신이었다.

그는 커다란 창문 양쪽으로 젖혀진 노란색 커튼 사이로 바깥을 바라봤다. 감회가 없을 수 없는 풍경이었다. 태평통 저 멀리로 우뚝 솟은 소방서 망루 탑이 시야에 잡혔고, 그 뒤로 경성부 청사와 지금 도쿄로부터 오는 전파를 중계방송으로 내보내고 있는 경성방송국도 눈에 들어왔다. 더 멀리는 신궁이 있는 남산의 모습이 아스라했다. 지난 1년 동안 익숙해진 정경이었다. 이제 그것도 마지막이라는 생각에 그는 다시 울컥해졌다.

— 총독 각하, 종전조칙에 즈음한 유고를 내려주시기 바랍니다.

총감이 다가와 울먹이는 목소리로 총독에게 유고 원고를 낭독하길 권했다. 원고는 총독부의 제2인자로서 늙은 총독을 대신해 실질적으로 업무를 관장해온 총감이 쓴 것이나 다름없었다. 지난밤 본국으로부터 입수한 천황의 종전조서를 토대로 그 요지를 벗어나지 않는 테두리에서 작성되고 최종적으로 총독이 몇 군데 수정을 가한 것이었다. 유고 원고는 한 꺼풀의 얇은 미농지에 싸여 총독의 자리에 놓여 있었다. 총독이 흰 미농지를 벗기고 원고를 꺼내들었다. 유고 원고는 한 꺼풀의 얇은 미농지에 싸여 총독의 자리에 놓여 있었다. 총독이 흰 미농지를 벗기고 원고를 꺼내들었다.

— 오늘 종전 조서에 임하여……공구함과 참괴함을 형언할 길이 없도다! 제국의 신하된 자로서……창자가 토막토막 끊어지는 아픔에 견딜 수 없도다…….

흐느끼며 더듬더듬 유고를 읽어나가는 조선총독의 노쇠한 음성은 점점 목이 메고 있었다.

― 황국의 관민이 4개년 가까이 필사 감투했으나 적이 미증유의 파괴력을 가진 신형 폭탄을 사용함에 따라 성상 폐하는 신민의 강녕과 세계평화를 위해 오늘의 조칙을 내리기에 이르렀다……. 현 사태에 직면해 총독부 본부 및 산하 유관기관 관리들은 냉정하고 침착히 사리를 가려 태산이 무너져도 흔들리지 않는 진용으로 시세에 임하여야 할 것이다.

*

같은 시각, 일본 남단 오키나와 섬.

일본 본토의 턱밑인 오키나와까지 밀고 들어온 미군들도 그 섬에서 방송을 듣고 있었다. 일본제국의 적이었던 미군들은 이제 승리자였다. 미군들은 포로가 된 일본군을 라디오 앞에 통역으로 앉혀놓고 방송을 듣는 여유를 부렸다. 천황의 항복방송을 즐긴다는 표현이 어울릴 성싶었다. 그들은 곧 미국 고향집에 돌아갈 수 있다는 기쁨에 들떠 있었다. 한편으로 그들은 방송되기는 처음이라는 천황의 목소리에도 지대한 관심을 표명하고 있었다. 통역으로 불려나온 포로는 도쿄제대 출신의 엘리트 일본군이었다. 도대체 천황의 목소리가 어떤 것인지 궁금했던 미군들은 통역을 앉혀놓고 호기심 반 의아심 반으로 라디오에 귀를 기울였다. 그러나 기대했던 천상의 소리 같은 건 전혀 아니었다. 언변도 좋지 않은데다 떨리는 목소리가 그랬다. 미군들은 믿어지질 않았다. 과연 저 목소리가 신으로까지 불린다던 천황의 음성이란 말인가. 미군들은 포로에게 물었다. 정말 당신들의 우상인 천황 히로히토의 목소리냐고. 포로는 자기도 처음 듣지만 맞을 거라고 말했다. 미군들은 이해하기 어려웠다. 저 슬프고 가냘픈 목소리 때문에 그토록 일본군들이 최후 발악을 했다는 얘긴가. 저 목소리 때문에 숱한 젊음들이 천황을 외치며 절벽에서 뛰어내리고, 숱한 청춘들이 가미카제 곧 신의 바람을 자처하며 우리 군함에 비행기째 부딪쳤단 말인가. 우리 앞에서 보란 듯이 자기 배에 칼을 꽂아 넣어 셋부쿠(절복, 할복)를 결행하던 무모한 영혼들은 또 누구였는가. 그들의 지독한 군국주의 집단 히스테리의 정체가 바로 저 목소리의 주인공으로 말미암았던 것인가. 미군들은 그 이해되지 않는 이데올로기, 그 수수께끼 같은 이즘에 다시 몸을 떨었다. 그들은 다시 통역에게 물었다. 지금 히로히토 천황이 무슨 말을 하고 있느냐고. 그러나 엘리트 출신의 포로도 명쾌하게 통역하지 못했다. 포로는 뜻이 어려워 잘 모르겠다고 답변했다. 엘리트 일본군도 알아듣지 못하는 말을 하고 있는 천황을 미군들은 또 이해할 수 없었다. 답답해진 미군들이 재우쳐 물었다. 그럼 당신네 천황이 분명히 항복한 건 맞느냐고. 엘리트 포로도 애매하게 답했다. 항복이란 말은 없었지만 항복한 건 맞는 것 같다고. 자신들의 과학적 질문에 비과학적 답변을 하는 일본인 포로 앞에서 미군들은 어이없다는 듯 그들 특유의 어깻짓과 고갯짓을 해 보였다. 시종일관 알쏭달쏭한 포로의 통역이야 그렇다 치고 대관절 직입적으로 말하지 않는 천황의 화법을 자기네 서양 사고방식으로는 납득할 수 없었다. 도무지 이해하지 못할 것투성이였다. 게다가 방송전파는 혼신이 심했다. 쏴쏴, 해조음 비슷한 잡음도 끼어들고 있었다. 목소리가 멀어졌다 가까워졌다 하는 게 마치 이 오키나와 섬의 파도소리 같았다. 방송통신 공학도 출신의 미군 통신병 하나가 듣기에 짜증난다는 투로 혼잣말을 내뱉었다.

— 녹음 상태가 엉망이어서 대체 어떻게 녹음을 한 것인지 의심스럽군. 육성을 직접 녹음했다면 방송이 이렇게 나쁘진 않을 텐데. 육성 녹음이 아

니라 방송국에서 전화로 연결해 녹음한 게 아닐까.

천상의 소리라도 울릴 줄 알았던 미군들은 칙칙한 천황의 목소리에 실망한 표정을 지었다. 미군들은 차라리 자신들을 조롱하던 '도쿄 로즈'의 매혹적인 목소리를 듣는 게 낫겠다고 생각했다.

*

도쿄 로즈(Tokyo Rose). 우리 미군들은 그녀를 그렇게 불렀지. NHK에서 유창한 영어로 우리를 향해 심리전 방송을 하던 아름다운 목소리의 여자 아나운서. 도쿄에 피는 장미꽃은 어떤 색깔과 향기를 지녔을까. 미국 이름이 아이바(Iva)라고 했지. 로스앤젤레스 태생에 UCLA 출신의 일본계 2세 미국인. 우리와 같은 국적이지만 자신의 조국 일본을 위해 미국을 배반한 도쿄 로즈. 하지만 죽음의 전쟁터에서 듣는 그녀의 목소리와 음악은 얼마나 황홀했던가. 그녀는 밤마다 태평양 섬의 어둡고 축축한 참호에 웅크리고 있는 우리에게 달콤하고 부드러운 목소리를 들려줬지. 고향에 두고 온 애인의 밀어처럼. 우리는 참호 속에서 그녀의 목소리를 듣기 위해 NHK 단파라디오에 다이얼을 맞추곤 했지. 그녀가 우리를 비웃는다는 사실도 잊은 채. 우리를 모략하고 선동하는 심리전 방송인데도 우리는 그녀의 목소리에 끌렸고 위안을 받았지. 죽음의 전쟁터에 들려오는 여자 아나운서의 고운 목소리는 이상한 마력을 지니고 있었어.

〈토머스 소위, 지금 이 방송 듣고 있나요? 태평양 외딴 섬에서 통조림만 까먹고 지내는 가엾은 미군! 미국 해군이 우리 일본군에게 대패해 항공모함과 수송선이 격침된 사실을 당신은 알고 있나요. 토머스, 이제 당신은 태평양의 고아가 됐어요. 배가 없어 이제 당신은 미국으로 돌아갈 수 없게 됐으니 어쩌죠. 고향에선 당신을 기다리다 지친 와이프가 변심해 다른 남자의 품에 안길지도 몰라요. 그러니 이 바보 같은 전쟁은 그만 집어치우고, 빨리 사랑하는 와이프와 가족 곁으로 돌아가세요. 자 그럼, 토머스를 위해 띄우는 노랩니다. 매기의 추억!〉

매기의 추억이 끝나면 다시 도쿄 로즈의 촉촉한 감성의 목소리가 속삭이고 댄스뮤직이 나왔지.

〈로버트 상사, 병상에 누운 당신의 어머니가 죽기 전에 꼭 아들을 보고 싶다며 베개를 적시고 있다는 사실을 당신은 아나요? 멍청하게 진흙투성이 정글 속에 숨어있지 말고 빨리 나와 그리운 스위트홈으로 돌아가세요. 오 나의 사랑 클레멘타인, 대니 보이, 두 곡 연속해서 보내드릴게요.〉

밤바다 위에 별들이 빛날 때 향수를 자극하는 그녀의 애틋한 속삭임은 또 이어지고 재즈 히트곡들이 흘러나왔지.

〈태평양의 고독한 미군 지아이(GI), 찰리 일병! 오늘 저녁식사도 드라이 푸드로 때웠나요? 지금쯤 당신의 스위트홈에서는 신선한 야채샐러드에 잘 구운 스테이크, 그리고 맛있는 아이스크림이 나오는 호화로운 디너파티가 시작되고 있을 거예요. 찰리, 스와니 강이 당신의 집 앞으로 흐르나요? 스와니 강, 이 노래를 들으며 당신의 스위트홈을 그려보는 건 어때요, 찰리 일병.〉

스와니 강이 끝나면 다시 그녀의 감미로운 목소리가 나오고 그러다 금발의 제니, 그 로맨틱한 노래로 이어졌던가.

〈지금 태평양 제도에 있는 미군 지아이들은 들으세요. 당신들의 사령관 맥아더가 당신들을 머나먼 섬 사이판으로, 괌으로, 과달카날로, 뉴기니로 내몰았나요? 당신들이 왜 맥아더의 명령에 복종해야 하나요? 만약 맥아더가 우리 일본군에게 생포된다면 그는 도쿄 궁성광장에서 공개 교수형에 처해지게 될 거예요.〉

아군의 사기를 떨어뜨리기 위한 적군의 선전방송이었지만 방송 아나운서 도쿄 로즈는 우리의 얼굴 없는 스타였지. 얼굴을 보지 않고 귀로만 듣는 목소리는 상상력을 자극해서 더 큰 즐거움을 안겨줬지. 그때 우리는 참호 안에서 바닷바람에 실려 오는 그녀의 나긋한 목소리를 들으며 삶의 욕망과 죽음의 불안을 달랬을지도 모르지. 그것이 거짓의 소리라는 걸 알았으면서도 말이야. 이제 일본이 항복하고 일본군은 패했으니 그녀의 매력적인 라디오 방송은 더는 들을 수 없겠지. 곧 우리는 승리자가 되어 도쿄로 입성하게 되겠지. 그럼 그녀도 만날 수 있을까. 만난다면 그녀에게 고맙다는 말을 해야 할까, 아니면 욕해야 할까. 아마 지금쯤 그녀는 어디론가 달아났거나 숨었겠지. 어쨌든 그녀의 목소리를 듣는 동안 우리는 행복했어. 도쿄 로즈, 굿바이!

해직자

야윈 얼굴이되 맑은 눈빛이었다. 나는 그의 얼굴을 보고 있었으나 눈빛이 먼저 들어왔다. 누구의 얼굴을 본다는 것은 그의 눈을 보는 것 아닐까. 눈은 얼굴을 집약하고 함축한다. 우리는 눈빛 형형한 그의 출감을 반겼다. 그, 정은석이 현저동 서대문형무소에서 석방된 것이었다. 서대문형무소 그 붉은 벽돌담을 뒤로 하고 정은석은 흰 모시옷 차림으로 걸어 나왔다. 형무소 함석지붕 위로 자글자글 햇살이 끓기 시작하던 해방 다음날의 아침나절이었다. 2년의 형기를 거의 다 채우긴 했으나 만기출소는 아니었다. 해방이 되지 않았더라면 은석은 감옥에 좀 더 있어야 했을 것이다. 은석을 마중 나온 사람들은 부모형제와 방송국 동료인 우리로 모두 열댓 명쯤 되었다. 은석은 나처럼 아직 미혼이었다. 우리는 그를 위해 두부 한 모와 막걸리 한 되를 가져갔다. 그는 두부를 한 움큼 집어넣은 입에 막걸리 한 잔을 부어넣었다. 이 두부 먹고 다신 콩밥 먹지 마! 그에게 두부를 먹이던 우리 중 누군가가 그렇게 말했다. 아니지, 이런 일이라면 또 콩밥 먹을 각오를 해야 하는 거 아닌가, 라며 또 다른 누군가가 말했다. 그는 한입 가득 두부를 우물거리는 얼굴로 웃었고, 우리는 그 웃음이 우스워 웃었다. 그는 그런 웃음으로 이태도 넘게 고생한 옥살이의 악몽을 날려버리고자 하는 것 같았다. 근 삼년 만에 지어보는 웃음일 터. 우리 중에도 그와 함께 복역하다 형기를 마치고 먼저 나온 동료들이 있었다. 다시 만나 손을 맞잡은 우리는 한참을 웃었다. 가족과 동료들에게 둘러싸인 그는 행복해 보였다. 눈을 깜박일 때 망울이 또랑또랑했다. 그는 지금 막 출소한 사람들과 함께 커다란 태극기를 들어올리기도 했다. 해방의 희열에 춤추고 노래하는 출소자들도 있었다. 두부를 먹고 막걸리를 마시고 태극기를 흔들며 웃는 은석에게서 나는 다시 한 번 해방의 자유를 실감했다. 이십대인 은석도 그렇고 삼십대에 든 나도 그렇고 제국 시절에 나고 자란 우리는 사실 해방과 자유의 의미를 온전히는 알 수 없었다. 제국 이전의 시절이 어땠는지도 그 시대를 살아보지 않은 우리로선 알 길이 없었다. 분명한 것은 우리가 지금 저 핏빛 색깔의 형무소 담벼락 앞에서 펼쳐지는 광경을 통해 새 시대의 도래를 예감하고 있다는 사실이었다. 그럼 새로운 세상은 또 어떻게 펼쳐지는 것일까. 그것은 어떤 희망이나 가능성인 동시에 그것들과 동반되어 찾아올 불확실성이기도 했다. 희망적인 시대든 불확실성의 시대든 그 닥쳐오지 않은 세상의 풍경을 우리가 미리 그려볼 능력은 없을뿐더러 그럴 노릇도 아니었다. 그동안 우리의 청춘은 세월의 불행과 불운에 던져져 왔을 뿐이었다. 이제껏 우리의 기대나 바람과는 상관없이 세상은 독불장군으로 굴러오지 않았던가. 하긴 우리에게 어떤 작은 소망이라도 있기나 했던 걸까. 나는 잠깐 그런 우울한 생각을 하고 있었으므로 다소간 맥이 풀리는 느낌이었다.

어쨌거나 은석은 하늘에 대고 웃고 있었다. 하늘에 대고 웃음으로써 비로소 그는 해방되고 광복된 것이었다. 그의 웃음이 자글대는 따가운 볕 따위에 아랑곳없이 싱그러운 건 썩 어울리는 그의 하얀 모시옷 때문이기도 할 터였다. 하지만 장기간의 옥고로 피폐해진 몸은 어쩔 수 없는 모양이어서 젊은 그도 모시옷 속에서 가끔 팔을 떨고 다리를 잘록이긴 했다.

청취금지령이 내려진 해외 단파라디오를 들은 게 그의 죄였다. 제국을 모략하고 음해한다는 그 데마방송, 괴방송을 청취한 것이었다. 그것도 방송을 듣기 위해 제 손으로 직접 단파수신기를 만들기까지 했으니 말이다. 중국 중경방송과 미국 샌프란시스코방송 같은 괴방송을 엿들은 죄는 컸다. 혼자서 몰래 듣기만 한 게 아니라 들은 걸 밖으로 알렸다 해서 죄는 또 커졌다. 유언비어를 날조해 전파했다는 것이었다. 국내에서는 주의자, 요시찰 인물 등 불령분자들과 내통했고 국외로는 미국과 중국의 첩자 노릇을 했다는 게 제국 특별고등경찰의 특별한 판단이었다. 해외방송에 호기심이 많았던 젊은 방송기술자는 어느새 정치사상범이 되어 있었다. 그에 걸맞게 징역살이는 호되었다. 고등계 경찰이 머리를 싸매고 고안해낸 고등한 고문기술들을 그에게 두루 유감없이 발휘했으니까. 네가 방송에 기술이 있다면 우리는 고문에 기술이 있다는 식으로. 그 고등계 형사들을 거느리던 대장이 사이치로(佐一郎) 아니었던가. 경기도경찰부 고등계 수사주임 사이치로 경부. 정은석도 그에게 호되게 당하고 나온 것이었다. 이따금씩 떨고 저는 그의 손발이 그걸 말해주고 있었다. 가족들은 그런 그에게 안쓰러운 눈길을 보냈다. 이제는 그를 집으로 데려가 쉬게 하고 싶은 눈치였다.

─ 선배 동료 여러분! 오늘 환영 고맙습니다. 바쁘실 텐데 이젠 그만들 돌아가시죠. 박숭 선배, 그간 고마웠어요.

정은석은 나한테도 감사의 인사를 전했다. 나는 은석보다 두 해쯤 먼저 방송국에 들어온 입사 선배였다. 나는 방송직이고 그는 기술직이었다. 방송기술원으로서 그는 일찍부터 성실성과 능력을 인정받았다. 경성전기학교에서 전공분야를 익힌 데다 손재주가 많고 눈썰미가 좋아 현업 실무에서 빠르게 두각을 나타냈다. 다른 동료들이 꿈도 못 꿀 때 그는 최첨단 과학기술의 총아라는 라디오 수신기를 설계도면 하나만으로 거뜬히 조립해내는 발군의 실력을 갖추게 되었다. 그 복잡하고 어렵다는 단파라디오도 손수 만들어낼 정도였다. 그 단파라디오 때문에 이 고생을 하다 나왔지만 말이다. 바야흐로 시대와 세계를 선도하는 무선통신 기술력의 결정체 라디오, 그 신기한 요술의 소리통을 오직 손재주만으로 만들 수 있는 사람이라니! 아직 장가도 안 간 총각 나이에 벌써 그는 우리 방송국의 촉망받는 인재로 발돋움한 거였다. 그가 라디오에 미쳐서 결혼도 못 한다는 우스갯소리를 듣는 데에도 그럴만한 까닭은 있었던 것이다.

─ 은석, 일단은 집에 가서 쉬고 오늘 저녁에 환영파티 하자구. 아까 우리끼리 환영식 해주기로 결정한 건데, 어때, 저녁에 나올 수 있겠어?

─ 물론이죠. 좀 피곤하다뿐 그깟 감옥살이가 대숩니까. 박 선배, 나 팔팔해요.

그는 또 씩 웃으며 짐짓 모시저고리 소매를 걷어 팔뚝질하는 시늉을 했다.

─ 아무럼! 그럼 저녁에 우리가 잘 가던 명동 깐따빌레에서 만나기로 하

지.

　―깐따빌레요? 좋아요. 거기로 나갈게요.

그는 우리의 제안을 쾌히 받아들인 뒤 가족들이 있는 쪽으로 향했다. 그
러다 뭔가 생각이 났는지 고개를 돌리며 물었다.

　―오늘 오시덕 선배님도 같이 나왔더라면 좋았을 텐데 안타깝네요. 못
나오실 줄은 알았지만요.

　―그 형님 지금 몸이 불편해. 우리라도 조만간 찾아봬야 할 텐데.

　―저도 감옥에서 오 선배님 소식은 듣고 있었습니다만…….

정은석은 단짝으로 어울렸던 같은 방송기술 선배 오시덕을 찾았다. 그
는 그 대목에서 웃음기를 지웠다. 오시덕, 그도 이 사건으로 징역을 살았
다. 그는 지난봄에 출소했으나 고문과 수형생활로 말미암은 후유증에 시
달리고 있었다. 그는 미국 시민권자이기도 했다. 그 때문에 더 호되게 당했
다. 고등계 형사들은 방송국에서 암약하던 '아메리카 스파이'를 색출했다
며 그를 밤낮없이 족대겼던 것이다. 그는 우리와 비슷한 시기에 입사했지
만 나이로는 십년도 더 위여서 우리 사이에서는 깍듯이 선배님 혹은 형님
으로 불렸다. 지금 그는 불혹의 나이를 넘긴 중년이었다.

원래 '야소교' 집안에서 태어난 그는 소년시절 미국 선교사를 따라 유학
을 떠나 스탠리(Stanley)라는 이름의 미국 시민권자가 됐고, 대학에서 전자
공학을 전공한 뒤 늦은 나이에 귀국해 식민지 조국의 방송기술자가 됐다.
경성방송에서 그는 독보적인 존재였다. 미국의 첨단 전자공학 지식을 습
득한 해외유학파로서 방송기술 이론과 실무에 정통했다. 세계 최초로 라
디오 방송을 시작한 미국, 그 발상지에서 공부하고 돌아온 엔지니어였다.

오시덕이 정은석과 단짝으로 어울리게 된 이유도 그런 거였다. 기술은 기술로 통하고 고수는 고수를 알아본다던가. 시덕과 은석은 서로를 알아봤고 이내 의기투합하게 되었다. 무려 열일곱 살이나 위인 시덕을 은석은 깍듯하게 선배님, 아니 스승님으로 받들다시피 했다. 이 발군의 방송기술자들에게 매일같이 천황폐하와 황국신민과 총후보국을 되뇌는 JODK 방송은 지루할 뿐이었다. 방송을 송출하는 자신들의 귀에조차 들어오지 않는 따분한 소리들이었다. 세상엔 이 갑갑하고 칙칙한 소리밖에 없는가. 저 하늘 어딘가에 새로운 소리는 들리지 않는가. 두 사람은 더 넓은 세상의 소리가 듣고 싶었다. 식민의 땅에 갇히고 만 영혼을 달래줄 희망과 자유의 소리를. 두 사람은 언제부턴가 바깥세상 소식을 접할 수 있는 단파라디오에 몰래 귀를 기울이고 있었다. 남들이 못 듣는 다른 세상의 소리를 그들은 듣고 있었다. 라디오방송 기술에 통달한 두 사람이 방송국에서 가장 먼저 해외 단파라디오를 듣기 시작한 건 당연한 일이었다.

지금 오시덕의 중년 인생은 이래저래 고달팠다. 몸도 마음도 병들어 있었다. 이제 막 해방된 땅에 밀려드는 햇살과 바람결도 쓸쓸한 방에 홀로 누운 그에게는 스미지 않았다. 지금껏 세 개 나라에 걸친 고단한 백성의 삶이었으니, 그는 조선에서 태어나 미국에서 자라고 일본 식민국에서 살아온 것이었다. 망국, 유학, 이민, 귀환, 옥고, 해직, 투병……. 험난한 시대, 그의 신산스러운 삶의 궤적을 따라 세상이 그에게 가탈을 부려온 표징들이었다.

내가 정은석의 기분을 돌리기 위해 입을 떼었다.

— 아 참, 은석 씨! 가미야 아나운서가 축하한다고 전해달라더군. 환영 못 나와 미안하다는 말도. 내가 깜빡 잊을 뻔했네.

― 선배, 고맙다고 전해줘요. 가미야로선 여기에 나오기가 어려웠겠지요.

― 그랬을 테지. 이따 저녁엔 나올 거야.

― 일본인이지만 고마운 내 동료죠.

― 그랬지. 명동 깐따빌레에서 함께 만나자구. 자, 부모님 기다리시는데 그만 가봐.

― 예. 그럼 전 이만!

정은석은 부모형제와 함께 형무소 앞길을 내려가기 시작했다. 걸어가는 그의 어깨로 햇볕이 쏟아져 모시옷이 희게 빛났다. 모시옷은 점점 멀어지다 길가 숲에 가리면서 시야에서 사라졌다.

우리는 형무소의 출소 풍경을 좀 더 지켜보다 발길을 옮겼다. 우리 중에서 나와 서너 명을 빼고 나머지 예닐곱은 전직 동료들이었다. 편성원이었던 양규영, 방송작가였던 황채현 등이었다. 그들도 단파라디오 사건으로 형사처분을 받아 징역을 살았고, 방송국에서는 강제로 쫓겨난 해직자였다. 아나운서, 편성원, 기술자, 업무사원으로 직종을 망라했다. 해직자는 그들 말고도 여럿이었고, 정직이나 감봉의 중징계를 받은 직원들은 수두룩했다. 방송국이 생긴 이래 대량 해직사태가 난 건 처음이었다. 하기야 온 강토가 해직되고 그 강토 사람들이 해직자가 된 마당임에야.

우리는 저녁에 명동 깐따빌레에서 다시 만나기로 하고 독립문 근처에서 헤어졌다.

*

깐따빌레.

우리 방송국 사람들이 잘 가는 데다. 단파라디오 사건이 나기 전부터 단골이었고 사건 이후에는 해직자들과 함께 들르던 곳이다. 방송국에선 전차로 십여 분 거리다. 티룸과 레스토랑을 겸한, 유럽풍의 모던한 분위기가 감도는 음악카페, 그곳에선 모차르트와 베토벤도 들을 수 있다. 그보다도 거긴 '글루미 선데이(Gloomy Sunday)'가 흐른다. 우리는 그 피아노곡의 우울한 멜로디를 들으며 해직과 망국의 우수를 함께 달래곤 했다. 우리는 모차르트나 베토벤의 명곡보다도 글루미 선데이를 더 많이 들었다. 카페는 젊은 마담이 여급 서넛을 데리고 직접 운영했다. 낮에는 커피, 홍차 따위가 나오고 저녁에는 간단한 식사와 술 종류가 나왔다. 마담은 물장사, 밥장사를 다 해먹는 집이라고 밉지 않은 너스레를 떨기도 했다. 그녀의 너스레가 밉지 않은 건 애교가 섞인 덕분이지만 그것에 더불어 평소 그녀에게서 풍기는 교양미 때문이기도 할 것이다. 그러니까 교양미에 살짝 퇴폐미도 겸비했다고 해야 하나. 처음부터 왠지 보고 싶어지는 여자라는 생각이 들게 하는 묘한 구석이 그녀에겐 있었다. 주위에선 그녀가 경성에서 여전 영문과를 다니다 중퇴한 '명동 모단걸(毛斷傑, modern girl)' 출신이었다며 한가한 뒷공론들을 돌리기도 했다. 이름은 '정자'였다. 최정자(崔靜子). 일본 손님들 앞에선 '시즈코(靜子)'고. 본인이 그렇게 지었다던가. 조선과 일본 양쪽 손님 장사로 먹고살려니 두 개의 이름을 갖는 게 필요했다고 했다. 안 그러곤 명동 바닥에서 견뎌내기 어렵다고 했다. 그러면서도 업소 이름은 '깐따빌레'라고 굳이 서양식을 고집하는 대목이 흥미로웠다. 하긴 서양음악 '구라싯쿠(Classic)'를 틀어주는 우아하고 세련된 곳이니까. 쑥덕공론이 돌든 뒷말이 나든 간에 그녀에게는 평가받아 마땅한 부분이 있었다. 젊은 조선여자로서 일찍부터 일본제국의 상업자본이 판치던 명동의 일본 상권을 뚫었다는 점이었다. 명동에 카페 하나 차린 걸 가지고 일본 상권 진출 운운한다고 뭐라 할 사람도 있겠으나, 일본 엔화가 명동 바닥을 집어삼킨 상황에서 크든 작든 조선인 사업체를 지켜나간다는 게 쉬운 일은 아니었다. 깐따빌레가 생긴 지 벌써 칠 년쨴가 팔 년쨴가. 제국 자본의 힘에 밀려나지 않고 칠팔 년째 명동에서 버텨내고 있는 게 신통할 정도였다.

제국의 무력을 따라 들어온 게 민간 자본력이었다. 명동 일대 그러니까 혼마치, 본정과 명치정의 아스팔트길을 따라 들어선 일본 백화점 상가가 그것을 웅변으로 말하고 있었다. 미쓰코시, 미나카이, 조지야 같은, 엘리베 이터가 오르내리는 사오륙 층짜리 그 '삐까삐까' 하고 번쩍번쩍하는 백화 점들이었다. 조선의 빈약한 민족자본이 총칼을 앞세운 제국 기업의 상업 자본과 경쟁할 수는 없었다. 명동뿐 아니고 조선의 전통적 상업 기반을 다 진 종로 상권조차 일본 자본에 밀려나는 판이었다. 하긴 종로통에 동아, 화 신 같은 조선인 백화점이 세워지긴 했다. 그마저도 총독부와 유착되어 있 다는 소리를 듣고 있지만.

명동에서 기업들의 주식을 거래한다는 경성주식현물취인소는 또 뭔가. 아침마다 우리 방송국에서 내보내는 경성주식현물취인소 주식시세 방송 을 통해 듣고 있지만, 명동가의 백화점 주식들이 그날그날의 주식 거래량 과 주가 등락을 좌우하고 있었다. 그중에서도 미쓰코시 백화점 같은 주식 은 알짜 중의 알짜 주식이었다. 미쓰코시 주식에 투자한 사람들은 날만 뜨 면 뛰는 주가에 날마다 콧노래를 불렀다. 미쓰코시 투자자들은 원래부터 돈 있는 사람들이었으니 돈으로 돈을 버는 것이었다. 미쓰코시 주식을 가지고 있으면 경성의 특수층이 되는 거였다. 주식 얘기가 나왔으니 얘긴데 여기서 잠깐 우리 JODK 경성방송 주식 얘기도 하지 않을 수 없다. 좀 창피한 얘기지만 JODK 주식은 깡통 주식이었다. 우리 방송국 주식은 초기에 주당 이백 엔인가로 거래됐으나 청취자 확보와 광고 수주 등 영업이 부진한 데다 불경기까지 겹쳐 주가가 반 토막도 모자라 세 토막, 네 토막, 심지어 다섯 토막까지도 나는 바람에 재미는커녕 완전 쪽박을 차고 만 것이었다. 그때 방송국 창업자본까지 거의 다 까먹게 된 경영진은 증자를 위해 조선은행으로, 식산은행으로, 총독부로, 속된 말로 발바닥에서 땀이 나도록 뛰어다녀야 했고, 우리같이 애먼 평직원들까지도 아나운서든 편성원이든 기술자든 직종과 직책을 불문하고 광고를 따러, 청취자 가구 수를 늘리러 업체로 가정으로 구두 밑창이 닳도록 발품을 팔아야 했다. 투자자들은 투자자들대로 휴지쪼가리나 다름없는 주권 뭉치를 들고 떼로 몰려와 방송국에 뿌려대며 내 돈 내놓으라고 난리난리를 치는 통이어서 안 그래도 괴로운 우리가 그들을 피해 다녀야 하는 괴로움까지 덤으로 받아야 하는 지경까지 갔던 것이다. 물론 조선의 식민통치를 위한 정책 차원에서 시작된 방송 사업이었지만 초창기엔 눈부시게 발전하는 세계의 과학기술과 더불어 시대의 첨단을 달리는 유망 업종으로 그야말로 황금알을 낳는 거위라고 요란하게 떠들며 선전했던 JODK 방송의 주식이 그 모양이 됐으니, 투자자들의 항의가 빗발친대도 딱히 할 말 없게 된 사정이었다. 매일같이 주식시세를 알려주는 방송국이 정작 제 주식 값은 밑바닥을 기었으니 청취자들에게도 민망할 노릇이었다. 어쨌거나 우리 JODK 방송과는 인연이 없었던 그 경성주식현물취인소는 지금은 폐쇄됐다. 지난주까지의 주식거래를 마지막으로 그곳도 해방과 함께 사라진 것이다.

다시 깐따빌레 얘기다. 깐따빌레가 일본 업소들의 틈바구니에서 살아남을 수 있었던 것은 손님 덕이었다. 살아남게끔 손님들이 꾸준히 찾아주는 거였다. 사실 냉정한 게 손님이었다. 손님이라는 이름의 사람들이란 조선인과 일본인의 업소를 가리지 않는다는 것이었다. 요즘이 어떤 세상인데 조선인이라고 조선인 가게를 골라서 간다는 말인가. 돈 있는 조선인들은 오히려 일본 상점과 일식당을 더 드나드는 세상이었다. 결국은 업소도 제품도 경쟁력이 관건이었다. 그런 점에서 깐따빌레는 경쟁력 있는 업소로 간주되어도 무방했다. 그 경쟁력이 커피 맛에서 나오든, 밥맛에서 나오든, 술맛에서 나오든 간에. 아니면 조신함에 관능미를 더불어 갖춘 마담 '최정자' 혹은 '시즈코'의 사업 수완에서 나오는 것이든 간에. 깐따빌레를 찾는 손님들 또한 분위기에 걸맞은 부류였다. 대개는 무명이었지만 시인과 소설가에서 작곡가나 음반제작자, 그리고 영화연극인에 미술가 같은 문화예술인들이 찾아주곤 했다. 이도저도 아닌 어정쩡한 인텔리 룸펜들이 하루종일 죽치기에 맞춤한 곳이었다. 거기에다 우리 같은 방송쟁이들에 신문쟁이들까지 들락거렸다. 모던한 실내분위기에 음악이 있고 차가 있고 술이 있고, 특별히 글루미 선데이의 멜랑콜리가 있는 집. 커피 향과 맥주호프 향기에 취해 고독의 담배연기를 뿜어 올릴 수 있는 곳. 그래서 거긴 일요일뿐 아니라 일주일 쭉 글루미 선데이였다. 무명 예술가들은 하릴없이 한 잔의 커피와 맥주에 암울한 시간들을 타 마셨다. 엘레강스든 데카당스든 스스로 그 화신이기라도 한 폼으로. 우리의 생각 있고 안목 있는 마담은 자신의 영업 스타일을 손님들에게 맞췄다. 업소 손님의 대종을 이루는 부류가 문화예술가인 현실과 그들의 예술적 취향에 부응할 수밖에 없었다. 어쩌다 손님으로 찾은 일본관리들 이를테면 총독부나 경성부청이나 조선은행 직원들이, 이 영광스런 시대에 왜 여기는 항상 이 따위 패배주의적이고 퇴폐주의적인 음악만 트느냐, 이딴 외국노래 말고 영일도 없이 일주일 내내 일하는 제국의 일꾼들을 위해 게츠게츠카스이모쿠킨킨(월월화수목금금)이나 애국행진곡 같은 씩씩하고 진취적인 진군가도 좀 틀어 그들의 사기를 북돋우고 노고를 달래줄 수는 없느냐는 둥, 모리나가 끽다점 같은 일본풍의 찻집으로 업소 분위기와 이름을 바꿀 노릇이지, 지금 미영귀축이라는 서양의 적들과 싸우는 대동아전쟁 시기에 굳이 깐따빌레라는 서양식 간판을 고집할 이유가 뭐냐는 둥 마담에게 이런저런 쓴소리를 하고 괜한 트집을 부리기도 했다던가.

우리의 글루미 선데이, 그 곡조가 독일 나치 치하 헝가리의 암울한 시대상을 반영하고 있다지. 헝가리 부다페스트의 청춘들이여, 들리는가! 지금 이 조선 경성의 청춘들이 듣고 있는 그대들의 슬픈 음악이! 우리는 재작년 단파라디오 사건 이후 고질이라도 된 습관처럼 글루미 선데이의 멜로디에 빠져들었다. 깐따빌레에서 축음기 레코드판이 닳도록 그 피아노 연주곡을 듣고 또 들었다. 또르르 또르르, 슬픔으로 방울져 내리는 선율이 우리는 사무치게 좋았다. 동료들이 감옥에 가고 방송국에서 쫓겨나던 무렵이었다. 할 일도 갈 곳도 없게 된 동료들은 하나둘씩 젊은 룸펜이 되어 떠돌았다. 룸펜의 시대를 부유하던 청춘들에게 절망과 허무의 자화상으로 흐르던 글루미 선데이.

방송국으로 돌아오는 길, 정동고개 저만치에 솟은 송신안테나 철탑이 높았다. 높이는 언제나 그대로일 텐데 내 눈에만 높아 보였을까. 지금도 저 안테나는 소리의 탄환들을 쏘고 있을 터였다. 제각각 호소와 주장과 비평과 논책 따위의 탄환을 장전한 소리들. 조선총독부와 조선군사령부에서 불쑥불쑥 보내오는 엄포성 포고방송이 그런 것들이었다. 포고문, 담화문, 성명서들이 몇 번씩이나 안테나를 타고 퍼져나갔다. 그런 다음엔 노래도 실려 나갔다. 일본민요와 조선민요가 뒤섞여 몇 곡이고 간에 이어졌다. 포고문도 노래도 떨어지고 방송거리가 없으면 정파가 되어 그대로 방송이 끊어졌다. 끊긴 방송은 한 시간이나 두 시간 뒤에 다시 나왔다. 예의 그 포고방송 아니면 음악방송이었다. 방송은 어수선했고 오락가락했다.

방송국엔 다시 조선청년들이 나타났다. 내가 방송국에 도착하니 대학생으로 보이는 청년들이 주변을 서성거리고 있었다. 그들의 언행은 제법 정중했지만 이번에는 목총을 들고 완장을 두르고 있어서 사뭇 위압적이었다. 내가 정문에 들어설 때 그들은 나를 유심히 살폈을 뿐 별다른 제지는 하지 않았다. 그들은 내가 조선인 아나운서라는 걸 알고 있는 듯했다. 내게 특별히 거칠게 굴지는 않았으나 일본인으로 보이는 직원들을 향해서는 싸늘한 시선을 보내기도 했다. 우리는 다들 목전의 광경에 침묵했다. 그들의 젊은 기개 앞에서 우리는 무기력했다.

― 이제 방송국은 접수됐습니다. 방송국 경비도 우리가 맡게 됐습니다.

바로 그 건국준비위원회 소속 치안학도대 청년들이었다. 일본인 직원들은 주뼛거리는 표정으로 목총을 든 청년들 사이를 오갔다. 이런 분위기에서 그들의 마음은 방송국을 떠나 있었다. 아예 출근을 하지 않는 직원도 있었고 출근해서도 퇴직금이나 귀국 문제로 골똘히 생각에 잠길 뿐이었다. 그들에겐 떠날 시간이 다가오고 있었다. 우리도 마음이 편찮긴 매한가지였다. 방송은 아직까지 그들에 의해 운영되고 있었고, 우리는 그들과 불편한 동거를 계속해야 했다. 서로 처신 문제로 눈치를 봤고, 그러는 과정에서 묘한 스트레스를 주고받기도 했다. 외려 처신에 난감한 쪽은 우리였다. 밉든 곱든 방송에서 만나 맺은 오랜 선후배 동료관계를 한순간에 청산하기란 인지상정이라는 것도 있는 이상 어려운 노릇이었다.

내 경우는 더욱 그러했다. 특별히 가미야와의 관계는 어떤 상황에서도 정리나 청산이 불가능했다. 갈라서기에 편한 단순한 동료 사이가 아니라는 사실은 오히려 내 쪽에서 더 분명했다. 내가 가미야와 마주친 건 제1방송 사무실 앞에서였다.

— 가미야, 우리 오늘 처음 만나네.

— 숭, 그러네요.

가미야는 여남은 명의 일본인 동료들과 함께 사무실에서 나오던 참이었다. 천황의 항복방송이 있은 뒤로 제1방송과 제2방송의 사무실은 단절되다시피 했다. 사람들도 업무적인 경우가 아니면 서로 섞이지 않았다. 양쪽은 각자의 사무실에서 모였다. 모이면 그들은 퇴직과 귀국 절차 문제로 쑥덕거렸고, 우리는 그들의 퇴직과 귀국 이후의 문제로 쑤군거렸다. 그들이나 우리나 결론 없는 설왕설래만 있을 뿐이었다.

나는 가미야를 데리고 사무실 옆쪽 출연자 응접실로 갔다. 응접실은 비어 있었다.

─ 회의했나 보네?

─ 뭐 출근들도 안 하는데 회의랄 게 있나요.

내 질문에 가미야가 고개를 흔들었다. 그의 이마로 하이칼라 스타일의 긴 머리칼이 쏠려 내렸다. 결근하는 일본인 직원들이 늘어나는 모양이었다. 일본말 방송이 대폭 축소되는 바람에 출근한 직원들도 별로 할 일이 없는 상황이긴 했다. 일본어 뉴스 몇 차례 하고 총독부나 군사령부의 발표문을 되풀이해 낭독하는 식이었다. 그것도 아니면 음악이나 내보냈다.

─ 그래도 자주 모이는 것 같던데?

─ 답답하니까 몇몇이 모여서 이런저런 얘기 나누는 거죠.

가미야는 자기들이 모여 나누는 이야기들을 대략적으로 전해줬다. 경성의 재산 처리 문제로 고민하고 있다는 것, 방송국 퇴직금 정산 절차를 밟고 있다는 것, 부산과 인천과 군산 쪽에 귀국 배편을 알아보고 있는데 사정이 좋지 않다는 것, 가족부터 귀국시키려고 부산행 기차표를 구하러 다니는 직원들도 있다는 것, 자기 몸만 사리기에 급급한 총독부 관리들에 대한 불만과 반감이 크다는 것, 뭐 그런 이야기들이었다. 그러면서 가미야는 제 퇴직금 걱정도 했다.

─ 지금 은행마다 예금인출 사태가 빚어지고 있다는데 이러다 내 퇴직금도 못 찾는 거 아닌지 모르겠네요. 내 퇴직금도 꽤 되는데…….

순간 나는 그가 실망스러웠다.

가미야, 그래 너 역시도 이 판에 살겠다고 그 알량한 퇴직금 타령이란 말이지. 너희가 이 땅을 통째로 먹어놓고 막판엔 은행예금에 퇴직금까지 챙길 건 다 챙겨 가겠단 말이지. 그래, 패전 난민으로 쫓겨 가는 신세가 됐으니 돈이 필요하겠지. 너도 어쩔 수 없는 내지인이었구나. 가미야! '두 비스트 비 아이네 블루메'를 읊고 '글루미 선데이'를 듣던 우리의 지난날들을 기억하는가. 생각과 감정을 나누었던 우리의 시간들을 기억하는가. 광기의 시대에 도대체 어울리지 않는 감성을 묻히고 단아함을 드러내던 너의 진실은 무엇이었는가.

가미야에게 순간적으로 들었던 실망감은 거기서 끝났다. 왜냐면 나는 그런 생각을 하고 있던 나 자신에 대해 후회하고 말았기 때문이다.

가미야, 내가 강퍅한 탓이었는가. 나는 애꿎은 너를 통해 지난 세월 억눌린 민족감정과 잠재된 적대의식을 표출하고자 했던 건 아닌가. 고작 퇴직금 얘기 따위를 빌미로 잡아서 말이다. 그건 좀 저열한 처사가 아닌가. 그래, 일개 회사원의 퇴직금 얘긴데 확대해석은 하지 말자. 어쩌면 넌 너도 모르게 그런 말을 했을 수도 있다. 내 앞이니까 그냥 편하게 꺼낸 얘기일 수도 있겠고.

어느덧 나는 가미야를 애써 두둔하기까지 하려는 내 자신을 보고 있었다.

그래, 너나 나나 황도방송에 동원되었던 아나운서지만 서로를 향한 한 가닥의 믿음은 간수해 오지 않았던가. 모름지기 방송국원들은 방송전파로써 제국의 과업 수행과 성전 완수의 길로 나서야 한다는 방송보국, 전파국방의 슬로건과 프로파간다 앞에 너와 난 얼마나 지쳤던가. 그 고단한 청춘을 우린 서로 달래지 않았던가. 그때 세상은 평화롭고 아름다운 방송을 하고 싶다는 꿈조차 꿀 수 없는 국민총동원령 하의 전시 아니었더냐. 그 험한 시절에 꽃피어난 우리의 우정은 민족을 초월하는 것 아니었더냐, 가미야!

― 우리 담배나 한 대 피우지.

나는 뜬금없게도 미도리 궐련을 꺼내 그에게 내밀었다. 입에 담배라도 피워 물어야 할 기분이었다. 조금 전까지도 회오리치던 내 속내를 알 바 없는 그는 무덤덤한 표정으로 담배를 받았다. 그런 그의 얼굴에서 나도 다시 마음의 평정을 되찾기 시작했다.

― 숭! 그쪽 조선인 직원들의 분위기는 어떤가요?

그가 담배에 성냥불을 붙이며 물었다.

― 우리도 대책 없지. 일손도 안 잡히고. 그나마 방송이 나가고 있는 게 신기해.

나는 뻐끔담배 연기를 천장으로 뿜어 올렸다.

― 숭, 회의에서 나온 얘긴데 조선반도에 곧 미군과 소련군이 들어온다더군요.

― 그 얘긴 나도 들었어. 그런데 그게 언제쯤이래?

― 글쎄요, 총독부에선 알고 있는 모양입니다만. 고위층이 미국과 접촉하고 있다는 설도 있어요.

― 흠, 총독부에서 모종의 사전거래를 하려는 것 같군.

― 그럴지 모르죠. 그리고 지금 북조선 지역의 방송국들은 난리인가 봐요.

― 왜, 소련군이 들어올까 봐?

― 소련군을 피해 남쪽으로 내려오려고 우리 일본 동료직원들이 아우성이라더군요.

그가 담배를 두어 번 뻐끔거리다 말을 이었다.

─ 그런데도 총독부는 무대책이라는군요. 패전 상황이지만 총독부가 제 국민들 철수대책 하나 못 세우고 있으니 무책임하고 무능한 거 아닙니까?

다소 높아진 그의 목소리가 응접실의 빈 공간에 울렸다. 나는 소파에 등을 기대며 한마디 했다.

─ 들리는 얘기론 총독부 관리들이 제 가족부터 살리겠다고 뛰어다닌다던데?

─ 그러니 말입니다. 아까 회의에서도 나온 말인데 총독부터가 문젭니다. 그런 사람이 총독이라니! 이 자리에서 내 가족사를 얘기할 건 아니지만 지금의 총독은 내 아버지의 억울한 죽음과도 관련 있어요. 아버지를 죽게 한 책임이 총독에게도 있다는 거죠.

그는 탁자 재떨이에 담배를 눌러 껐다. 큰 대접만 한 크리스털 재떨이에는 앞서 누가 그렇게 피우고 갔는지 꽁초들이 그득했다. 미도리, 홍아 따위의 담배 상표가 찍힌 빈 담뱃갑들도 구겨져 있었다. 다들 불안하고 착잡한 마음에 애꿎은 담배만 피워댄 모양이었다. 잠시 침묵이 흘렀다.

가미야는 전에도 그 얘기를 내게 한 적이 있었다. 이십여 년 전 관동대지진으로 일본에 비상계엄령이 내려지고 일본 거주 조선인들이 폭도로 몰려 학살되던 당시 육군 소장으로 계엄사령부 참모장이었던 사람이 바로 지금의 조선총독이며, 그때 학살 현장에서 아버지가 프롤레타리아 운동가라는 이유로 붙잡혀 조선인들과 함께 살해됐다는 얘기였다. 그의 아버지는 당시 도쿄에 유행처럼 번지던 사회주의에 경도된 이른바 마르크스 보이였고, 공교롭게 관동대지진 무렵 경성에서 도쿄로 건너갔다가 억울한 죽임을 당한 것이었다. 당시 일본제국 당국이 국가적 대재앙으로 인한 사회혼란과

민심이반을 수습하기 위한 희생양을 만드는 방편으로 조선인 폭동설을 날조해 유포함으로써 군경과 민간자경단에 의한 무자비한 조선인 집단학살극이 벌어졌던 것이다. 그때 조선인뿐만 아니라 가미야의 아버지처럼 요시찰 인물로 낙인찍혀 있던 일본 자국민에 대한 학살도 더불어 자행되어 마르크스레닌주의자, 무정부주의자, 진보사상가, 인권운동가 등이 다수 희생되었다. 제국주의자들은 계제에 계엄령을 구실로 삼아 일본 국체인 천황제를 반대하거나 부정하는 반체제 세력까지 척결하려 했던 것이다. 따라서 자기 아버지의 죽음에 대한 책임이 당시 계엄사 참모장이었던 지금의 조선총독에게도 있다는 게 가미야의 주장이었다.

— 아픈 가족사군!

나는 소파에서 몸을 곧추세우며 담배를 비벼 껐다. 그때 낯익은 일본인 여직원 두 명이 우리를 향해 가벼운 목례를 보내며 응접실 복도를 지나갔다. 나는 다른 화제로 가미야의 마음을 조금이나마 풀어주고 싶었다.

— 참, 오전에 정은석 출소 환영은 잘 끝났어. 가미야 자네의 축하인사도 전해줬지. 은석이 고맙다더군.

— 난 가보지도 못했군요. 어땠어요, 건강하던가요?

— 응, 쾌활하더군. 가미야, 이따 저녁엔 깐따빌레로 나올 거지?

— 저녁 환영모임엔 가야죠. 내 입사동기인데요.

— 은석도 자네가 보고 싶다더군. 자, 그만 일어나세.

우리는 응접실 소파에서 일어났다.

가미야의 말대로 정은석은 그의 방송국 동기였다. 또 한 명, 조선어 아나운서였던 가네야마 역시 그들의 동기였다. 그 셋보다 일 년 앞서 오시덕이 들어왔고, 또 그보다 일 년 앞서 내가 입사했다. 입사 연도는 내가 가장 먼 저지만, 나이는 오시덕이 제일 많았다.

어느 한 해 격동기 아닌 때가 없었으되 우리가 입사할 당시엔 큰 사건도 큰일도 많았다. 나는 JODK 경성방송 개국 10년이 되는 해에 들어왔는데, 그해 2월 부민관에서는 뜻 깊은 기념식 개최와 함께 10년 근속사원 표창이 있었다. 개국 때부터 우여곡절을 겪으며 지탱해온 10년이었는지라 기념식 은 성대하고 화려했다. 또 그해는 손기정 선수가 베를린올림픽 마라톤을 제패해 세상을 떠들썩하게 만들었다. 우리도 실황중계 방송을 했고 손기 정은 귀국해 스튜디오에 직접 출연하기도 했다. 또한 그해엔 이상이라는 젊은 신예작가가 잡지에 단편소설 〈날개〉를 발표해 센세이션을 일으키기 도 했다. 내가 방송에서 그의 작품을 소개했던 기억도 있다.

오시덕이 입사하던 해 여름에는 중국과의 전쟁이 시작되었다. 우리에게 도 불행한 해였다. 일본제국은 그 전쟁을 북지사변 혹은 지나사변으로 부 르며 애써 전쟁이 아닌 사변이라고 강변했고, 언론에 대해서는 엄격한 통 제를 가하기 시작했다. 그해 여름엔 또 '20세기의 기적', '삼중고(三重苦) 의 성녀'로 일컬어지는 미국의 맹농아자 헬렌 켈러가 조선을 방문해 전국 에 일대 감동을 불러일으켰다. 그녀는 부산, 대구, 경성, 개성, 평양에서 열 린 순회강연에서 오로지 몸짓과 표정에 의한 연설로 인류애와 세계평화를 호소했다. 볼 수도 들을 수도 말할 수도 없는 그녀가 조선 식민지에서 온몸 으로 전한 사랑과 평화의 메시지는 중국과 전쟁을 시작한 일본을 향한 것 이었으니 그것은 하나의 아이러니였다. 또한 그해 겨울에는 조선이 낳은 세계적 무용가 최승희 여사가 미국과 유럽 순회공연에 나선다 해서 세간의 화제가 되었다. 그녀가 최초로 조선 무용예술의 진수를 서방세계에 알린다는 사실에 사람들은 흥분했다. 그녀의 오빠와 올케가 부부로 우리 방송국 편성원과 아나운서로 근무한 적도 있어서 덩달아 우리까지 자랑스러웠던 기억이 있다.

헬렌 켈러가 사랑의 몸짓으로, 최승희가 예술의 몸짓으로 세계평화의 메시지를 전하던 그해, 우리는 본격적으로 전시체제 황민화 방송의 길을 갔던 것이다. 옴나위없이 우리 아나운서들은 국가주의에 복무해야 했다. 방송보국, 전파국방의 슬로건 아래서 우리는 방송 나팔수가 될 수밖에 없었다는 점을 고백한다.

나는 가미야와 헤어진 뒤 제2방송 사무실에 들렀다. 사무실에선 조선인 동료직원들이 다수 모여 당면 현안에 대한 얘기를 나누고 있었다. 평직원들끼리 자유롭게 대화하는 자리라곤 하나 조금은 회의의 성격을 띠고 있었다. 좌중에서 최고 선임자인 방송편성원 선배가 사회자 격으로 분위기를 이끌고 있었다. 발언자들은 각자의 자리에서 편하게 견해를 피력했다. 발언에 기탄할 바가 있는 듯 남의 이목을 살피는 직원도 간혹 있긴 했다. 말 공장이라는 방송국인지라 잘잘못간에 이런저런 말들이 쏟아졌다. 중구난방식의 거론일지언정 듣고 보면 요령부득한 주장들만도 아니었다. 거론의 여지가 있을 수밖에 없는 주장들이었고, 주장마다 요체가 없을 수 없는 논쟁들이었다. 말은 말에 꼬리를 물었고 말이 말에 섞였다. 여기서 말이 생겨나 돋치고 저기서 말이 스러져 사라졌다.

비상시국일수록 우리의 본연을 깨달아 불편부당한 자세로 거듭나자는 쇄신론이었다. 정치사회적으로 혼란스러운 과도기 상황에서 과연 방송이

외압을 이겨낼 수 있겠느냐는 회의론이었다. 마이크 앞에서 학병출정과 창씨개명을 옹호했던 과오를 스스로 뉘우치자는 자성론이었다. 자정결의 정도로 씻기에는 과오가 크니 일괄 사표라도 내야 마땅하다는 책임론이었다. 일본인들의 지시에 따를 수밖에 없었던 엄혹한 방송환경도 한 번쯤은 고려되고 참작돼야 한다는 현실론이었다. 식민 치하에서도 조선어 방송으로 어렵사리 우리의 말과 글을 지켜왔다는 긍정론이었고, 그 조선어 방송조차 식민통치를 용이하게 하기 위한 일제의 책략 수단으로 이용되었다는 부정론이었다.

제각각의 목청들이 내 귓속뼈까지 파고들었다. 나는 아득해지는 기분을 견딜 수 없어 도중에 사무실을 나왔다. 담배를 빼물었다. 뻐끔담배가 이러다 골초 되는 거 아닌가, 나는 잠시 엉뚱한 생각을 했다. 앞으로 담배 피울 일이 많을 거라는 우울한 예감이 스쳤다.

스튜디오에서 흘러나오는 라디오 소리가 사무실 바깥에까지 들리고 있었다. 아까 방송에 나갔던 연설문이 녹음방송으로 되풀이되고 있었다.

〈해방을 맞은 동포 여러분! 건국준비위원회에서 말씀드립니다. 우리 건준은 조선총독부 당국에 대해 다음과 같은 입장과 요구를 밝히는 바입니다. 우리는 사회 치안을 위해 경위대를 설치할 것이며…….〉

라디오는 시국의 소리들을 전하느라 숨가빴다. 제가끔 주장과 주의를 담은 소리였다. 건국준비위원회의 발표문이 나왔고, 조선총독부의 담화문이 나왔으며, 일본군사령부의 포고문이 나왔다. 소리들은 저마다 달랐다. 전파에 실려 부딪히고 얽히는 혼돈의 소리들, 지금 나는 해방의 공간에 서 있는 것이었다.

*

그날 저녁, 어둠이 내리려는 명동거리. 막 전차에서 내린 나는 거리풍경에서 명동의 명암을 보고 있었다. 내게 그 명암은 단순히 저녁 무렵 뒤바뀌는 하루의 밝음과 어둠이 아니라 한 시대의 쇠망과 다른 한 시대의 태동이 교차하는 역사적 회명의 의미로 다가왔다. 그것은 '혼마치(본정)' 가 '명동' 으로 바뀌면서 드러나는 양면의 모습이었다. 혼마치의 풍경은 소멸하고 명동의 풍경은 소생하는 것이었는데 그 두 풍경의 엇갈림에서 나는 영욕의 세월을 실감하고 있었다. 소생과 소멸이 함께하는 풍경은 지엄하기조차 해서 지금 그 풍경 속에 서 있다는 생각만으로도 송연해지는 느낌이었다. 명동거리는 이제 웃고 떠들고 노래하는 조선사람들로 채워지고 있었다. 그렇게 많던 명치정과 본정통의 일본사람들은 어디로 간 것일까. 칙칙한 제복의 사나이들, 도리우치 모자에 당코바지의 남자들, 양산을 받친 기모노 차림의 여자들, 그들은 다 어디로 간 걸까. 불 꺼진 미쓰코시 백화점도 적막감이 감돌았다. 4층 꼭대기에서만 두어 가닥 희미한 불빛이 새어나올 뿐 매장 층층마다 소등이 되어 있었다. 일본 백화점들은 철수에 골몰하는 듯했다. 명동은 찬가 소리 드높은 이 저녁에도 혼마치에서 탈각하고 있었다. 한 꺼풀씩 벗어 던지는 구각들이 혼마치 백화점가의 어두운 뒤안길에 너절했다. 나는 명동의 새 숨결을 느끼며 깐따빌레로 갔다.

 내가 깐따빌레에 들어섰을 때 예의 글루미 선데이의 슬픈 선율이 흐르고 있었다. 이 카페엔 아직 글루미 선데이의 구름이 걷히지 않고 있는 걸까. 하지만 음악 분위기와 달리 널찍한 홀은 해방의 기쁨을 나누려는 손님들로 붐비고 있었다. 언제나처럼 홀의 구석진 자리엔 예술가연하는 패들이 작당해 있었다. 담배를 꼬나물고 잔술을 홀짝이며 그들만의 분위기에 빠져 있었다. 우리 일행은 해직자가 된 전직 동료들까지 합쳐 스무 명 가까이 되었다. 아까 낮에 서대문형무소에서 봤던 전직 편성원 양규영과 전직 방송작가 황채현도 눈에 띄었다. 전직 방송기술원 오시덕은 신병으로 이 자리에도 나오지 못했다. 환영회는 성황을 이뤄 홀 안쪽으로 10인용 식탁 두 개를 잇대어 마련한 좌석에 빈자리가 거의 없을 정도였다. 흰 테이블보가 덮인 식탁에 좌석마다 놓인 꽃무늬 접시와 포크와 유리컵 따위가 가지런했다. 영어의 몸이었다가 풀려난 정은석을 환영하는 자리였다.

— 경성방송 최고 엔지니어의 귀환을 환영하네.

— 우리가 다 풀려나고도 자네만 혼자 옥고를 치르느라 고생했네.

담소가 이어지는 동안 빠릿빠릿한 여급들이 주방에서 고기와 술을 날라 왔다. 오늘 특별히 방송국 손님들을 위해 서양 스테이크 식으로 고기를 구웠는데 이런 요리는 조선호텔 레스토랑이나 경성역 그릴 같은 곳에나 가야 맛볼 수 있을 거라고 카페 마담 최정자가 생색내며 생글거렸다. 술은 일본 기린맥주였는데 특별히 건배용 포도주도 한 잔씩 준비되었다. 자리 중앙에 앉은 정은석은 엷은 미소를 잃지 않고 있었다. 오랜만에 만난 옛 동료들과 부드러운 시선을 맞추는 한편 그동안 달라진 카페 풍경에 여기저기 낯선 눈길을 주기도 했다. 자리에는 가미야가 일본인 동료로는 유일하게 참석해 있었다. 가미야는 내 옆에 앉아서 해방의 기쁨으로 들뜬 홀 안의 풍경을 찬찬히 훑고 있는 눈치였다. 은석이 그에게 감사의 말을 전했다.

— 가미야, 오기 힘든 자리였을 텐데 고맙네.

— 은석! 내가 당연히 와야지.

가미야는 웃으며 조선말로 답했다.

— 에, 오늘 이 자리는 정은석 씨를 축하하고 해직동료 여러분을 위로하기 위한 것입니다. 현직에 있는 저희들이 마련한 자리니 많이 드시고 회포도 나누시기 바랍니다. 자, 오늘의 주인공 정은석 씨를 위해 축배의 잔을 듭시다!

내 건배 제의에 모두들 포도주잔을 들어 올렸다. 분위기는 자유스럽고 화기애애했다. 축하주에 이어 맥주잔이 돌아간 뒤 정은석이 인사말을 했다. 환영만찬에 감사의 뜻을 표한다는 의례적인 허두로 시작된 그의 인사말은 나중에는 시국에 대한 견해의 일단을 피력하는 식으로 이어졌다.

— 그러니까 선배동료 여러분, 제 말씀은 우리가 정말 해방이 된 건지 모르겠다는 겁니다. 해방이 됐다고 우리끼리 만세만 불렀지 아직 뭐 달라진 게 없잖습니까. 제가 감옥에서 풀려났고 이 명동 바닥에서 일본인들이 사라졌는지는 모르지만요. 아직 방송도 그대로 일인들이 운영하고 있잖아요. 총독부엔 여전히 일장기가 걸려 있다고 하죠. 항복했다면 먼저 깃발부터 내려야 하는 것 아닙니까. 답답하군요. 해방은 됐다는데 우리는 아무것도 할 수 없다니 말입니다.

은석보다 먼저 출소한 해직동료 양규영이 가세했다.

— 나도 그런 생각이야. 한데 총독부도 다급하긴 한 모양이야. 우리 쪽 지도자들을 찾아다니며 시국수습 협조를 구하고 있다지. 급박하게 돌아가는 시국이 왠지 불안해. 이 땅에서 삼십 수년을 눌러앉았던 그들인데 호락호락 물러갈 것 같지가 않단 말이야.

역시 투옥됐다 풀려난 전직 방송작가 황채현이 말을 거들었다.

— 맞아. 총독부가 술책을 부릴지 몰라. 총독부 출입하는 신문기자 친구 얘길 들었는데 아무래도 무슨 꿍꿍이셈이 있는 분위기라더군. 미군이 진주한다니까 선수를 쳐서 먼저 그쪽과 접촉하려 한다는 소문이야. 총독부 계책에 키만 멀쑥한 그 미국사람들, 멍청하게 말려드는 거 아닌지 몰라.

또 다른 해직자도 제 나름대로 시국을 전망했다.

— 일본 군경의 움직임도 잘 봐야 해. 그들은 아직도 위세가 여전해. 총칼도 그대로 차고 다녀. 군부 강경파와 총독부 관리들 간에 마찰과 알력이 있다는 얘기도 들리고 말이야. 아무튼 미군이 들어온다는데 미군도 골치 아픈 문제가 많을 거야.

이번에는 현직에 있는 편성원이 발언했다.

— 나야 방송쟁이니까 방송이 어찌될지 그게 궁금해요. 도대체 앞을 예측할 수가 없어요. 방송국엔 목총 든 젊은이들이 몰려와 있고요. 방송국 내부도 어수선하잖아요. 직원들 간에도 일제부역 논쟁에 좌우 이념대립 조짐까지 일고 있어요.

젊은 아나운서 한 명도 발언에 끼었다.

— 어느 장단에 맞춰야 할지, 정말이지 요즘은 방송하기 힘들어요. 방송도 이젠 새 출발을 해야 할 텐데 말입니다. 그래야 해직된 선배 여러분들도 복직될 것 아닙니까?

정은석이 다시 말을 받았다.

— 복직? 지금 분위기로선 바라지도 않습니다. 그때 사건으로 황민화 방송은 더 못하겠다며 낙향한 사람도 있고 폐인이 되어 삶이 망가진 사람도 있어요. 그분들의 처지를 생각하면 지금 우리들 복직 문제는 거론할 일도

아닙니다.

그 말에 내가 입을 떼었다.

— 은석, 좀 시간을 갖고 지켜보자구. 지금은 모든 게 혼란스러워. 그 힘든 시간들을 이겨낸 여러분 아닙니까. 곧 새로운 시대가 펼쳐질 텐데 그땐 다들 함께 돌아와야죠. 이제 새로운 사람들이 새롭게 스튜디오 마이크도 잡고 송출기계도 만지고 방송대본도 쓰고 그래야죠.

— ……

정은석을 비롯해 말이 없었다. 모두들 묵묵히 고기를 씹거나 맥주를 마셨다.

음악이 바뀌어 있었다. 피아노곡 '글루미 선데이'는 애기 중에 언제 끝났는지 지금은 베토벤의 '엘리제를 위하여'가 흐르고 있었다. 우리의 애기와 달리 멜로디는 경쾌했다. 우리 옆쪽으로 앉아 있는 예술가 부류의 술자리 테이블은 다소 소란스러웠다. 대여섯 명이 둘러앉아 무슨 애기들인지 웃음 짓다 시름 짓다 하는 게 도무지 종잡기 어려웠다.

가미야는 지금까지 말이 없었다. 하이칼라 머리를 손으로 쓸어 올릴 때 얼굴에 상기된 표정이 드러나곤 했는데 그게 꼭 술기운 때문만은 아닐 것이었다. 예의 그 단아한 자세는 그대로였다. 가미야가 우리의 대화를 어떻게 받아들였는지는 알 수 없다. 일본인인 그로서는 듣기에 불편한 애기들이었을지도 모른다. 그는 양손으로 술잔을 감싸 쥔 채 음악을 감상하는 듯했다. 그는 음악 마니아 아니던가.

내가 그의 어깨를 가볍게 친 뒤 좌중을 향해 말했다.

— 여러분, 우리끼리 딱딱한 애기만 떠들었네요. 이 환영파티에 특별히

참석한 가미야 아나운서의 얘기도 들어야 되지 않겠습니까? 자, 가미야!

내 청에 그가 자세를 추슬렀다. 음성은 낭랑했다.

— 감사합니다. 오늘 자리가 자리인 만큼 나도 조선말로 하겠습니다. 아까부터 음악도 듣고 얘기도 경청했습니다. 여러분의 문제에 대해 감히 내가 무슨 말을 할 수 있겠습니까. 이제 떠나야 할 몸, 나로서는 인사말씀이나 드리고 싶군요. 그간 고마웠습니다. 마음이 착잡하군요. 경성은 제 고향인데 말입니다. 마냥 감상에 빠져 지낼 수만은 없겠지요. JODK 경성방송에서 여러분과 인연을 맺은 지 7년이군요. 여러분과 동료애를 나눌 수 있었던 소중한 시간이었습니다. 조선의 슬픔과 양국의 불행한 역사를 떠나서 말입니다. 지난 시절의 추억은 일본에 돌아가도 잊을 수 없겠지요. 이제 방송은 여러분의 품으로 돌아왔습니다. 앞으로 좋은 방송 해주시길 부탁합니다. 주제넘습니다만, 그동안 식민지 황민화 방송을 강요당해야 했던 조선인 동료 여러분께 사죄의 말씀 올립니다. 조선에서 태어나 조선을 사랑했던 일본인으로서 여러분께 드리는 말씀입니다.

가미야는 귀국 작별인사라도 하는 듯했다. 좌중은 조용했다. 떠난다는 그의 말에 내 가슴이 뛰었다. 그는 몇 마디 말을 더 이어갔다. 일단은 어머니의 고향으로 돌아갈 거라는, 가서 무엇을 어떻게 할지는 자기도 모르겠다는, 대강 그런 얘기들이었다.

나는 가미야를 가만히 바라봤다. 그의 상기된 얼굴에 시름과 불안이 발라져 있었다. 나는 그의 앞날을 기원했다. 그가 홀어머니와 함께 귀국선을 타고 무사히 현해탄을 건널 수 있길. 그때 정은석의 목소리가 들렸다.

— 그러고 보니 이 자리는 저의 환영회에 가미야 환송회를 겸해야 할 것

같군요. 가미야 아나운서를 위해서도 건배를 청합니다. 여러분, 잔을 들어 주십시오!

우리는 은석의 건배 제의에 따라 잔을 비웠다. 여급이 다시 기린맥주 몇 병을 테이블에 날라다 놓은 뒤 빈 술병들을 걷어갔다.

음악은 또 바뀌어 있었다. 이번에는 연득없이 유행가 가락이 흘러나오고 있었다. 사랑이 어쩌고 희망이 어쩌고 하는 남자가수의 노래였다. 깐따빌레의 음악 레퍼토리가 달라진 건가. 베토벤의 클래식에서 대중가수의 유행가까지, 카페 음악이 하룻밤 사이에 널을 뛰고 있었다. 하긴 엊그제까지만 해도 군국가요와 일본 군가가 나오던 터였다. 사랑이 어쩌고 희망이 어쩌고, 유행가는 계속 흐르고 있었다. 그때 우리 옆쪽에 있는 예술가들의 테이블에서 소동이 일어났다.

— 어이, 최 마담! 그 노래 꺼. 축음기 끄라구!

갑자기 중년 남자손님이 마담 최정자를 향해 큰소리를 지른 것이었다. 아까부터 자우룩한 담배연기 속에서 웃고 울고 떠들던 예술가들 중의 한 사람이었다. 초저녁부터 술도 거나하게 취한 모습이었다.

— 그 가수 노래 걷어치우란 말이야. 엊그제까지도 군국가요 불렀던 가수야. 내 비록 이름 없는 글쟁이지만 저 따위 노랜 못 들어!

그는 글이라도 쓰는 문인인 듯했다. 문인이 다시 소리를 지르자 마담은 난감한 표정을 지었다. 동석한 다른 남자가 언성을 높였다.

— 마담, 그냥 둬. 뭐가 어떻다고 그래. 우리 같은 노래쟁이들이야 처와 자식새끼들하고 먹고살자면 무슨 노래든 닥치는 대로 부를 수밖에. 그렇게 따지면 들을 노래 하나도 없어.

그는 노래를 부르거나 작곡이라도 하는 음악가인 모양이었다. 그러니까 문인과 음악가들이 합석한 술자리에서 사달이 난 것이었다. 문인과 음악가 간에 언쟁이 이어졌다.

— 이제 어느 세상인데 아직도 저 따위 왜색 가수가 부르는 노래를 들어? 뱉도 없나!

— 홍, 말하기로 하면 가수들보다 당신네 글쟁이패가 더했지. 펜을 놀려 왜놈들 찬양한 건 뱉이 있어 한 짓인가? 당신 같은 글쟁이들이 더 역겨워!

— 왜 나같이 이름 없는 가난한 문인까지 걸고들어? 에이, 딴따라패하곤 같이 술 못 마시겠네!

언쟁꾼들이 옥신각신하는 동안에도 유행가는 흘러가고 있었다. 문인과 음악가 사이에 끼여 난처한 건 카페 마담이었다. 이젠 다른 테이블의 손님들까지 그 둘의 고약스런 말수작에 흥미가 당긴 나머지 귀를 세우려는 맡이었다. 음악가가 반쯤 남은 술잔을 마저 비우고 나서 말했다.

— 어이, 거룩하신 문인! 그런 자넨 지금까지 독야청청 푸른 솔잎이고 올곧은 대쪽이었나? 자기 얘기 아니라고 쉽게 말하는 거 아니야.

문인이 맞받았다.

— 이봐, 잘나신 음악가! 누가 솔잎이고 대쪽이래. 궁색하면 거꾸로 몰아붙이는 그런 유치한 말버릇은 좀 그만둬.

이제 예술가들의 테이블에서는 두 사람으로만 그치지 않고 양쪽 패로 갈려 설전이 확대되는 양상을 보이고 있었다. 꽤들 취한 상태였다. 우리도 곤혹스러웠다. 옆 테이블의 술판에서 벌어진 소란을 끝끝내 모른 체만 할 수 없는 상황이었다. 마침내 우리 쪽에서 황채현이 그들을 말리고 나섰다.

그도 방송작가가 되기 전에는 문학을 꿈꾸던 사람이었다.

— 보아하니 예술 하시는 고매한 분들인데 고정들 하시지요. 말씀들을 들으니 쉽게 결론이 날 얘긴 아닌 것 같군요. 이쯤에서 그만 끝내시죠. 오늘 기분 좋은 밤 아닙니까?

황채현이 정중히 끼어들었음에도 사태의 호전은 없었다. 술에 취한 문인은 우리를 향해서도 큰소리를 멈추지 않았다.

— 하하하! 기분 좋은 밤 좋아하네. 쪼다!

— ……!

어이없이 당한 모욕이었다. 황채현은 솟는 경멸감을 일단 눌러두는 눈치였다.

— 당신네들, 방송국 쪼다들이지? 아까부터 듣자니 방송 어쩌고 떠들던데 당신들 같은 말쟁이들이야말로 욕먹어 싸. 밤낮 천황폐하 방송이나 하던 당신들이 뭔 할 말이 있어. 당신네 방송에서 펜대 굴리던 작가들도 있지? 그 황도 문학가님들 라디오에 나와 이름깨나 팔았는데, 이젠 세상이 뒤집어졌으니 어떡하나, 하하하!

우리 쪽의 점잖은 만류에도 아랑곳하지 않고 그는 비아냥조로 횡설수설했는데, 곰곰 들어보면 그것이 꼭 술기운에서 나온 췌사만은 아니었다. 졸지에 쪼다 소리를 듣게 된 황채현이 상대방을 정면 공박하려는 것을 우리 쪽 선배들이 제지하고 나섰다. 소위 예술을 한다는 저런 취객을 상대하다 자칫 엉뚱한 싸움판으로 비화될 수 있으니 우리 쪽에서 참아주자는 것이었다. 황채현도 자제하는 쪽으로 현명한 선택을 해줬다. 사실 떳떳하기로 치면 황채현만 한 사람도 없었다. 그는 황도문학을 한 작가도 아니고 오히려 단파라디오 사건으로 옥고를 치르고 나온 사람 아닌가. 그런 그가 쪼다일 리는 없었다.

다행히 사태는 그쯤에서 진정되어 갔다. 저쪽 테이블에서도 일행 몇몇이 그 언쟁꾼 문인을 낚아채 밖으로 끌고나가 버렸기 때문이다.

— 흥! 아직도 미친 세상이야. 나도 미쳤고 너도 미쳤고 다 미쳤어. 글도 미쳤고 음악도 미쳤고 방송도 미쳤고…….

언쟁꾼은 끌려 나가면서 미쳤다는 소리를 미친 듯이 했다. 나머지 패들은 흥분을 가라앉히는 분위기였다. 잠시 동안의 소동은 끝나고 홀 안은 곧 제 모습을 되찾았다.

— 자, 기분전환을 위하여!

— 미친 세상의 종지부를 위하여!

우리는 다시 술잔을 높이 들어올렸다. 그럼에도 술맛은 씁쓸했다. 여전히 내 귓전에선 아까 그들의 언쟁이 맴돌고 있었다. 내가 일본제국 방송의 아나운서로 마이크를 잡은 지 햇수로 10년, 나는 그동안 천황폐하를 몇 번이나 외쳤을까. 난 얼마나 오래 황도방송의 마이크를 쥔 것인가. 정말 나도 미쳐 있었던 게 아닐까. 조금 전 말싸움을 벌이던 문학가와 음악가보다 나는 무엇이 나은가.

정은석 환영 모임은 이럭저럭 끝이 났다. 엉뚱한 소란에 휘말리기도 했지만 우리는 그런대로 깔끔하게 자리를 마무리했다. 카페를 나왔을 때 우리는 취해 있었다. 우리는 명동에서 각자 흩어졌다. 나는 가미야와 함께 명동 입구 쪽으로 걸어 나왔다. 가미야와 집 방향이 같았다. 발걸음이 휘청거렸다. 이슥한 시간이었으나 명동 거리의 인파는 그다지 줄어들지 않은 듯했다. 삼삼오오 몰려다니며 흥얼대는 취객들도 여전했다. 하다못해 길거리 선술집에서라도 한잔씩 걸치고 해방의 기분을 만끽하는 사람들이었다.

명동 초입 아스팔트 대로변에 거의 다다랐을 때였다. 우리는 거기서 뜻하지 않은 상황을 맞게 되었는데 그건 지독히 운수 사나운 일이었다. 가미야가 마주오던 다른 취객들과 어깨를 부딪쳐 시비가 일게 된 것이었다. 허름한 양복 차림에 중절모를 눈썹까지 깊이 눌러쓴 세 명의 건장한 중년 사내들이었는데 그들 역시 술에 취해 몸을 좌우로 흔들며 갈지자걸음을 떼고 있었다. 양쪽 다 취한 상태에서 어느 쪽이 먼저 어깨를 부딪치는 실수를 저질렀는지는 알 수 없는 노릇이었다. 하지만 어찌됐든 가미야가 먼저 그들에게 미안하다는 뜻으로 고개를 숙였다. 그들은 처음엔 거만한 태도로 우리를 째려보는 듯했으나 이내 당황한 표정을 지으며 눈길을 거두었다. 그 순간 우리도 적이 놀라지 않을 수 없었다. 앞쪽의 두 명은 모르겠지만 뒤에 서 있는 사내는 사이치로였다. 사상전담 고등계 형사들을 거느리던 그 사이치로 경부. 희미한 가로등 불빛에 얼비치기는 했으나 분명 그였다. 3년 전 단파라디오 사건 때 방송 동료들을 취조하며 유감없이 고문기술을 발휘하던 장본인이었다. 그때 나하고 가미야도 끌려가 그에게 조사를 받았다. 2년 전엔 경성법원 재판소로 동료들의 재판을 방청하러 갔다가 그와 조우한 적도 있었다.

우리가 지금 그 사이치로 경부 일행과 명동 밤거리에서 다시 마주친 것이었다. 사이치로는 사람들의 눈을 피하기 위해 밤늦게 허술한 옷차림을 하고 부하들과 함께 단골술집을 찾았던 것일 테고, 거기서 독주라도 들이켜며 제국 패망의 울분을 달래고 혼마치(명동)의 추억을 떠올렸을 것이다.

세상이 뒤바뀌고도 활개를 휘젓는 걸 보면 사이치로의 배짱도 보통은 아니었다. 그가 감옥에 집어넣었던 사람들이 풀려나 지금 이 명동 거리를 활보하는 상황이었다.

우리를 알아본 사이치로가 선수를 치고 나왔다.

— 흠, 당신들 경성방송 아나운서들이군.

그는 여전히 우리 앞에서 큰소리였다. 달아오른 취기에 배짱이 커졌는지도 몰랐다.

— 사이치로 주임, 나를 기억하는군. 당신과 악연을 이어온 박숭 아나운서지. 지금도 여기가 당신들의 혼마치 세상인 줄 아나?

나도 호기 있게 맞받았다.

— 이봐, 아나운서 양반! 우린 연합군에게 패배했지 당신네 조선한테 진 게 아냐. 아직까지 난 제국경찰이라구. 때가 되면 떠날 테니 걱정마라.

그는 되레 기세를 올렸다.

— 사이치로! 봉변당하기 전에 썩 사라지는 게 좋겠군.

나는 내처 세게 나갔다. 말은 그리했지만 사실 나로선 이 우악살스런 세 명의 형사들에게 봉변을 안겨줄 방도란 딱히 없었다. 여차하면 멱살잡이라도 해보겠다는 굳은 다짐이 없는 건 아니었지만 말이다. 사이치로는 이번엔 가미야를 노려보며 막말로 지껄였다.

— 그리고 넌, 내지인 가미야 기요요시! 아직도 조선인들하고 어울려 다니는군. 흥, 이젠 조선인들에 붙어 아주 눌러앉을 셈인가. 넌 그때도 내지인으로 유일하게 조사받았지. 그때 내가 너를 콩밥 먹이고 방송국에서 쫓겨나게 했어야 하는 건데! 아니, 군대로 끌고 가 아예 인도지나 전선으로

보냈어야 했는데…….

그는 과거 가미야가 일본인으로서 단파라디오 사건에 연루돼 자신에게 조사 받았던 일까지 들먹여가며 악담을 퍼부었다. 그는 가미야에게 특히 분노를 드러내고 있었다.

― 이제 그만 가시죠. 경부님!

부하들이 양쪽에서 사이치로를 부축하는 시늉을 했다. 부하들은 지금 명동 바닥이 조선사람들 천지라는 걸 의식하고 있었다. 그러나 사이치로는 팔을 뿌리치며 황잡한 언동을 계속했다.

― 가미야, 같은 내지인으로서 이 말만은 하고 가겠다. 우리가 비록 패전했다고 해도 천황폐하의 제국은 영원하다. 폐하께서도 옥음방송에서 신주 불멸의 땅, 우리 야마토 일본 민족은 다시 살아난다고 천명하셨다. 네가 조선인도 아니고 내지인으로서 감히 폐하와 제국을 배반해? 이런 배신자를 놔두고 내가 본국으로 돌아가야 하다니……!

그의 취기 어린 눈빛에서 살기가 흘렀다.

― 사이치로, 당신 같은 천황주의자들이 결국 우리 일본을 패배와 죽음의 길로 몰고 갔어. 당신 같은 사람이야말로 우리 일본의 반역자야. 과대망상중에 걸린 당신들은 일본을 재건할 수 없어!

가미야도 당당히 소신을 굽히지 않았다. 그런 판에 행인들이 한두 명씩 우리 주위로 모여들기 시작했다. 밤거리에서 한 무리의 사내들이 험악한 인상으로 일본말을 지껄이는 광경은 행인들의 구경거리가 되기에 충분했다. 그걸 눈치 챈 부하들이 다시 사이치로를 곁부축하며 재촉했다. 부하 한 명은 언뜻 조선인 같아 보였다.

- 경부님, 시끄러워지기 전에 빨리 여기를 뜨죠.

그제야 사태를 파악한 듯 사이치로도 꼬리를 빼기 시작했다.

- 너 따위, 제국의 배신자가 우리 신주의 땅 일본으로 귀환할 수 있을
것 같나? 가미야, 네놈 어디 두고 보자!

그는 끝까지 으름장으로 놓으며 근성을 드러냈다.

- 사내놈이 얼굴은 게이샤 계집처럼 생겨 처먹어 가지곤!

사이치로는 사라지면서 마지막으로 가미야를 향해 저열한 인신비방까
지 날렸다. 가미야가 게이샤 같다니, 이건 또 웬 소리인가. 단아한 얼굴선
이 돋보이는 가미야더러 말이다. 그의 술 취한 눈에는 어이없게도 가미야
가 얼굴 곱상한 기생 같은 남자로 비치는 모양이었다. 나는 사이치로 따위
의 저급한 소견에 결코 동의할 수 없지만 혹시 초면부지의 사람이 가미야
의 첫 인상을 대하게 된다면 행여 그런 식으로 비칠 구석이 없지 않아 있는
지도 모를 일이긴 했다. 가미야에게서 야릇한 여성성의 이미지가 우러나
는 듯한 느낌을 받는 때가 내게도 가끔은 있었으니까. 그렇지만 그건 지금
저 사이치로의 악설과는 차원이 다른 얘기였다. 그런데 내가 왜 이 순간에
이런 한가한, 아니 쓰잘머리 없는 생각을 하고 있는 거지.

- 숭! 내가 언제까지 저자를 만나야 하는 거죠.

가미야가 한숨을 내쉬었다.

- 가미야, 앞으론 저자와 다시 상종하는 일이 없길 비네.

- 그리 될까요!

가미야가 혼잣소리처럼 내뱉었다. 우리는 희미한 가로등 불빛 아래 황
망히 명동 거리를 빠져나가는 사이치로의 뒷모습을 물끄러미 바라봤다.

경기도경찰부 고등계 수사주임 사이치로 경부. 그는 일찍이 일본에서 식민지 조선으로 건너온 뒤 말단 순사에서 시작해 순사부장, 경부보, 경부로 잔다리밟았던 것이다. 그로서는 앞으로 경시를 거쳐 경찰부장 자리를 노리는 것도 언감생심만은 아니었을 것이다. 오늘 같은 세상이 오지만 않았다면 말이다. 그는 자타가 공인하는 사상전담 고등경찰의 우두머리였다. 학도병 반대 삐라 살포사건 수사, 카프(KAPF) 문학단체 해체, 경성콤그룹 적발, 조선어학회 탄압, 경성방송 단파라디오 밀청사건 수사 등 굵직한 시국공안 사건들 치고 그의 손을 거치지 않은 사건이 없을 정도였다.

사이치로, 그 이름을 들을 적마다 경성방송국 아나운서인 나로서는 그때 그 단파라디오 사건을 떠올리지 않을 수 없다.

단파 라디오

그해 몇 달 일본제국은 승승장구했다. 새해 벽두부터 필리핀 마닐라에 이어 싱가포르를 함락했다는 소식이 들려왔다. 전시체제에서 방송보국의 사명을 띤 우리는 연일 비상근무를 하다시피 했다. 우리는 방송국에서 밤낮없이 전파의 실탄을 쏨으로써 총을 든 군인 못지않게 충실히 전시복무를 하고 있었다. 우리는 방송으로 총후보국의 선봉대가 되어야 했다.

싱가포르가 함락된 그날, 속보를 전하는 임시뉴스는 밤늦게까지 이어졌다. 심야 스튜디오에서는 가네야마 아나운서가 숨가쁘게 대본영 발표문을 읽어 내리고 있었다.

〈제이·오·디·케이, 열한시 삼십분 임시뉴스를 말씀 드립니다. 대본영 발표에 따르면 싱가포르가 함락되었습니다. 오늘 오후 일곱시 오십분 영국군이 무조건 항복, 적장 퍼시발이 제국의 야마시타 장군 앞에서 항복 문서에 서명했습니다……〉

가네야마 아나운서의 뉴스 목소리는 감격에 겨워 있었다. 다혈성 기질을 여실히 보여주고 있는 가네야마, 그의 목소리에서 시국의 냄새가 짙게 풍겼다. 그는 마이크 앞에서 뉴스원고를 반복해 낭독했고 마지막엔 원고에도 없는 즉흥 발언을 곁달았다.

〈……지금까지 대본영 발표, 싱가포르 함락 소식을 전해드렸습니다. 쇼와 17년 2월 15일 오늘밤, 잊지 못할 기쁜 순간입니다. 지금 종로통 화신백화점 육층 옥상 전광판에는 '축! 성항(星港) 함락' 이라는 뉴스 문구가 심야에 빛을 발하고 있고 그 아래에선 수많은 경성부민들이 몰려 밤늦도록 축하 행렬을 이룬다고 합니다. 특별히 천황폐하께서는 고무 생산지인 싱가포르 함락을 기념해 가정마다 고무공을 선물로 하사하신다고 합니다. 천황폐하 만세, 싱가포르 함락 만세입니다!〉

가네야마 아나운서는 천황폐하라고 발음할 때 마이크를 향해 잠깐 고개를 숙이기도 했다. 스튜디오 밖 조정실에서는 양규영과 오시덕이 그의 태도가 못마땅한 듯 양미간을 구기고 있었다. 양규영은 뉴스담당 편성원이었고 오시덕은 담당 엔지니어였다. 나도 조정실에서 스튜디오 유리를 통해 가네야마의 모습을 보고 있었다. 그는 마이크 앞에서 제국의 승전보를 전할 때마다 저런 식으로 흥분하는 버릇이 있었다. 올 초 1월 마닐라 점령 때도 그랬고, 작년 12월 미국 하와이 진주만 공격 때도 그랬으며, 4년 전 10월 중국 무한(武漢) 함락 때도 또한 그랬다. 물론 그 외에도 그런 사례는 많다. 가네야마의 그 같은 행동이 제국에 대한 긍지감과 충성심의 자연적 발로에서 기인한다는 사실을 우리가 모르는 바는 아니었다. 그렇더라도 그가 마이크 앞에서 자주, 또 필요 이상으로 그런 식의 감정이입에 스스로 휘말린다는 것은 뉴스방송 아나운서로서 중대한 흠결이 될 수 있다는 점을 우리는 말하고 싶은 거였다. 바로 지금처럼 그의 그런 모습을 보며 당혹감을 감추지 못할 수밖에 없는 우리의 딱한 처지는 차치하고라도 말이다. 물론 그가 아나운서로서 자질과 소양이 부족하다거나 결격사유가 있다고 우리가 감히 단정 지어 말할 수는 없었다. 그는 외려 가미야 아나운서와 함께, 들어가기가 하늘의 별 따기라는 경성제대를 나온 엘리트였다. 게다가 그는 역시 들어가기가 하늘의 별 따기라는 JODK 아나운서 공개모집 시험에서 80대1도 넘는, 낙타 바늘구멍 지나가기 같은 엄청난 경쟁률을 뚫고 당당히 합격한 것이었다. 말하자면 하늘의 별들만 따온 셈이었으니 그가 특히 일본인 상사들로부터 능력을 인정받아 경성방송의 잘나가는 아나운서가 되어 있음은 불문가지이며 당연지사였다. 그는 경성운동장에서 축구나 야구 같은 스포츠 경기를 실황중계하면서도 그 패기발발한 성격에 곧잘 라디오가 터져라 흥분하곤 했다. 중계방송인지 응원방송인지, 듣는 사람이 헷갈릴 정도였다. 아무튼 가네야마는 젊고 유능한 아나운서였지만 방송하다 자기도 모르게 흥분하고 마는 버릇만큼은 천성인 듯 하루아침에 고쳐질 것 같아보이진 않았다.

〈우리는 천황의 부름을 받고 이 목숨 영광스럽게……〉

임시뉴스가 끝나고 군가와 행진곡 따위가 연이어 흘러나왔다. 양규영 편성원이 오시덕 엔지니어와 함께 부지런히 SP레코드판 음악을 틀고 있었다. 싱가포르 함락을 축하하는 음악프로인 셈이었다.

가네야마는 뉴스를 마치고 조정실로 나와서도 격정을 누르지 못하는 표정이었다. 그는 조정실 한쪽의 소형난로 앞으로 다가가 난로 위에서 끓고 있던 물주전자를 들어 잔에 물을 따랐다. 밀폐된 스튜디오에서 혼자 십분 동안이나 열정적인 목소리를 쏟아낸 탓에 목이 마른 모양이었다. 그때 조정석에 앉아 있던 양규영이 담당편성원으로서 또한 선배로서 가네야마에게 충고 한마디 했다.

— 뉴스 낭독할 때 주관적 발언은 삼가줘!

가네야마가 물주전자를 따르다 말고 고개를 들었다. 대번에 뚱한 얼굴이 되어.

— 양 선배, 뭐가 잘못됐어요?

— 해설대담 프로도 아닌데 뉴스방송에서 자기 생각을 말하면 안 되지. 그건 금기사항이잖아.

양규영은 뉴스 제작과 진행에 책임이 있는 편성원이었다. 그뿐더러 그도 처음엔 아나운서로 입사했다가 편성원으로 전직한 터여서 나름대로 뉴스방송의 원칙을 알고 있었다.

— 가네야마, 더구나 대본영 발표 뉴스를 함부로 읽다간 이거 되는 거 알지?

양규영은 오른손으로 자기 목을 긋는 시늉을 했다.

— 선배, 누가 그걸 모르나요. 하지만 이건 우리 제국이 싱가포르를 함락시킨 역사적 사건이란 말이에요. 미국, 영국, 그 서양 것들을 꺾은 거라고요. 이 국가적인 쾌거 앞에서 아무런 감동도 없이 목석처럼 원고만 읽을 순 없지 않겠어요? 우린 아나운서이기에 앞서 제국 신민입니다. 안 그래요?

가네야마는 어조를 높이면서 그대로 물주전자와 잔을 탁자 위에 내려놓았다. 그러다 끓는 물주전자처럼 또 흥분할지 모를 일이었다.

– 그렇다고 뉴스 중에 원고에도 없는 '만세'를 외쳐서야 되나!

양규영은 녹음재생기에 레코드판을 갈아 끼우며 조심스럽게 말을 이었다. 내심으로는 가네야마가 '천황폐하'를 발음하면서 마이크에 대고 경례하는 행동도 지적해주고 싶었으나 거기까지 엄두 낼 계제는 아니었다. 그런 민감한 얘기를 함부로 입에 올리다간 불경죄에 걸릴 수 있었다.

– 만세요? 내 가슴속엔 진실로 감동이 요동쳤어요. 그 감동을 청취하는 국민들에게 생생하게 전하려고 한마디 보탰던 겁니다. 양 선배는 그런 감정 못 느꼈어요? 아니 박숭 선배, 오시덕 선배도 그런 느낌 못 받았어요?

가네야마는 오시덕과 나를 번갈아 쳐다보며 애먼 우리까지 끌어들이려 했다. 방송조정판 앞에 앉아 송출기계만 조작하고 있던 오시덕은 내내 묵묵했다. 나도 턱만 괴고 앉아 대꾸를 하지 않았다. 그러자니 마음이 무거웠다.

– 청취자들이 모두 자네와 생각이 같다곤 할 수 없지.

양규영은 시종 담담한 태도로 일관했다.

– 아니, 선배! 이 국가적 쾌거, 이 기쁜 국민적 뉴스에 감동하지 않는 사람이 있단 말입니까? 그러고도 황국 신민이고 제국 국민입니까?

가네야마의 언성은 점점 높아졌다.

– 분명히 들으세요. 일본제국이 완성되어야 우리 조선에도, 아시아에도 평화발전이 오는 겁니다. 대동아 제국이 완성되는 날, 생각만 해도 내 청춘의 피가 끓어요.

그의 기고만장한 태도에 나까지 주눅 잡힐 지경이었다. 지금 네 청춘의 피는 잘못 끓고 있어, 라고 면박을 주고 싶지만 목구멍까지 차오른 그 말을 입 밖으로 내뱉지 못하는 내 우유부단이 한심스러울 뿐이었다. 나는 그저 그가 어서 여기서 나가주길 바라는 마음이었다.

— 자자, 알았으니 그만하자구! 이제 근무도 끝났으니 퇴근하게.

양규영 편성원도 일본인 방송국장의 특별한 총애를 받는 이 쟁쟁한 아나운서와의 소득 없는 설전을 끝내고 싶은 모양이었다.

— 누가 뭐래도 난 신념대로 소신껏 방송합니다. 나 퇴근합니다.

가네야마는 우리더러 들으라는 듯 외치며 휙 조정실을 나가버렸다. 그가 잔에 따라만 놓고 마시지 않은 물에서 김이 모락모락 피어올랐다.

— 신념, 소신! 음…….

양규영의 입에서 가느다란 한숨이 새어나오는 소리를 나는 들을 수 있었다. 그는 한동안 유리창 쪽을 응시했다. 밖은 어둠과 추위에 묻혀 있었다. 사실 편성원 양규영과 아나운서 가네야마 사이에 뉴스방송을 둘러싼 이런 언쟁은 종종 있어온 일이긴 했다.

— 가네야마 저 친구, 방송국에서 인정받고 칭찬받는 아나운서라고 해도 너무 기고만장하는 거 아냐? 그래서 제2방송은 시시해서 못 하겠으니 제1방송으로 보내달라고 인사청탁까지 하고 다니나. 그것도 소신인가, 흠!

양규영이 험구하듯 구시렁거렸으나 크게 틀린 말은 아니었다. 가네야마가 일본인 방송국장의 총애를 받는다는 건 나도 다 아는 사실이었다. 가네야마가 조선어 방송인 제2방송에서 일본어 방송인 제1방송으로 가고 싶어 방송국 윗선을 찾아다닌다는 소문도 듣고 있었다. 양규영의 험담에 나는 별말을 하고 싶진 않아서 탁자에 놓인 잡지책과 신문 따위를 뒤적였다. 잡지엔 라디오 제품 판촉 광고들이 경쟁적으로 실려 있었다.

세계의 소리를 듣는다! 조선방송협회 보증!
가정의 필수품 라디오, 1가정 1라디오 갖기
국가의 첨병 보도기관, 대중의 오락지식 원천
보급형(전기식) 월부 30.00, 즉금 27.00원!

조선방송협회, 그러니까 우리 경성중앙방송국에서 낸 공익성 광고였다. 방송국에선 광고 문안대로 전국 가정에 라디오 보급을 확대하기 위해 즉금 즉 일시불 가격할인제와 월부 할부금제까지 도입해 캠페인을 벌이고 있었다. 라디오 보급은 방송국의 수익사업 차원을 넘어 총독부의 식민통치를 위한 방송정책의 하나이기도 했다. 그럼 과연 세계의 소리를 들을 수는 있는 것인가. 대본영의 소리만 들을 수 있는 거 아닌가. 얼핏 과장 내지는 허위 광고라는 생각에 나는 쓴웃음을 지었다. 그 다음 페이지는 더 요란한 민간회사 제품 광고들로 장식되어 있었다.

업계를 앞서가는 나쇼날 B200 라디오 건전지!
탁한 음질은 신경을 피로케 합니다!
선명하고 맑은 음색을 선택하세요!
_ 송하(松下)건전지주식회사

라디오 보국, 신시대 첨단 다이나믹 세트
시대를 리—드하는 문화생활의 길잡이
규격 35cm X 23.5cm X 19.5cm / 정가 65.00

우리는 자정이 되어 음악프로그램을 마쳤다. 오늘 방송도 끝나가고 있었다. 싱가포르 함락 소식이 전해진 날, 임시뉴스와 축하 음악프로를 편성해 심야까지 특별방송을 진행한 하루였다. 내가 스튜디오로 들어가 방송 종료 콜사인을 넣었다.

〈오늘 방송을 모두 마칩니다. 여러분 안녕히 주무십시오. 여기는 경성방송국입니다. 제이— 오— 디— 케이—.〉

심야방송을 마친 양규영 편성원은 오시덕과 나를 향해 퇴근인사를 하며 조정실을 나갔다. 그는 집에서 아내와 아이들이 잠도 안 자고 기다릴 거라며 종종걸음을 놓았다. 잠시 후 훤하게 전조등을 밝힌 자전거를 타고 퇴근하는 그의 모습이 유리창 밖 어둠 속에 비쳤다. 그는 가정과 방송을 사랑하는 듬직한 선배였다.

오시덕과 나는 숙직이었다. 오늘밤 숙직원은 우리 두 사람과 가미야까지 모두 세 명이었다. 그러니까 조정실 엔지니어 오시덕, 제1방송 아나운서 가미야, 제2방송 아나운서인 나, 이렇게 셋. 지금 가미야는 자기네 사무실에 있을 것이었다. 숙직근무는 조선인과 일본인 혼성팀으로 짜여졌다.

별 한 낱도 없는 밤하늘이었다. 잔뜩 찌푸린 밤, 눈발이라도 날릴 법했다.. 그제 낮부턴가 찾아온 꽃샘추위가 숫제 눌러앉을 요량인가, 날씨는 야밤중에 때늦은 봄눈까지 부를 모양이었다. 사실 요즘 눈이 오는지 비가 오는지, 해가 뜨는지 달이 뜨는지, 꽃이 피는지 잎이 돋는지 통 모를 판이었다. 명색이 라디오방송을 하는 사람들인데도 우리는 오늘과 내일의 날씨조차 모르고 방송국에 다녔다. 전시체제 방송에서 일기예보가 사라진 때문이었다. 작년 12월 하와이 진주만 공습으로 미국과의 전쟁이 시작되면서 방송도 전파관제 상태에 들어가 있었다. 눈, 비, 태풍 등 자세한 날씨 정보가 전파로 알려지면 미군기의 정찰과 공습에 이용될 수 있다는 우려에서였다. 그때부터 도쿄 NHK의 JOAK 라디오에서 경성의 JODK 라디오로 중계되는 방송은 일기예보를 일절 내보내지 못하고 있었다. 이러다보니 자연 JODK 경성방송도 날씨를 전하지 않는 방송이 되어 갔다. 그 후로는 아나운서나 뉴스 같은 용어도 적성국 언어라는 이유로 방송금지어가 되었다. 그러고 보니 우리는 '뉴스'도 없고 '아나운서'도 없고 '날씨'도 없는 이상한 방송국에 다니는 사람들이었다.

　방송이 종료되고 나면 야간에 별로 할 일이 없는 게 숙직근무였다. 대개는 방송국 구내나 한 바퀴 순찰한 뒤 1층 숙직실에 가서 눈을 붙이는 게 보통이었다. 하지만 우리는 좀 달랐다. 특히 오늘밤 같은 숙직 구성원들이라면 2층 조정실에서 은밀하게 해외 단파방송을 듣고 즐기기에 더 없이 좋은 멤버였다. 우리는 서로 안심하고 단파방송을 들을 수 있는 동료와 숙직을 하기 위해 종종 숙직 날짜를 바꾸는 일도 있었다.

　오시덕과 나는 약속이라도 한 듯 조정실 유리창문의 커튼을 모두 내렸다. 창밖에 희끗희끗 눈발이 날리는 듯했다. 얼핏 싸락눈으로 보였다. 우리는 실내등도 하나만 남긴 채 불을 껐다. 엔지니어인 오시덕은 어느새 조정실 한쪽 구석에 비치된 단파라디오 수신기 앞에 앉아 다이얼을 맞추고 있었다. 가만가만 다이얼을 돌려가며 단파 주파수를 미세조정하던 그가 고개를 갸웃거렸다.

— 시덕 형님, 잘 안 돼요?

내가 그에게 물었다. 그는 내게 열 살쯤 형뻘이 되는 사람이었다.

— 오늘밤은 날씨가 좋지 않아 사이클이 잘 안 잡히네.

그가 다이얼에서 눈길을 떼지 않은 채 말했다. 방송국 단파라디오 수신기는 방송업무용으로 모두 두 대였다. 오래전 경찰이 미국인 선교사들을 추방하면서 그들로부터 압수한 것이었다. 미국 RCA사의 9구식(球式) 올웨이브(all wave) 공중파 수신기로 단파는 물론 중파와 장파를 모두 수신할 수 있었다. 성능은 좋았지만 공중파의 속성상 지금처럼 눈비가 내리는 밤에는 잘 잡히지 않을 때도 있었다.

우리가 수신기와 씨름을 하고 있는데 가미야 아나운서가 인기척을 내며 아래층에서 올라왔다. 가미야는 들어온 뒤 곧바로 문을 잠갔다. 그는 우리와 한통속이었다. 오시덕은 처음에 그가 일본인이라는 점을 경계했으나 차차 그를 알게 되면서 스스럼없이 어울리게 되었다. 나는 가미야와 숙직을 함께 하는 날이면 마음이 설렜다. 그와 외국 음악방송을 들으며 함께 밤을 새운다는 건 가슴 뛰노는 일이었다. 우수 띤 얼굴로 음악을 듣는 그를 바라보는 것도 내겐 싫증나지 않는 일이었다.

— 아, 잡히네.

조심조심 다이얼을 돌리던 오시덕의 얼굴이 마침내 펴졌다. 일본 JOCK 나고야방송 주파수대에서 미국의 단파라디오 신호가 잡힌다며 그는 빙긋 웃었다. 미국 샌프란시스코 지역에서 송출하는 전파 같다고 했다. 다이얼의 미세한 눈금 하나 차이로 일본이나 미국으로 나라가 바뀌고 아시아나 아메리카로 대륙이 달라지는 방송전파의 세계는 새삼 놀라웠다.

수신기에서 영어 소리와 함께 음악이 점점 크게 흘러나오고 있었다. 혼신이 되긴 했지만 그런대로 청취할 만했다. 감미로운 목소리가 재즈의 선율을 타고 흐르고 있었다.

— 냇 킹 콜 노래야. 얼마 전부터 미국에서 인기를 끌기 시작한 재즈 그룹의 리더지. 젊은 흑인인데 팝송도 불러.

오시덕이 설명해줬다. 미국 시민권자인 그는 방송뿐 아니라 음악에 대한 조예도 상당했다. 오래전부터 암암리에 영어권 해외방송을 청취해오고 있었기 때문에 미국과 유럽 등 서양의 문물과 세계의 사정에 두루 밝았다.

냇 킹 콜이라는 가수의 목소리가 가슴을 파고들었다. 우리 셋은 각자 편안한 자세로 재즈 음악을 즐겼다. 일본 군가에선 도저히 흐를 수 없는 저 선율, 저 멜로디. 군가와 군국가요를 신물 나도록 들어온 우리에게 그건 분명 이질적이며 이색적인 음악이었다. 알고 보면, 아니 알고 자시고 할 것도 없이, 한심하고 딱한 청춘들이 바로 우리였다. 우리는 새로운 음악의 세계가 가져다주는 즐거움과 감동을 누리는 걸 마다할 수 없었다. 감성을 자극하는 마력 같은 선율에 우리의 딱한 청춘이 녹아내리고 있었다. 지금 창밖에 스르르 내리는 눈처럼.

라디오 음악은 다시 트럼펫 연주곡으로 바뀌었다.

— 루이 암스트롱이야. 재즈 뮤지션인데 나랑 나이가 비슷해.

오시덕이 눈을 감으며 말했다. 머나먼 곳에서 들려오는 황홀한 트럼펫 소리에 나도 눈을 감았다. 굵고 낮게 흐르는 멜로디가 흡사 우리의 영혼을 부르는 소리 같았다. 루이 암스트롱이라는 재즈 음악가가 아득히 먼 동양의 한 식민지 청년을 위로하기 위해 이 새벽에 홀로 트럼펫을 불어주고 있는 것처럼 느껴졌다. 저 트럼펫 소리를 누가 듣지 못하게 하는가. 충량한 황국신민이 들어서는 안 되는 방송금지, 청취불가의 적성국 음악이라고 누가 말하는가. 내 찌든 마음을 맑히고 내 힘든 시간을 잊게 만드는 저 음악은 얼마나 아름다운 것인가. 칙칙한 군복 색깔과 냄새에 전 군국 치하 식민도시의 음울한 기운을 벗겨내는 저 감미로운 선율, 강제되고 강요된 세상을 잠시나마 해제시키고 해이시키는 저 분방한 멜로디, 내 어찌 적성국 음악이라 해서 듣지 않을 수 있을까. 저 리듬을 향하여 누가 미영귀축 그 귀신 같고 짐승 같은 서양 것들의 음악이라고 말하는가.

— 재즈는 압제와 속박을 거부하는 음악이지.

오시덕이 여전히 눈을 감은 채 말했다.

— 영혼의 자유를 부르는 음악이기도 하지요.

가미야가 구태여 그의 말을 거들었다. 그들이 주고받은 압제, 속박, 자유, 영혼 따위의 말들에 내 머릿속이 순간적으로 어찔해졌다.

라디오에선 음악방송 순서가 끝났는지 곧 영어뉴스로 이어졌다. 이번에는 오시덕이 우리를 위해 영어뉴스 내용을 요약해 설명했다.

— 일본, 독일, 이탈리아라는 국제 파시즘 국가들의 침략에 맞서 서방세계가 군사적 동맹을 한층 강화하고 있어 일 · 독 · 이 공수동맹도 조만간 무너질 것 같다고 하는군. 지난번 하와이 진주만을 기습한 일본에 대해선 미군 주축의 연합군이 대대적인 반격을 가할 것이라고 하는군. 이건 중요한 국제정세 뉴스야. 지금 조선 땅에서 이런 중요한 뉴스를 듣고 있는 건 우리뿐일지 몰라.

오시덕의 말은 다소 느렸다. 그는 어려서 미국으로 건너갔기 때문에 영어는 유창했지만 아직도 조선말이나 일본말은 서투른 구석이 아주 없진 않았다. 그는 능력이 출중한 방송 엔지니어였음에도 입사 초기엔 바로 그 언어 문제로 인해서 호봉, 급여, 승진 등 인사상의 불리한 대우를 받았던 것도 사실이다. 그의 뛰어난 영어실력이 방송에서 빛을 보기는커녕 되레 발목을 잡은 셈이었다. 영어는 방송국에서 쓸모가 없었다.

— 지금 미국 뉴스를 들어보면 미국이 아주 격앙돼 있어.

— 형님, 미국이 공세로 나오면 일본으로선 감당키 어려울 텐데요.

내 말에 오시덕이 고개를 끄덕였다.

— 물론이지. 미국에서 살아본 내 경험으론 미국이 가만히 앉아서 당할 나라가 아니야. 미국의 과학기술 무기들을 일본이 당해내지 못할걸.

— 일본의 승세가 언제까지 이어질지 궁금하군요.

— 난 일본과 미국이 왜 저렇게 원수가 되었는지 모르겠네. 몇 년 전만 해도 두 나라가 사이좋았잖아. 미국 독립기념일 행사 땐 NHK 방송이 현장 중계하고, 미국의 헬렌 켈러 여사가 경성에서 강연할 때도 우리 JODK에서 중계하고 그랬는데 말이야.

미국 시민이기도 한 오시덕으로서는 일본과 미국이 서로 적대국이 된 현실이 안타까운 모양이었다. 사실 오시덕과 내가 방송국에 입사하던 무렵만 해도 7월 4일 미국 독립기념일이 되면 NHK 라디오에서 미국의 독립기념 행사를 중계방송할 정도로 양국관계는 우호적이었다. 당시 중계방송은 우리 경성방송을 통해 조선에도 전해졌다. 그런데 지금은 일본이 미국과 영국을 싸잡아 '미영귀축'으로 부르며 전쟁을 벌이는 판이 됐으니 그 돈독했던 우호관계는 까마득한 옛일이 되어 있었다. '삼중고의 성녀', '빛의 천사' 라 불리는 헬렌 켈러가 경성에 와 강연할 때만 해도 그렇다. 그녀가 보지 못하는 눈, 듣지 못하는 귀, 말하지 못하는 혀로 경성 부민관을 가득 메운 청중을 향해 영혼의 연설을 하는 동안, 우리 경성방송은 그 감동의 현장을 전국에 중계했다. 당시 나도 부민관 현장에서 그녀의 강연을 들었지만, 얼굴표정과 입모양과 목젖의 떨림으로 사랑과 평화의 메시지를 전하는 그녀의 몸짓 언어는 감명 차원을 넘어 경외심을 불러일으키는 것이었다. 몸짓 언어를 영어로, 영어를 다시 제1방송 일본어로, 제2방송 조선어로 3~4단계 통역과 해설을 거치는 중계방송이었던지라 그때 아나운서, 엔지니어 모두 진땀을 빼던 광경이 지금도 눈에 선하다.

— 제국의 앞날이 어두워. 일본은 패배해!

오시덕은 나름대로 사태를 예견했다. 그러면서 일본인인 가미야의 눈치를 살폈다. 가미야는 여전히 음악에만 심취해 있었다. 냇 킹 콜의 노래와 루이 암스트롱의 트럼펫 연주의 여운이 가시지 않은 표정이었다. 우리 셋 중에서 재즈 음악을 가장 좋아하는 사람이 바로 가미야였다. 그는 조금은 딴소리를 했다.

— 전쟁이 아니라면 이렇게 숨어서 재즈를 들을 일은 없겠죠?

— 역시 가미야는 재즈 마니아답군. 아나운서 말고 뮤지션이 되지 그랬어.

오시덕이 그를 놀리려 들었다.

— 난 이도저도 아니죠. 어설픈 낭만주의자라고나 할까요.

— 원래 방송국이란 데는 낭만파도 좀 있고 그래야지. 방송이 살벌해.

— 난 요즘 방송국에서 화약 냄새를 맡고 총소리를 듣죠. 제국의 전쟁,

이젠 미칠 것 같아요!

가미야는 반듯한 얼굴선을 잠시 일그러뜨렸다가 말을 이었다.

— 그나저나 일본과 미국이 전쟁 중이니 어떻게 해요? 미국에 못 가잖아요.

— 할 수 없지. 빨리 종전이 되길 기다리는 수뿐!

— 미국 어디죠?

— 시카고. 아까 트럼펫을 연주한 루이 암스트롱이 한때 음악활동을 한 곳이기도 하지.

— 거기 누가 있나요?

— 미국인 양부모. 나를 키우고 공부시킨 분들인데 잘 지내시는지 궁금하군.

— 연락도 못 하겠군요?

— 미국이 적국이 됐으니 지금은 편지도 못 부쳐. 한번 찾아가야 할 텐데.

— 찾아갈 곳이 있다는 건 행복한 일이죠. 나는 일본사람인데도 일본엔 오갈 곳이 없거든요.

— 그댄 경성사람 아닌가, 허허!

내가 가미야에게 농담처럼 한마디 흘렸다.

— 자, 이번엔 구라파 방송을 들어보자구. 어디, 사이클이 잡히나 보자.

오시덕이 다시 단파수신기에 바투 다가앉아서 다이얼을 만지기 시작했다. 방송기기를 다루는 그의 손동작이 능숙하면서도 세밀했다. 수신기가 치직거리며 소리를 냈다.

— 이건 중국 방송이군. 우리가 중국말을 모르니…….

오시덕은 다시 다이얼을 돌렸다. 수신기의 방향을 이리저리 틀어보기도 했다. 나중에는 청각신경을 모으기 위해 헤드폰까지 뒤집어썼다. 그가 한동안 애를 쓴 끝에 다른 전파 하나를 잡아냈다.

— 이건 로마 아니면 베를린 음악방송 같은데 전파 감도가 떨어지네. 칸초네와 상송이 들릴 텐데.

그가 우리 쪽으로 헤드폰을 건네줬다. 나와 가미야가 번갈아 헤드폰에 귀를 갖다 댔다. 성량 풍부한 여자 가수의 목소리를 타고 상송이 흘러나왔는데 잡음이 심했다. 미국이나 중국의 단파방송에 비해 수신감도가 현저히 떨어졌다.

— 안 되겠어. 오늘밤 구라파 방송은 감도 불량이군, 쯧!

오시덕이 혀를 찼다. 내가 그에게 말했다.

— 형님, 미국방송이나 또 들읍시다.

오시덕은 고개를 끄덕이며 샌프란시스코 방송 주파수에 다시 다이얼을 맞추었다. 그 방송에서는 팝송이 흐르고 있었다.

— 프랭크 시나트라 노래라는데! 나도 많이 못 들어본 가수인데, 신인인가? 노래는 부드럽고 경쾌하네.

오시덕이 음악에 귀를 세웠다. 누구의 노래든 그런 건 아무래도 좋았다. 우리의 삭막한 가슴, 암울한 영혼을 적셔줄 수 있는 음악이기만 하다면. 우리는 밤새 라디오 전파를 타고 지구를 몇 바퀴씩 돌았다. 샌프란시스코에서 날아오는 전파에선 재즈, 로마에서 날아오는 전파에선 칸초네가 흘렀다. 베를린의 전파에선 필하모니, 난징의 전파에선 비파 연주가 들렸다. 발신지 불명의 전파에서는 오페라 선율과 홀라댄스곡이 잡혔다. 그것은 방송국 숙직의 색다른 즐거움이었다. 우리는 숙직하면서 몰래몰래 세계의 소리를 들으며 세상을 알아갔다. 세상의 소리는 제국의 진군나팔 소리와 군가 소리만 있는 게 아니었다. 대본영에서 나는 전쟁의 소리만 있는 게 아니었다. 춘설이 난분분 흩날리던 밤에 그렇게 우리는 다른 세상의 다른 소리를 엿듣고 있었다.

전파, 그것은 바람의 소리였다. 바람처럼 날아가 여러 가지 세상의 소리로 변했다. 노랫소리, 울음소리, 사랑의 소리, 싸움의 소리……. 제국이 속박한 이 강토에도 그 바람의 소리는 넘쳐났다. 그것은 창공의 새와 같아 어느 것에도 속박되지 않아 짓밟힌 땅의 하늘로 날았다. 식민도시 경성의 하늘에 전파가 흐른 지 오래였고, 전파에 내 목소리를 실은 지도 오래였다. 청취자 여러분 안녕하십니까, 제이·오·디·케이, 여기는 경성방송국입니다! 나는 매일 어디론가 그 바람의 소리를 날렸다. 내 소리는 대체 어디에 도달해 어디에서 사라지는 걸까. 말 그대로 '방송(放送)'이었다. 공중에서 모아져 공중에서 흩어지는 바람의 소리에 나는 자주 허망했다. 마이크 앞에서 그 소리를 날릴 때 나는 번번이 허전했다.

어느덧 2층 방송조정실 창문 밖으로 번한 기운이 드리워지고 있었다. 풀풀거리던 눈도 그친 뒤였다. 우리는 졸린 눈을 비비며 새벽을 맞고 있었다. 16일 새벽이 밝아오고 있었다. 그날은 방송국으로선 개국 15주년을 맞는 특별한 날이었다. 열다섯 해 전인 1927년 2월 16일 낮 1시 본방송의 첫 전파가 발사되었던 것이다.

오전에 방송국 강당에서 전 직원이 참석한 가운데 개국 15주년 기념식이 열렸다. 비상시기라서 기념행사는 조촐하게 치러졌지만 축하 분위기는 그런대로 이어졌다. 총독부와 경성부청 같은 기관에서 축하 메시지와 함께 매화 분재도 보내왔다. 일본인 방송국장은 기념사에서 개국 15주년은 싱가포르 함락의 기쁨 속에 맞은 겹경사로, 제국의 융창하는 국운과 더불어 경성방송도 무궁한 발전을 할 것이라고 한껏 의미를 부여했다. 그런 뒤 방송국장은 직원들을 향해 일장 훈시를 했다.

— 여러분, 최근 본국 정부에서 우리 조선방송협회로 전시 비상체제 방송프로그램 편성 지침을 보내왔다는 사실은 익히 알 것입니다. 펜은 칼보다 강하다는 서양 격언이 있다면 나는 오늘 여러분에게 이런 말을 하고 싶습니다. 마이크는 총보다 강하다고. 우리의 방송은 능히 군대의 대포를 이길 수 있습니다. 우리 방송인들은 이 중차대한 시기에 새삼 국가적 사명감을 굳건히 함과 아울러 가일층 분발해야 합니다. 여러분, 왜 우리 제국이 지금 저 귀신, 짐승 같은 미국, 영국과 싸우고 있습니까? 우리는 저 서양의 침략세력에 맞서 대동아공영권 구축이라는 국가적 이상과 시대적 과업을 위해 총진군하고 있는 것입니다. 동양에서 그 사명을 감당할 나라는 바로 우리 일본뿐입니다. 천황폐하, 대원수폐하의 그 팔굉일우의 성업을 이루기 위해 우리 내선일체 일억 신민은 몸과 마음을 바쳐야 합니다. 군관민이 혼연일체가 되어야 합니다. 오늘 개국 기념일을 맞으면서 우리는 방송보국, 언론보국의 사명감을 가슴 깊이 새겨야 할 것입니다.

방송국장의 말은 내 귀에 점점 꿈결처럼 들렸다. 숙직하면서 재즈, 팝송, 영어뉴스 따위가 나오는 서양의 라디오방송을 듣느라 밤을 지새운 탓이기도 했지만, 저런 얘기는 하도 들어온 터여서 이제는 머리만 몽롱해지기 때문이었다. 하품이 나오고 머릿속이 흐리멍덩한 건 오시덕과 가미야도 마찬가지였다. 우리 셋은 맨 뒷줄에 서서 비몽사몽간을 헤매고 있었다. 어서 퇴근해 잠이나 자고 싶은 마음이 굴뚝같았다. 간밤에 들었던 서양노래의 멜로디가 귓전에 아련히 맴돌았다. 지금 방송국장이 욕하고 있는 그 미국과 영국의 방송을 듣느라 날밤을 새운 우리는 도대체가 불량사원들인 셈이었다.

기념식에선 모범사원으로 선정된 직원들을 포상하는 순서도 있었다. 조선인 직원으로서는 유일하게 가네야마 아나운서가 표창을 받았다. "투철한 사명감과 창의력으로 방송업무에 매진해 타의 모범이 되고 방송문화 발전과 방송의 국가적 목표 수행에 이바지한 공로가 지대하므로 이에 표창합니다"라며 방송국장은 표창장을 수여했다. 부상으로 금빛이 번쩍이는 일제 세이코 손목시계도 주어졌다. 가네야마는 상을 받고 내내 자랑스러워했다. 방송국장은 그에 대한 특별한 칭찬을 덧붙이는 걸 잊지 않았다.

― 여러분, 조선어 제2방송 가네야마 군은 방송국원들의 귀감입니다. 제1방송 일본직원들도 본받아야 할 정도 아닙니까?

경성방송 개국 기념식은 우렁찬 박수 속에 끝났다. 우리는 숙직을 했기 때문에 기념식장에서 곧바로 퇴근했다. 우리가 현관 쪽으로 걸어 나오는 동안 라디오 소리가 실내 확성기에서 울리고 있었다.

〈대본영의 승전 발표에 오늘도 경성 시내는 역사적 감격으로 환희가 충만하고 환성이 창일합니다. 어제 라디오 스피커를 통하여 승전 소식이 세상에 발표되자 팔십만 경성부민들은 너나 할 것 없이 환호했으며 종로통, 광화문통, 본정통 등 처처에서 만세성이 폭발되어 문자 그대로 격정의 도가니, 감동의 선풍에 휩쓸렸습니다. 총독부를 위시하여 관청, 회사, 개인상 숙직 후 퇴근하는 길은 그래도 상쾌했다. 싸락눈이 살짝 깔린 땅위로 희고 맑은 햇살이 쏟아졌다. 봄볕에 방송국 앞마당의 늙은 느티나무가 꾸물꾸물 잎을 돋울 채비를 하고 있었다. 우리 셋은 양팔 벌려 그 봄빛을 감싸 안는 것으로써 노곤한 몸과 마음을 털어냈다. 열시 반도 훨씬 넘은 아침나절, 개국 기념식에 참석하느라 지체된 퇴근길이었다. 우리는 느티나무 아래에서 헤어졌다. 오시덕은 검정색 자전거를 타고 먼저 야트막한 언덕길을 내려갔다. 자전거 출퇴근이 유행인 것처럼 그 또한 자전거를 끌고 다녔다. 나와 가미야는 그의 뒤통수에 대고, 자전거 졸음운전하다 눈길에 꼬라박지 말라고 농담조 한마디를 던졌다. 우리 둘은 전차를 타기 위해 길을 내려왔다. 방송국 언덕길에서 저 아래 정류소 전찻길로 알록달록한 꽃전차가 미끄러져 들어오는 모습이 보였다. 이런 봄날 아침의 풍경을 그나마 평화롭다고 말할 수 있을까.

*

시국의 소리는 높고 시국의 냄새와 빛깔은 짙었다. 우리 JODK 라디오는 식민지 황도방송의 사명을 띠고 부지런히 시국의 소리와 냄새와 빛깔을 전했다. 징병제 시행 방침 소식이 그것이었다. 일본제국 정부가 이듬해부터 조선에서도 징병제를 실시하기로 결정했다는 뉴스가 제1방송에서 흘러나왔다. 경성, 평양, 부산 등 경향 각지에서 조선의 징병제 실시를 축하하고 환영하는 군중대회가 잇따랐다. 경성 제2방송에서는 환영대회나 강연회가 열리는 경성운동장이나 부민관 극장을 부지런히 찾아다니며 현장 중계방송을 했다. 스튜디오에서는 특집 방송좌담회가 열렸다. 내년부터는 조선반도의 동포도 황은에 보답하자, 조선 청년학도도 성전에 참여해 대동아공영의 과업을 이루자, 라고 연사는 말했다. 우리는 연사들의 말을 열심히 마이크에 담아냄으로써 방송보국의 사명을 다했다. 봄 내내 방송이 덩달아 바빴다.

그럴 즈음 정은석은 매일 집에서 자신이 만든 단파라디오를 듣는 일에 빠져 있었다. 지난해부터 방송국 숙직을 하며 오시덕 등과 어울려 단파방송을 엿듣기 시작한 게 이제는 습관처럼 하루도 안 듣곤 못 배길 정도였다. 밥은 걸러도 라디오 듣는 일은 거르지 않았다. 이를테면 단파라디오 청취 중독증이었다. 자기 손으로 직접 조립한 수신기를 통해 세계 각국의 방송을 듣는 재미가 여간 쏠쏠하지 않았고, 게다가 몰래 듣는다는 야릇한 쾌감도 맛볼 수 있었다. 마약을 하는 사람들이 이래서 중독되는 거로구나, 은석은 자신의 단파라디오 청취 중독 증세에 엉뚱한 비유까지 떠올리며 혼자 고소를 머금었다.

기계에 미쳤다는 말을 듣는 그가 단파방송 수신기를 손수 만든 건 조금치도 이상한 일이 아니었다. 그러니까 일본인 숙직근무자의 눈을 피해 오시덕과 함께 몰래 해외 단파방송을 듣던 어느 날 새벽이었다.

— 오 선배님, 직접 단파라디오를 만들어 듣는 게 어떨까요? 숙직 때나 들으니 감질만 나고 들킬까 조마조마하기도 하고…….

— 굿 아이디어! 나도 그런 생각을 하던 중일세. 설계도는 나한테 있어.

경성방송의 유능한 두 기술자는 의기투합하여 악수까지 나누었다. 은석은 그날로 설계도 한 장을 손에 쥐고 라디오 전문상점과 부품가게가 몰려 있는 소공동과 광화문통을 뒤지기 시작했다. 그는 호주머니를 탈탈 털어가며 라디오 핵심부품인 진공관과 코일, 그리고 다른 부속품들을 사들였다. 진공관만 해도 57, 58, 47B, 12F, 네 가지나 되었다. 혹여 경찰에 신고가 들어갈까 봐 일본인 상점은 피하고 어쩌다 눈에 띄는 조선인 가게를 골라 들어가 눈치껏 부품을 구했다. 조선인이 운영하는 라디오 상점이라고 해서 안심할 노릇도 아니긴 했지만. 개인이 불법으로 라디오를 제조하는 건 중대한 사회범죄였다. 청취허가증 없이 라디오를 무단 도청하거나 청취료를 내지 않고 라디오를 듣는 행위도 엄중단속 대상이었다.

그는 집에 돌아와 끼니를 잊고 밤을 새워 부품을 주물럭거렸다. 관건은 진공관의 컨버터 기능 즉 중파를 단파로 바꿔주는 작용을 실행시키는 데에 있었다. 그는 밤새 설계도면대로 고주파 증폭관, 검파관, 음성증폭관, 정류관에 차례로 진공관을 붙였다 뗐다, 단파 수신용 코일을 감았다 풀었다 하다 충혈된 눈으로 아침을 맞곤 했다. 진공관 사이즈도 58짜리를 꽂느냐 57짜리를 꽂느냐에 따라 달랐고, 코일도 여덟 번을 감느냐 아홉 번을 감느냐에 따라 달랐다. 그렇게 몇날며칠 밤을 밝힌 끝에 그는 라디오 비슷한 기계뭉치 하나를 만들었다. 마지막으로 나쇼날 라디오 상표가 붙은 흑갈색 나무 케이스를 씌우니 겉모양만으로는 디자인도 그럴듯한 가정용 라디오였다. 동이 틀 무렵이었다. 일단 성공이었다.

— 야, 내 손으로 라디오를 만들어냈구나!

조선 땅에서는 자신이 최초로 단파라디오를 만들었을 거라는 자부심에 쾌재를 외쳤다. 또 다른 감격이 이어졌다.

— 오호, 내가 만든 라디오에서 소리가 나온다!

그 새벽에 유럽 쪽의 단파 신호가 잡혔던 것이다. 그것도 성공이었다.

수신기 다이얼을 미세하게 조정할 때마다 이탈리아어, 영어, 독일어와 함께 음악이 나오고 있었다. 잡음도 섞이고 말도 알아들을 수 없는 외국어였지만 그것이 로마, 런던, 베를린에서 보내오는 단파방송이란 건 분명했다. 다이얼을 돌리는 손이 흥분과 기쁨으로 떨렸다. 새삼 놀랍기도 했다. 저 밤하늘은 조용한 어둠에 묻혀 있는 것만은 아니었구나, 밤하늘은 달빛과 별빛만 흐르는 건 아니었구나! 자신이 방송기술 전문가임에도 캄캄한 밤하늘에 무수한 소리의 전파가 떠다닌다는 사실이 신기했다. 새삼 전파의 세계가 신비로웠다. 한편으론 저 보이지 않는 소리의 전파를 잡으려고 밤낮으로 씨름했던 시간들이 떠올랐다. 그토록 매달려 미지의 소리를 찾으려 했던 이유가 스스로 궁금했다. 나는 왜 다른 세상의 소리를 동경하는 걸까, 난 왜 경성방송의 소리에 만족하지 못하는 걸까. 유럽방송 수신에 성공한 그날 새벽, 은석의 머릿속에선 생각이 꼬리를 물었다. 그것은 한 젊은 방송기술자의 소박한 염원일뿐더러 나아가선 식민의 시대를 살아가는 한 암담한 식민지 청춘이 한번쯤은 가슴속에 품게 되는 문제의식이었다. 그는 그저 답답한 현실에서 벗어나고프나 달리 출구도 찾지 못하는 이십대 청춘이었다. 그 암담한 청춘이 창창한 게 탈이었다.

'이 새벽 나, 정은석은 내 꿈 하나를 이루었다. 지금 나는 광활한 하늘을 흐르는 전파를 잡아 세계의 방송을 듣는다. 하늘엔 수많은 정보를 담은 세상의 소리가 흐른다. 깜깜절벽 조선의 하늘에서 정보가 차단된 지 이미 오래. 지금은 죽음을 외치는 소리들만 떠다닌다. 경성방송은 죽음의 소리를 전하는 미친 방송이다.'

며칠 후 은석에게 또 하나의 감격이 찾아왔다. 그것은 충격에 가까운 감격의 극치였다. 어느 날 오후 그의 단파라디오에서 조선말이 들렸기 때문이다. 해외방송에서 조선말이 들리는 것도 소스라칠 일이었지만 JODK 경성방송에서는 입도 뻥끗할 수 없는 이야기들이 억센 어조에 실려 쏟아지고 있는 데 대해선 실로 경악실색을 금할 수 없었다. 중국의 XGOY 중경국제방송이었다. 남자 아나운서의 첫마디는 두고두고 기억에 생생했다.

〈엑스·지·오·와이, 여기는 중국 임시수도에 있는 중경국제방송국입니다. 지금부터 조선임시정부 방송을 시작하겠습니다. 이 방송은 단파 9메가헤르츠 31미터밴드로 조선의 청취자들을 위해 보내드리고 있습니다. 그럼 먼저 조선임시정부 김규식 박사의 육성방송을 보내드리겠습니다.〉

아나운서의 소개말에 이어 쩌렁쩌렁한 음성이 울렸다. 육십도 넘은 노인의 목소리임에도 기백이 넘치고 있었다.

〈전선에서 용전분투하는 독립군 전사 여러분, 그리고 고국 동포 여러분! 날로 격렬해지고 있는 각 전쟁터에서 전위부대로서 수색전과 기습공격에 적극 가담하여 큰 전과를 올리고 있는 데 대하여 중국 장개석 주석께서는 우리 임시정부 김구 주석에게 치하하시고 적극적인 지원을 약속했습니다…….〉

임시정부? 독립군? 지금 바깥세상은 대체 어떻게 돌아가는 것인가, 다른 곳에서도 조선의 언어로 방송을 하는 사람들이 있었단 말인가! 은석은 흥분을 억누르며 조금 전 방송에 나왔던 말들을 몇 번이고 되뇌었다. 독립군의 눈빛, 김구의 얼굴, 한 번도 본 적 없는 그들의 모습이 눈앞에 그려졌다. 라디오가 대단하게도 사람의 상상력까지 자극시켜 주다니 그것은 얼마나 기특한가! 그때부터 은석은 중경국제방송 XGOY의 애청자가 되었다. 방송은 매주 목요일 오후 4시부터 30분 동안이었다. 임시정부 요인들이 매주 돌아가며 방송에 출연하고 있었다.

〈엑스·지·오·와이, 여기는 중국 전시의 수도 중경의 국제방송입니다. 오늘은 한국광복군 총사령부 김학규 참모가 광복군의 당면 과제라는 제목으로 국내외 동포들에게 연설방송을 하겠습니다…….〉

정은석은 임정 요인들의 육성방송이 나오는 목요일 오후 4시를 손꼽아 기다렸다. 이왕이면 그날은 임시정부 주석 김구의 목소리를 직접 들을 수 있길 기대하면서.

은석은 중경방송에서 청취한 내용을 선배인 오시덕에게도 전해주곤 했다. 그즈음 오시덕도 단파수신기 제작에 성공해 집에서도 해외방송을 청취하고 있었다. 이로써 두 사람 모두 일류 방송기술자로서의 능력을 스스로 증명해 보인 셈이었다. 영어에 능한 시덕은 주로 미국 쪽 단파방송을 들었다. 시덕이 은석에게 말했다.

— 난 요즘 미국 브이오에이 방송을 듣기 시작했어.

— 브이오에이 방송은 또 뭡니까?

— 영어 약자로 VOA, 보이스 오브 아메리카, 미국의 소리 단파방송이지.

— 그런 방송이 언제 생겼어요?

— 얼마 안 됐어. 올해 2월 뉴욕에서 히틀러의 나치 치하 독일로 첫 전파를 쏘면서 시작했다지. 해외 선전방송인데 영어와 그 나라 말로 방송하더군.

— 선배님은 영어권 방송 하나가 더 생겨 좋으시겠네요.

— 그래서 자주 듣지. 그 방송의 슬로건이 뭔지 알아? 뉴스는 좋을 수도

있고 나쁠 수도 있다, 우리는 진실을 전한다, 바로 이거야. 굿 뉴스가 됐든
배드 뉴스가 됐든 진실을 알리겠다는 것이지.

— 멋진 말이군요. 좋은 뉴스만 내보내고 나쁜 뉴스는 숨기는 일본제국
방송과는 다르군요.

— 물론 그 미국방송도 전시 심리전 방송이니까 꼭 슬로건대로야 되겠
나. 과장도 하겠지만 하여간에 기본정신만은 훌륭하지.

— 조선말 방송도 되어 우리도 들었으면 좋겠군요.

— 나도 바라는 바네. 은석, 지금 자넨 중국 단파방송이나 열심히 듣게.
중경에 우리 임시정부가 있으니 빅뉴스가 나올지도 몰라.

— 그러겠습니다. 저도 김구 주석의 육성 한번 듣는 게 소원이거든요.

— 그럴 날이 있겠지. 난 미국방송, 자넨 중국방송에 귀 기울이세.

— 그러니까 역할분담이군요.

— 허허, 그렇게 되나.

두 사람은 웃으며 악수까지 나눴다. 정은석은 지금까지 XGOY 중경국제
방송 청취를 한 번도 걸려본 적이 없었다. 문제는 방송이 하필 근무시간인
오후 4시에 나온다는 점이었다. 하는 수 없이 은석도 그 시간에 맞춰야 했
다. 그는 목요일 오후가 되면 근무 중에 슬그머니 자리를 비우고 집에 가서
XGOY 방송을 듣곤 했다. 가끔은 핑계를 대고 조퇴를 하기도 했다. 어쨌거
나 그는 목요일 오후엔 경성방송국에서 볼 수 없는 남자였다. 은석의 꿍꿍
이를 우리는 알고 있었다. 우리는 그를 '목요일에 사라지는 남자'라고 슬
쩍 놀리기도 했다. 우리란 숙직할 때 단파라디오를 함께 듣는 멤버들이었
다. 어느새 우리는 자연스럽게 해외 단파방송 비밀청취 구락부를 만든 것

이었다. 엔지니어 오시덕, 정은석, 편성원 양규영, 방송작가 황채현, 아나운서인 나, 그리고 일본 아나운서 가미야가 구락부 멤버였다. 일본인 동료로 유일한 멤버가 된 가미야는 구락부에 관해 자기네 일본인들에게도 일체 함구했다.

방송작가 황채현은 우리처럼 정규 직원은 아니지만 같은 멤버였다. 문학도이기도 했던 그는 자유기고가로 프로그램 대본을 써오며 우리와 붙어 살다시피 해서 방송국 사람이 된 거나 다름없었다. 그는 직원이 아니기 때문에 우리와 함께 숙직하며 단파라디오를 들을 수는 없었지만, 국제정세에 관한 관심은 남달리 컸다. 우리는 단파라디오에서 들은 방송 내용을 그에게 전해주곤 했다. 그는 우리에게서 전해들은 내용을 다시 외부 사람들에게 전달했다.

우리는 퇴근하면 본정통 깐따빌레 카페나 종로 모리나가 끽다점 같은 찻집에 모여 해외뉴스와 국제정세에 대해 은밀한 얘기를 나누기도 했다. 그런 얘기를 나누기 위해 일부러 모인다기보다는 모이다 보면 자연스럽게 그런 얘기가 나오게 되는 것이었다. 우리는 얘기를 나누다 가슴이 답답해지면 하릴없이 싸늘히 식은 커피를 입안에 털어 넣었고 매캐한 담배연기를 치뿜었다. 긴 한숨과 함께. 우리의 한숨에 봄날이 가고 있었다.

*

봄에서 여름으로 넘어갈 무렵, 일본제국의 패전 조짐이 바다에서부터 일고 있었다. 일본은 태평양에서 벌어진 산호해전과 미드웨이해전에서 미국에 잇따라 대패하면서 수세에 몰리기 시작했다. 초여름 햇살이 쏟아져 누리에 부서지던 날, 가네야마 아나운서의 열정 가득한 뉴스 목소리는 여전히 라디오 스피커를 울리고 있었다.

〈먼저 천황폐하 동정에 대해 말씀드립니다. 폐하께오서는 오전 열시 어소에서 납시어 총리대신과 내무대신 등이 시립한 가운데 황공하옵게도 전시 비상시국에 백성을 진념하시는 여러 가지 하문을 나리시어 신복 일동은 다만 공구하였을 따름입니다. 천황폐하께오서는 이어 북해도 장관에게 사알하오시고 차례로 각 현의 지사들도 사알하사 주상을 청취하오셨습니다…….〉

가네야마는 도쿄발 동맹통신 기사의 일본어식 문장을 그대로 낭독하고 있었는데 난해한 문자투성이여서 뉴스 내용이 얼른 귀에 들어오지 않았다. 스튜디오 밖 조정실에선 담당 근무자들이 그를 향해 마뜩하지 않은 눈길을 보내고 있었다. 조정실 근무자는 양규영과 정은석이었다. 가네야마는 누가 그러건 말건 패기발발한 음성으로 두 번째 소식을 전했다.

〈다음은 조선 시정 소식 전해드리겠습니다. 총독부는 오전 아홉시부터 제1회의실에서 총독 주재 전국경찰부장회의를 개최하고 전쟁 시기 총후치안 확보 대책으로 국론통일을 문란케 하고 민심을 그르치는 행위에 대해 단호한 조치를 취하기로 하였습니다. 한편 경성부는 오전에 경성부윤 주재로 인플레 경제 안정대책 회의를 열고 최근 인플레 경향이 날로 심해 경제질서가 교란됨은 물론 전시 성전수행에도 심대한 지장의 초래가 우려되는바 이달 내로 조선은행 등 유관기관과 더불어 금리통화 대책을 강구하기로 하였습니다…….〉

가네야마가 뉴스를 마치고 스튜디오를 나왔을 때 양규영이 문제를 제기하면서 두 사람 간에 또 언쟁이 벌어졌다. 머리기사 편집에 대한 이견이 언쟁의 발단이었다. 양규영은 뉴스담당 편성원으로서 조선 시정 뉴스를 첫 번째 머리기사로, 천황 동정 뉴스를 두 번째 순서로 배열해 가네야마 아나운서에게 뉴스 원고를 넘겼는데, 가네야마가 자기 멋대로 머리기사를 바꿔 읽었다는 것이었다. 이에 대해 가네야마는 천황은 국체이며 따라서 국체인 천황의 동정을 머리기사로 보도해 청취자들에게 최우선적으로 알려야 할 책무가 뉴스 진행자인 자신에게 있다는 주장이었다. 그러자 양규영은 오늘 천황 동정은 특별한 내용이 없는 일상적인 것이었고 그 대신 총독부와 경성부 기사는 국민 실생활에 영향을 미칠 수 있는 내용이어서 머리기사로 올린 것이라며 뉴스 편집권은 자신에게 있다고 반박했다. 이에 또 가네야마는 천황은 신성한 존재로 그와 관련된 동정은 내용과 무관하게 뉴스로서 최우선적 가치를 갖기 때문에 방송보도에서 특별히 다뤄야 마땅하다며 주장을 굽히지 않았다. 그의 논리대로라면 뉴스 시보가 울리고 나서는 천황 관련 소식부터 전해야 되는 것이었다.

— 이봐, 가네야마 방송원! 방송원은 기본적으로 편성원의 편집 방침에 따라야 하는 거 아냐?

— 양 선배, 편성원의 판단이 잘못되었다면 그래도 방송원은 따라야 하는 겁니까?

— 내가 잘못됐단 말인가?

— 그럼 제 잘못이란 말입니까?

서로 목에 핏대를 세우는 듯했다. 옆에 있던 기술담당 정은석이 듣다못해 나섰다. 정은석은 방송기술자로서 보도와 편집 문제에 개입하는 게 주제넘은 일로 생각되어 여태까지 언쟁을 지켜보고만 있던 터였다.

― 어이, 가네야마! 나야 마이크 앞에 서는 사람은 아니지만 자네의 입사 동기로서 충고 한마디 하겠네. 솔직히 자네 방송은 듣기에 거북스럽네. 천황 뉴스라 해서 그렇게 선동적일 필요는 없잖은가. 좀 차분하고 편안한 음성으로 낭독해줬으면 좋겠네.

가네야마는 고까운 표정을 지었다.

― 이젠 은석이 자네까지 나서는군. 내 소신에 따라 내 개성대로 낭독하겠다는데 왜 그리 참견들인가. 조선어 제2방송 사람들은 어째 다 이런가. 앞뒤가 꽉 막힌 사람들하곤 답답해서 같이 방송 못 하겠네.

양규영이 발끈했다.

― 앞뒤가 막힌 사람들! 흥, 자넨 그렇게 답답해서 일본어 제1방송으로 가려고 인사권자에게 청탁을 하고 다니나?

― 인사 청탁? 양 선배, 무슨 말을 그렇게 해요?

― 나도 다 듣는 수가 있네.

― 참 나, 개인 신상문제로 윗분들과 상의도 못 합니까? 그걸 청탁이라뇨?

― 어떤 신상문제인지는 모르겠으나 잘됐네. 이참에 제1방송으로 가면 되겠네.

― 함부로 말하지 마세요. 내가 정말 이런 분위기 때문에라도 2방송을 떠나고 싶다니까!

― 함부로 말하지 않았네. 자네가 떠나겠다는데 누가 잡겠나, 가라니까!

감정 섞인 공방은 정은석의 제지로 일단락되었다. 가네야마는 은석에게 등을 떠밀리다시피 하며 스튜디오 조정실 밖으로 나갔다. 가네야마는 떠밀려나가면서 고개를 돌려 양규영을 한번 쏘아봤다.

두 사람 간에 왕왕 충돌이 일어나다 보니, 언젠가는 이런 일도 있었다.

그러니까 조선의 무용가 최승희가 유럽 순회공연에 나선 그해였다. 그때 최승희는 미국에 이어 유럽 무대에서도 대성공을 거두고 있었고 그 소식은 조선에서도 빅뉴스가 되었다. 그녀의 유럽 공연 소식은 일본 동맹통신사의 현지 특파원 기사로 속속 타전되어 조선의 각 신문에도 대서특필되었다. 조선 예술가 최승희의 선풍적 인기가 아메리카에서 유럽 대륙으로 이어지고 있었다. 가히 세계적 열풍이라 해도 과언이 아니었다. 동아시아 식민 약소국 조선이 언제 한번 세계무대에서 이름을 빛낸 적이 있었던가.

그날 뉴스편집과 연출 담당인 양규영도 동맹통신이 타전하는 기사를 읽었다. 그의 판단에 톱뉴스가 되기에 충분한 소식이었다. 그는 민첩한 솜씨로 통신기사 원문을 방송뉴스용 원고로 가다듬어 나갔다.

〈불란서 빠리 발 동맹통신 보도입니다. 조선이 낳은 세계적인 무희 최승희 여사의 구라파 각국 무용발표 행각이 비상한 관심을 모으고 있는 바, 그제 저녁 불란서 수도이자 예술의 도시인 빠리의 국립극장에서 열린 공연도 인기 대폭발, 만장한 관중을 무용의 율동미에 도취케 하여 더없는 감동의 무대를 연출하였습니다. 이날 특별히 금세기 최고의 거장으로 일컫는 피카소(Picasso)와 마티스(Matisse)도 공연을 관람해 더욱이 화제를 뿌렸습니다…….〉

양규영 편성원은 그 소식을 가네야마 방송원이 진행하는 저녁뉴스 프로그램에 머리기사로 올렸다. 그러니까 뉴스 배열순서로 1번이 최승희 공연 소식, 2번이 천황 관련 동정, 3번이 총독부 시정 소식이었다. 하지만 실제

방송에서는 1-2-3번의 순서대로 나가지 않고, 2-3-1번의 순으로 나갔다. 첫 소식으로 방송되도록 편집한 최승희 공연 기사가 천황 동정과 총독부 시정 기사 뒤로 밀려난 거였다. 가네야마 방송원이 뉴스편집 배열 순서를 무시하고 제멋대로 뒤바꿔 천황 동정 기사부터 읽은 것이었다. 그런 경우, 생방송인지라 스튜디오 밖에 있는 편성원으로선 달리 어쩔 도리가 없다. 방송지휘소인 조정실에서 그대로 지켜볼 뿐. 뉴스가 끝나고 두 사람 사이에 설전이 벌어졌다.

— 최승희 뉴스가 먼저인데 왜 바꿔 읽어?

— 최승희가 천황폐하와 총독각하보다 앞에 나갈 수는 없죠.

— 아니, 그게 예사로운 뉴스야? 최승희라는 조선 무용가가 지금 동양인 최초로 미국에 이어 구라파 대륙에서 일대 센세이션을 일으키고 있는데, 그런 뉴스부터 안 읽으면 어떡해? 천재화가 피카소까지 최승희를 보러 왔다는 거 아닌가.

— 아무리 그래도 최승희는 일개 무희 아닙니까.

— 일개 무희라니? 세계적으로 조선 예술문화의 바람을 일으키고 있는데도?

— 어쨌든 최승희 소식이 천황폐하 동정에 우선할 순 없어요.

— 천황 동정 기사야 매일 비슷한 내용들이고, 오늘같이 특별 뉴스가 있으면 그걸 우선 보도하는 게 마땅하잖나. 알 만한 사람이 왜 그래?

— 선배야말로 제국 방송의 편성원으로서 알 만한 분이 왜 그럽니까? 제국의 국체인 천황폐하의 동정은 그 자체로 최우선적 뉴스 가치를 지닌다는 게 내 변함없는 소신입니다.

— 그건 자네의 지극히 주관적인 견해 아닌가. 방송은 분업이자 협업인데 이렇게 손발이 안 맞으면 어떻게 방송쟁이 노릇을 하겠는가?

양규영은 가네야마의 그 소신이라는 게 답답했다. 그렇다고 이것을 일본인 상사들에게 보고해 정식으로 문제 삼을 수도 없는 노릇이었다. 양규영이 마음을 가라앉히며 말했다.

— 이 소식을 듣고 식민지 조선 백성들도 용기를 얻을 것이네. 조선의 긍지이자 쾌거야.

— 조선의 긍지? 그거야 최승희 개인이 잘나서 그런 거지 조선이 잘나서인가요. 식민지 조선에 언제 한번 긍지나 명예가 있었나요. 그렇게 잘난 나라였다면 왜 일본에 먹혔죠?

— 자네도 조선인이면서 조선을 그리 폄하해도 되는 건가?

— 나라고 왜 조선을 사랑하고 생각하는 마음이 없겠어요. 난 이 꼴로 나라를 망친 조선의 무능과 책임을 말하려는 겁니다. 도무지 이 못난 조선은 내게 애증의 땅이라고요!

지금 가네야마는 자신의 식민지 조국에 대해 애증의 감정을 드러내고 있는 것일까. 상기된 그의 얼굴에서 그런 감정의 단면이 읽혀지는 순간이었다.

— 자네는 그러면서도 일본을 찬양하고 있잖나. 아무리 우리가 황도방송에 몸담고 있다고 해도 자네의 그 일본제국 찬양론은 도가 지나친 것 아닌가?

양규영의 힐난조에 다시 가네야마의 목소리가 커졌다.

— 제국 찬양이라고요? 선배, 내 얘기 들어보세요. 역사적으로 볼 때, 나

는 지금도 그 무능하고 죄악 많은 조선왕조가 한탄스럽기 짝이 없어요. 지난 세기말 조선이나 일본이나 서구 열강의 외세 앞에 지리멸렬해 약소국으로 전락할 운명이었잖아요. 한데 우리와 달리 이웃 일본은 어땠습니까. 메이지 유신으로 쇼군 봉건제도를 타파하고 서구 외세도 극복해 지금은 서양 세력과 대적하는 동양 강국이 되지 않았는가 말입니다. 나는 솔직히 미·영 열강과 맞서 싸우는 일본제국이 부럽고 자랑스러워요. 조선이 일본의 속국이 된 게 차라리 낫다는 생각도 해요. 서양의 미영귀축에 먹혔다면 더욱 비참했을 노릇 아닙니까. 나도 조선의 발전을 바라는 사람이에요. 하지만 조선은 지금으로선 일본제국의 발전된 힘을 빌려 문명국으로 나아갈 수밖에 없다는 게 내 판단입니다. 조선과 아시아의 공동번영은 일본제국의 완성을 통해서 이뤄진다고 나는 믿어요. 나를 두고 제국주의자, 황국사관론자라고 해도 좋아요. 애써 숨길 생각 없으니까요. 선배, 말이 길어졌는데요, 난 나의 이런 신념을 방송을 통해 펼쳐보려는 것인데 그게 나쁘고 잘못된 겁니까?

가네야마는 입에서 침을 튀겼다. 양규영은 얼굴이 굳어 있었다.

— 암, 나쁘고 잘못됐지. 자넨 꼭 조선총독과 똑같은 소리를 하고 있군. 황국사관이라니? 한마디로 궤변일세. 이런 말을 하기가 무척 조심스럽지만 자네가 신봉하는 천황주의 황국사관이야말로 그릇된 식민사관 아닌가.

— 선배, 발언이 거칠고 위험수위가 높군요. 천황주의와 황국사관을 함부로 말하다니요. 누가 듣겠습니다.

가네야마는 양규영에게 선배 호칭은 붙이면서도 선배를 윽박지르는 식이었다. 양규영 스스로도 민감한 발언을 한 것 같다는 생각에 주위를 살폈다. 다행히 조정실엔 그들밖에 없었다. 행여 이런 얘기가 일본인 간부들의 귀에 들어간다면 경을 치고도 남을 일이었다.

그들이 언쟁을 벌이는 중에 불쑥 가미야가 들어왔다. 가미야는 스튜디오를 지나가다가 얼굴을 맞대고 있는 두 시시비비주의자의 모습을 보게 된 것이었다.

─ 무슨 일인데 그렇게 심각합니까?

가미야가 조선인 동료들의 언쟁에 간여하고 나섰다. 대화는 일본말로 바뀌었다. 가네야마가 목소리를 좀 낮추는 태도를 취했다.

─ 가미야, 잘 왔네. 자네가 내지인이니까 하나 물어보겠네.

─ 무슨……?

─ 황국사관에 대한 얘긴데 자넨 황국사관을 어떻게 생각하나?

가미야는 뜻밖의 질문에 적이 당황하는 표정을 지었다. 답하기도 어렵지만 질문 자체가 부담스러웠다. 잠시 뜸을 들이던 가미야가 가네야마와는 대조적으로 차분히 입을 열었다.

─ 황국사관! 하늘의 자손인 천황은 신격이므로 그 신격 아래 만세일계의 역사가 이뤄진다는, 대강 그런 얘기 아닌가. 그건 천황제일주의 우상화의 극치일세. 내겐 허황된 미신 같은 얘기일세. 일본사람인 나도 안 믿는데 조선인인 자네가 그걸 얘기한다는 게 이해되지 않는군.

가네야마의 미간이 꿈틀, 접혔다. 자신과는 대학 동창이자 아나운서 동기인 가미야마저 양규영과 같은 생각을 하고 있는 데 대해 가네야마로서는 심정이 나지 않을 수 없는 모양이었다.

─ 이봐 가미야, 자넨 나랑 경성제대 시절에 황국사관 강의를 듣고도 그

런 소릴 하나?

　— 강의 들은 것하고 생각하는 것하곤 다르지. 황국사관은 억지논리에 허무맹랑한 데가 있어.

　— 허무맹랑? 하긴 대학 때부터 하이네, 릴케의 시나 외우고 다니던 자네는 나하곤 많이 달랐지.

　— 느닷없이 하이네, 릴케 얘긴 왜 하나? 옛날 학창시절까지 들먹이니 언짢군.

　— 자네가 외국 시인들만 알고 제국의 역사는 모르는 게 아닌가 해서 해 본 소리일세. 자네 지금 일본 본토 얘기 못 들었나. 도쿄제대 히라이즈미 기요시 교수의 황국사관 강연이 선풍을 일으키고 있다는 소식 말이야. 자넨 그 이유가 뭐라고 생각하나. 그 교수의 강연 내용은 우리 경성방송에서도 몇 번 소개했으니 자네도 알 것 아닌가.

　이제 언쟁은 양규영에서 가미야에게로 옮겨 붙고 있었다. 가네야마가 말하는 도쿄제국대학의 히라이즈미 기요시(平泉澄) 교수는 유럽 유학 후 귀국해 황국사관을 주도한 극우 민족주의자로서 천황의 신성과 불가침성을 역설하며 학계와 군부 등 각계에서 많은 신봉자를 이끌고 있었다.

　— 대체 그 교수가 나하고 어쨌단 말인가. 자네가 그렇게 말한다면 훨씬 전 그와 반대되는 사상을 가졌던 나카에 조민, 고토쿠 슈스이 같은 사람들도 있었잖은가. 자네도 대학 때 그들의 글이나 이름은 한번쯤 읽고 듣고 했을 거 아닌가.

　경성제대 출신의 엘리트끼리 흡사 학술논쟁이라도 벌이는 분위기였다. 가미야가 말한 나카에 조민(中江兆民)과 고토쿠 슈스이(幸德秋水)는 반천황주의자로 스승과 문하생의 관계였으며, 특히 고토쿠는 천황을 암살하려 했다는 이유로 오래전에 형장의 이슬로 사라진 인물이었다.

— 가네야마, 나는 황국사관에 반대하네.

— 가미야, 자네가 그러고도 내지인인가? 그러고도 제국의 방송원이라 할 수 있는가?

— 이거야 원! 내가 조선인 같고 자네가 일본인 같군.

— 우리가 내선일체인데 지금 조선인, 일본인이 어디 있나.

— 우리? 내가 일본인으로서 문제 있다면 자넨 조선인으로서 문제 있는 거 아냐?

가미야의 왼쪽 이마로 긴 하이칼라 머리가 털썩 내려왔다.

— 이러다 싸우겠네. 그만들 하자구!

이제는 어처구니없게도 언쟁의 최초 당사자였던 양규영이 두 사람의 말 싸움을 말리고 나서야 할 판이었다.

*

우리 구락부 멤버들의 해외 단파라디오 밀청은 암암리에 계속되고 있었다. 남몰래 청취하는 외국방송은 우리 경성방송과는 색달랐다. 천황폐하니 황국신민이니 내선일체니 하는 소리가 들리지 않는 것만으로도 좋았다. 또 실제로 들을 거리들이 있었고 듣는 재미가 있었다. 숨어서 듣는 야릇한 쾌감까지 더해졌다. 우리는 언제나 외국방송을 떳떳이 청취하게 될까. 밀청하는 처지였지만 그나마도 듣지 못하면 마음이 여간 서운하질 않았다. 언제던가, 내가 숙직 당번인 날이었던가. 그날이 바로 그런 날이었다. 그날 나는 지루하고 피곤한 야근 숙직근무를 감수해야 했다. 단파방송 청취 구락부 멤버들과 어울려 재즈, 팝송, 샹송도 듣고 바깥세상 소식도 듣는 숙직날 밤의 쏠쏠한 재밋거리가 맹랑하게 날아가 버렸기 때문이었다. 그날 밤 나는 단골 숙직 멤버이기는커녕 운 나쁘게도 평소 꾀까다롭고 사나운 성깔에 독종 방송쟁이라고 호가 난 일본인 편성원 상사와 숙직 팀을 이루게 된 것이었으니 단파방송 청취는 애당초 꿈도 꿀 수 없는 노릇이었다. 사실 나는 미리부터 숙직일정표에서 그와 짝이 돼 있는 사실을 확인하고 몇몇 동료에게 숙직날짜를 바꿔줄 수 있는지 부탁도 해봤지만 동료들의 각자 피치 못할 사정 때문에 그게 여의치 않았다. 나 싫다고 동료에게 떠넘기는 것도 양심에 걸리는 일인지라 더 이상 숙직날짜를 조정하는 노력은 포기하고 말았다. 기분이 내키지 않는 일본인 상사와의 숙직이라지만 아무려면 그 하룻밤 꾹 참아내지 못할까. 게다가 여름에 밤도 짧은데 눈 딱 감고 국으로 견딜 일이었다. 그러나 말처럼 쉽게 눈 딱 감고 잠을 청할 수 없었던 건 문제였다. 무더운 숙직실에서 밤새 모기떼와 싸워야 했기 때문이다. 도대체 서름하기 짝이 없는 일본인 상사와 같은 방을 쓰는 것도 숨 막힐 지경인데 무더위에 모기까지 극성을 부렸으니 숙직치고는 용코로 걸린 셈이었다. 문제는 더 큰 것에 있었다. 오로지 괴로운 숙직을 감내해야했던 그날 밤 하필 미국 단파라디오에서 중요한 방송이 나온 것이었는데 나로서는 그걸 들을 수 없는 노릇이었던 것이다. 나중에 오시덕으로부터 알게 된 사실이지만, 하필이면 그날 밤에 미국의 소리(VOA) 방송에서 이승만의 육성이 나온 거였다. 나는 그런 줄 몰랐지만 설령 알았다 해도 그 꾀까다로운 일본인 상사와 숙직을 하는 판에 그걸 듣기란 애초 불가한 일이었다. 숙직근무자들이 단파방송을 몰래 듣는다는 걸 알기라도 하는지, 숙직실로 잠자러 들어가면서 단파라디오 수신기를 별도의 보관함에 넣고 자물쇠를 채워버리는 주도면밀한 인간이 바로 그였으니까. 가위 독종 방송쟁이라는 별명에 걸맞은 행동이 아닐 수 없었다.

그날 밤 9시쯤이었다고 했다. 그 시각 오시덕과 정은석은 자기 집에서 사제 단파수신기로 VOA 방송을 들었던 것이다. 호출부호 KGEI로 송출되는 '한국어 특별방송'이었다.

〈케이·지·이·아이, 여기는 미국 서부 샌프란시스코에서 11.9메가헤르츠 25미터밴드로 보내드리는 미국의 소리 한국어 특별방송입니다. 지금부터 워싱턴으로부터 중계되는 임시정부 구미위원회 이승만 박사의 '동포에게 고함'이라는 제목의 연설방송을 보내드리겠습니다.〉

재미동포 청년으로 보이는 아나운서의 소개말에 이어서 특유한 어조의 노인 음성이 흘러나왔다.

〈나는 이승만입네다. 미국 와—싱톤에서 해내해외에 산재한 우리 이천삼백만 동포에게 말합니다. 어데서든지 내 말 듣난 이는 자세히 들으시오. 자세히 들어서 다른 동포에게 일일이 전하시오…….〉

태평양을 날아오는 방송전파는 생생했다. 임시 특별방송이지만 비교적 잡음도 없어 단파 주파수에 고스란히 잡혔다.

〈아직은 미국이 몇 가지 관계로 하야 대병을 동하지 아니하였으매 왜적이 양양자득하야 온 세상이 다 저희 것으로 알지만 얼마 아니해서 벼락불이 쏟아질 것이니 히로히토의 멸망이 멀지 아니한 것은 세상이 다 아는 것입네다…….〉

6월 중순의 여름밤, 각자 집에서 방송을 듣던 오시덕과 정은석은 전율했다. 히로히토의 멸망이라는 대목에선 등골이 다 떨려 더위를 잊을 지경이었다. 경성방송에서는 감히 입에 올릴 수도, 귀로 들을 수도 없는 소리였다. 그것은 오시덕과 정은석의 머릿속에 폭풍을 일으켰다. 방송이 끝나고도 두 사람은 제대로 잠을 이루지 못했다. 오시덕, 그러니까 미국 시민 스탠리 오(Stanley Oh)는 새벽녘까지 이리저리 주파수를 돌려가며 미국방송이 전하는 영어뉴스를 들었다.

그날 밤 임시 특별방송 이후 늦여름부터 VOA 방송은 한국어 시간을 개설해 정기적으로 방송을 내보내기 시작했다. 〈자유의 종은 울린다〉라는 제목의 프로그램이었다. 샌프란시스코 KGEI에서 방송을 중계하는 형식이었는데 하루 세 차례씩 오전, 오후, 밤에 각각 삼십분 동안 이어졌다. 프로그램 타이틀이 인상적이었다. 어흥, 포효하는 호랑이 울음소리와 뎅, 힘차게 울리는 종소리에 이어 젊은 아나운서의 목소리가 나왔다.

〈백두산 호랑이 시간이 돌아왔습니다. 자유의 종은 울린다!〉

종소리의 은은한 여음이 깔리면서 방송은 시작되었다.

〈고국에 계신 동포 여러분! 지금부터 미국에서 보내드리는 자유의 소리 방송을 시작하겠습니다…….〉

라디오 전파는 얼굴 없는 목소리의 마력을 전하고 있었다. 우리는 본 적도 만난 적도 없는 그 목소리의 주인공에게 동류의식과 연대감을 품어갔다. 우리는 그렇게 지구 반대편 경성에서 '자유의 소리'를 듣고 있었다. 호랑이의 포효와 자유의 종소리가 메아리칠 때 우리의 가슴은 뛰놀았다. 자유의 소리는 우리의 가슴속에서 한줄기 시원한 전파 소나기가 되어 뿌렸다. 때로 그것은 우리를 오래도록 심란케도 했다.

〈절망하고 계신가요. 고통 속에 계신가요. 지금 자유의 소리 방송을 듣고 있다면 희망과 용기를 내십시오. 눈물을 거두십시오. 한숨을 삼키십시오. 일본 압제의 신음은 곧 끝날 것입니다. 우리는 그날까지 머나먼 땅에서 여러분을 위해 자유의 종을 울릴 것입니다. 여러분도 스스로 종을 울리세요. 마음에 자유의 종을 울리세요. 가슴에 해방의 종을 울리세요. 그리하여 종소리가 사람들마다 메아리치게 하세요. 우리는 멀리서 방송으로나마 여러분을 위로하며……〉

경성방송국에서도 미국의 소리 방송 VOA를 밀청하는 직원들이 늘어나고 있었다. 오시덕과 정은석처럼 손수 단파수신기를 만들어 듣는 열성파도 있었다. 어쩌다 운 좋게도 멀리 구라파 방송까지 잡힐 때면 희열감으로 핏줄이 부풀었다. 식민도시 경성의 하늘밖엔 볼 수 없는 그들에게 그것은 미지의 세상, 미지의 사람들을 소리로 만나는 충격과 감동이었다.

하도 후텁지근해서 집에 돌아가면 시원한 펌프 물줄기에 엎드려 등물이라도 해야 몸도 마음도 개운해질 것 같은 여름날 저녁의 퇴근길, 오시덕과 정은석 두 방송기술자는 나란히 자전거를 타고 방송국 고갯길을 내려오며 말을 주고받았다.

― 은석, 단파수신기까지 조립했으니 자네가 바라던 대로 되었군.

― 이젠 저도 미국, 중국 세계 어느 방송도 다 들을 수 있죠.

― 총독부도 하늘의 전파는 막지 못하지.

― 눈에 보이지도, 손에 잡히지도 않으니까요.

― 다른 직원들도 해외 단파방송 많이들 밀청하나 보데.

― 경성방송이야 맨날 그 소리가 그 소리니까 외국방송에 귀 기울이게 되는 거죠.

― 우리 방송이지만 거짓말이 많긴 많지.

― 선배님, 전 요즘 중경방송과 샌프란시스코방송 듣느라 우리 방송은
뒷전입니다.

― 조심하게!

오시덕이 자전거 위에서 힐끗 정은석을 바라보며 주의를 당부했다.

글루미 선데이

대관절 조선의 지식계층 및 문화예술계라는 데는 왜 이리도 골치 아픈가. 사건도 많고 일도 많고 뭐가 이리 복잡한가. 숨 돌릴 틈도 없이 터지는 크고 작은 사건들이 대개 그쪽과 관련돼 있으니 담당 경찰로선 죽을 맛 아닌가. 도대체가 피곤한 노릇이고. 이젠 많은 지식인들과 문화예술인들이 총독부 시정에 협조하고 있건만 아직도 불미스런 사건은 근절되지 않고 있으니 이 노릇을 어떻게 할 것인가. 대체 얼마나 더 잡아넣어야 조용해질 것인가. 조선반도에 건너와 사상전담 경찰이 된 지도 어언 십수 년, 밤낮 없고 영일 없는 나날들 아니었던가. 이런 사건 저런 사건에 정신없이 매달려야 했던 시간들, 하루도 편한 날이 없지 않았던가. 하기야 그런 시국사건들 덕분에 순사에서 경부 자리까지 오르긴 했지만……

경기도경찰부 건물의 붉은색 벽돌담과 흰색 창틀의 유리창에 아침부터 영롱한 햇빛이 부서지고 있었다. 아침 직원회의를 끝내고 광화문통이 바

라보이는 2층 복도 창가에 나와 담배를 피우던 고등계 주임 사이치로 경부
는 아까부터 그런 생각에 잠겨 있었다. 총독부 앞을 지나 광화문통으로 향
하는 전차는 벌써 승객들로 붐비고 있었다. 전찻길 옆 도로로는 이따금씩
검정색의 미국제 포드 택시가 달렸다. 저 멀리 광화문 네거리의 건물 옥상
에 내걸린 대형 광고간판들도 보였다. 화장품과 맥주를 선전하는 クリー
ム(구리무), ビール(비루)의 고딕체 글자 따위들이 햇살 아래 또렷했다. 그
광고판 너머로는 정동 언덕바지에 안테나 탑과 함께 동그마니 올라앉은
JODK 경성방송국의 모습이 아스라했다.

  내 손을 거치지 않은 시국공안 사건이 있었던가. 자잘한 것들은 빼고라
도 얼핏 떠오르는 것들이야말로 보통 사건이었던가. 학도병 반대 격문을
살포한 학생들을 색출해 붙들어 들이던 일, 출판 문예운동을 통해 자유와
평등사상을 전파하던 무정부주의자들을 잡아들여 다그치던 일, 카프
(KAPF)라는 프롤레타리아 문학단체를 해산시키기 위해 작가들을 닦달하
던 일, 창씨개명을 반대하거나 거부하는 유생들을 을러대던 일, 조선인 소
유의 언문신문들을 폐간시키기 위해 신문사 사람들을 다잡던 일, 지하비밀
조직 경성콤그룹에 가담한 코뮤니스트들을 족치던 일, 조선 말과 글을 연
구하던 언문학자들을 끌어다 죄어치던 일, 그런 힘든 사건들을 다 내가 도
맡지 않았던가. 그러고 보면 나만큼 조선의 식자층을 다뤄본 경찰도 없을
걸. 그런데 이제 다음 차례는…….

  갑자기 사이치로 경부는 창밖 멀리 정동고갯마루에 오뚝 솟은 경성방송
국을 향해 길게 담배연기를 뿜었다. 작심하고 부러 그쪽을 겨냥해 내뿜은
담배연기였다. 방송국의 모습이 뽀얀 연기에 잠시 가려졌다 나타났다. 그

는 방송국을 노려보며 장차 닥쳐올 일을 그려보는 듯했다.

흐음! 다음 차례는 저 방송국이란 말이지. 이젠 방송쟁이들을 상대하게 생겼군. 사실 여태까지 방송계 쪽만 손을 안 보고 있었지. 그러니까 지금 저 방송국에서 우리 제국의 적인 미국 스파이까지 암약하고 있단 말이지. 방송국이 어쩌다 저 지경이 됐지. 제국 방송국 직원이면 방송보국에 앞장서 열심히 방송나팔이나 불 것이지 웬 엉뚱한 수작들이야. 그나저나 방송국 것들은 능수능란한 말쟁이들일 텐데 그 말쟁이들을 잡아다 닦달질하기가 쉽진 않겠는걸……

수사주임 사이치로 경부는 엊그제 경찰부장에게 불려가 은밀한 지시를 받던 일을 떠올렸다. 그 자리에서 경찰부장은 이런 말을 했다.

— 주임! 주지하다시피 지금 조선반도에서 유언비어와 낙서 소동이 벌어지고 있소. 천황폐하와 총독각하를 모독하는 데마들이오. 공원 벤치에선 '내선일체가 아니라 내선별체' 라는 낙서장이 발견됐고, 심지어는 총독부 변소에서도 '독립만세' 라는 불온낙서가 나왔소. 경성부와 경기도의 치안책임을 맡고 있는 나로서는 총독각하와 경무국장님을 대할 낯이 없소.

경찰부장은 표정을 일그러뜨린 채 말을 계속했다.

— 주임! 더 심각한 건 대본영 발표 뉴스와는 정반대의 다른 얘기들이 나돈다는 점이오. 우리 일본군이 연합군에게 밀리고 있다는 따위의 유언비어들 말이오. 우리끼리니까 하는 말이지만 그건 유언비어가 아니라 사실이잖소. 지난번 미군기 편대가 최초로 우리의 제도 도쿄를 폭격했다는 소식도 곧바로 흘러나왔소. 문제는 해외정보가 차단된 이 깜깜절벽 조선 땅에 어떻게 해서 유언비어도 아닌 그런 구체적이고 정확한 전황 뉴스들이

퍼져나가고 있느냐, 그 뉴스의 출처가 어디냐 하는 점이오. 도쿄 폭격 같은 소식들은 해외방송을 듣지 않곤 도저히 알 수 없는 내용이란 말이오. 그럼 이 좁은 경성바닥에서 해외방송을 들을 수 있는 곳이 어디냐 하는 거요. 어디겠소, 바로 저 방송국 아니겠소?

경찰부장은 오른쪽 손에 쥐고 있던 반들반들 윤나는 까만 지휘봉을 잠깐 들어, 집무실에서는 보이지도 않는 방송국 방향을 가리켰다.

─ 주임! 총독부 경무국장님 말씀으론 그게 대부분 미국과 중국의 단파방송에서 나온 내용들이라는 거요. 총독부에서도 자체적으로 단파라디오 청취반을 가동해 밤낮으로 감청하고 있잖소. 아무래도 경성방송국 조선인들이 단파방송을 밀청해 유포하고 있는 것 같소. 사이치로 주임, 이번엔 방송국이오!

사이치로 경부는 아까 아침에 고등계 형사 전체회의를 주재한 자리에서 부하들에게 이 같은 상부 지침을 시달하고 내사 지시를 내렸다. 그 지시에는 방송국 직원들, 특히 조선인들을 은밀히 미행 감시하라는 내용도 포함돼 있었다. 사이치로는 창문 저 너머 언덕바지 위로 오뚝 솟은 방송국을 겨냥해 다시 한 번 담배연기를 길게 내뿜었다. 그 스스로 방송계가 특별하고 화려한 세계라는 선입관에 사로잡혔던 때문인지 막상 방송국에 대한 수사에 착수하게 된다고 생각하니 야릇한 흥분기마저 느껴졌다.

내가 그동안 문화운동가, 예술가, 출판인, 문학가, 유림, 기자, 학자 같은 식자층 조선인들을 숱하게 다뤄봤지만 방송인은 처음이군. 왠지 방송국은 딴 세상 같단 말이야. 이 스스러운 자들은 또 어떤 식으로 다뤄야 하나. 어쨌거나 시국사건 수사를 전담해온 베테랑 수사주임답게 이 특별한 건도 여봐란듯이 깔끔하게 마무리 지어 훈장이라도 하나 타면 내 명성과 위상은 더욱 다져지는 것이고, 그러면 경시 계급으로 승진할 수도 있고, 그러다 언젠가는 경무부장 자리도 한번 노릴 수 있는 게 아닌가…….

언감생심 그런 상상까지 하고 있는 자신이 계면쩍기도 해서 그는 피식, 헛웃음을 흘리며 담배꽁초를 창밖 아래 마당으로 던져버렸다. 한편으로는 앞으로 녹록하거나 수월하기는커녕 필시 지난할 수밖에 없을 수사과정을 떠올리면 골치가 아픈 것도 사실이었다. 용의자를 범인으로 바꿔가는 작업이 얼마나 힘든지 그는 알고 있었다. 하물며 일반사건도 아닌 시국사건의 수사란 수고가 배가되는 일이었다. 자신이 아무리 노련한 수사관이라고는 하나, 전문적 식견을 가진 지식계층의 피의자들을 상대해야 하는 데서 오는 심리적 중압감이 컸다. 그들의 돌올한 정신세계와 정연한 사상체계 앞에서 심적으로 위축될 때도 솔직히 있었다. 차라리 다루기 간단하고 편한 잡범이나 맡는 게 낫겠다는 생각을 해봤던 것도 그런 이유에서였다.

나로서도 매번 잡범도 아닌 사상범과 대결하는 일이란 얼마나 피곤한가. 체포와 조사에서 검찰송치까지 그 단계별 수사과정 어느 것 하나 쉬운 게 있었던가. 소위 양심범, 확신범으로 자처하는 조선 지식인들과 그동안 얼마나 어렵고 힘든 싸움의 시간을 보냈던가. 나 스스로 한계도 많지 않았던가. 그것은 단순히 업무상의 고충으로 치부할 수 없는 보다 근원적인 문제가 아니었던가. 그들의 논리에 대응논리로 필적하지 못하고 기껏 고함을 지르고 으름장을 놓는 것으로써 수사관의 위신과 권위를 지키고자 했던 나의 한계, 그것은 지금도 내 가슴에 농밀한 비애로, 내밀한 아픔으로 남아 있지 않은가. 그런 마음의 상처가 내 열등의식의 발로에서 기인됐다는 사실을 깨닫는 순간 나는 심히 우울하지 않았던가.

사이치로, 그는 그럴 때면 고문 행위에 빠져들었다. 자신에게 엄습하는 비애감과 상실감을 또 다시 타인, 그러니까 피의자에 대한 고문으로 잊었다. 그는 조선의 사상범들 앞에서 나날이 고문에 익숙해졌다. 상대방의 정신세계와 신념체계를 쓰러뜨리기 위해 먼저 육체를 무너뜨리는 방식이었다. 그것은 도도함과 당당함으로 범접할 수 없는 분위기를 풍기는 상대를 여지없이 뭉개서 일개 범죄자로 만들어내는 데는 꽤나 효과적인 방법이었다. 동시에 자신에겐 상대로부터 받은 자존심의 상처를 스스로 아물리는 치유의 방편이기도 했다. 자신 없는 논리의 싸움이나 주장의 대결 따위는 애최 무의미하고 불필요했다. 대체적으로 고문은 유효한 방식으로 통했고 그것은 그에게 하나의 경험칙이 되어 갔다. 정신을 꺾으려 육신을 허무는 짓, 결국은 사람을 잡는 일이었다. 그에겐 사람 잡는 날이 갈수록 많아졌다. 그런 날 밤 그는 홀로 독한 술에 취했다.

항간에선 나더러 고문기술자라고 하는 모양인데 내겐 제국경찰로서 식민지 치안 확보라는 본연의 임무가 있고 그에 충실하려다보니 피치 못하게 그리 됐던 것 아닌가. 천황과 국가를 위해 내선일체 국책 수행에 장애가 되는 불온사상과 불순세력을 발본색원하고 척결하고자 함이 아니었던가. 천황제일주의, 국가지상주의를 신봉하는 내 신념체계를 위해서가 아니었던가. 국가의 영광이 곧 개인의 영광 아닌가.

*

장마철 태풍이 올라오던 그해 여름의 '글루미 선데이' 같던 어느 우울한 일요일, 휴일방송 프로그램으로 인해 우리가 본의 아니게 줄줄이 시말서를 쓰는 일이 벌어졌다. 편성원인 양규영 선배, 방송원인 나, 기술담당인 정은석이 시말서를 쓰고, 방송작가인 황채현은 외부인사라는 이유로 시말서 대신 구두경고를 받은 것이었다. 그러니까 프로그램 제작진 전원이 연대책임을 지고 단체 징계를 받은 것이었다.

일요일인 그날도 우리는 방송국에 출근해 〈과학과 상식〉이라는 제목의 휴일 프로그램을 생방송으로 진행했다. 장마와 태풍에 맞춰 기상과학 교수를 스튜디오로 불러 조선반도와 일본열도의 여름철 기상에 관한 내용을 방송했는데 그게 화근이었다. 방송이 나간 뒤 간부진의 불호령이 떨어졌다. 적을 이롭게 하는 방송으로, 기상정보가 미군기의 공습에 역이용될 수 있다는 것이었다. 우리는 청취자들을 위해 계절적으로 시의성을 살린 방송을 하고자 한 것이었다. 여름철 기상현상의 과학적 원리를 일반상식 차원에서 설명했을 뿐인데 그조차 문제를 삼은 것이었다. 어마어마하게도 이적방송 운운하면서 말이다. 당시 방송 대담을 진행했던 나로서도 별 문제 없을 줄 알았다. 기억나는 방송 대목을 소개하면 이런 것이다.

〈교수님, 여름철에 태풍이 발생하는 이유는 무엇입니까?〉

〈예, 태풍은 열대 바다에서 생겨나 발달한 강한 열대저기압인데요, 진로 상으로 이것이 지나가는 위치에 일본열도와 조선반도가 자리하고 있기 때문에…….〉

〈교수님, 요즘은 비도 잦군요. 올 여름 태풍과 호우가 심할 것으로 예상하십니까?〉

〈예, 지금까지의 기상 상태로 미뤄볼 때 이번 여름엔 장마도 길고 태풍도 잦을 것으로 봅니다. 우리 조선반도는 장마철에 들어 벌써 몇 차례 물난

리도 겪었고 태풍도 두어 번 올라왔어요. 올 여름 우리는 단단히 대비를 해야겠고…….〉

　대충 이런 대담이었는데 태풍이 잦고 장마가 길어질 거라고 언급한 대목에 다소 문제의 소지가 있었는지는 모르겠다. 사실 그런 정도의 기상 전망은 일반인들도 충분히 언급할 수 있는 것에 불과했지만. 하여간 우리 방송에선 날씨 얘기를 마음대로 해선 안 되었다. 장마가 지고 태풍이 온다는 소식도 함부로 알려서는 안 되었다. 전파관제가 실시되고 있는 상황에서 일기예보는 '보도금지'였다.

　최근 경기도경찰부에서 재차 우리 방송국에 공문으로 통보해온 바에 따르면, 야밤에 미군기들이 일본열도는 물론 조선반도까지 고공 정찰비행을 하는데 이때 일본과 조선의 라디오방송을 통해 기상 관련 정보도 수집한다고 했다. 비행 안내와 방송 감청을 위해 미군 정찰기에는 일본어를 할 줄 아는 일본계 미국인이나 일본군 포로 또는 조선어를 하는 미국의 조선인을 동승시키기도 하니 JODK 경성방송국 측은 방송전파 송출에 각별히 유의하기 바란다는 것이었다. 경성방송국은 경찰의 통보 사항을 숙지하고 있었다. 일본 방송에선 일기예보가 사라졌다는 사실도 잘 알고 있었다. JOAK 도쿄, JOBK 오사카, JOCK 나고야 같은 NHK 방송은 오래전부터 기상예보 방송을 내보내지 않고 있었다. 라디오에서 사라진 기상용어들은 그 대신 엉뚱하게도 암호전문이나 암호방송에 사용되고 있었다. 일본 외무성의 해외전문이나 NHK의 국제 단파방송에서 암호문으로 둔갑되어 사용되고 있는 것이었다. 즉 '동쪽 바람'은 미국, '서쪽 바람'은 영국, '북쪽 바람'은 소련을 의미했고, 상대국과의 관계가 손상되는 경우엔 '비', 악화

되면 '구름', 양호하면 '맑음' 이었다. 예를 들어 해외주재 대사관으로 전송된 외무성의 암호 전문이 '동쪽 바람 비, 북쪽 바람 맑음' 으로 되어 있다면, 그것은 '대미 관계는 손상되고, 대소 관계는 양호하다' 는 뜻이었다. NHK 국제방송 라디오 도쿄에서 '서쪽 바람 구름' 이라고 방송했다면, 그것은 '영국과의 관계가 악화되고 있다' 는 의미였다.

도쿄 일본방송협회의 전시 방송프로그램 지침에 따라 경성방송 또한 보도제일주의를 표방하면서 전황뉴스 위주의 속보방송 체제로 전환되었다. 당연히 우리에게는 그만큼의 '금지' 딱지들이 따라붙었다. 보도금지, 편성금지, 제작금지, 송출금지……. 금지에 금지, 또 금지. 뉴스, 교양, 드라마, 오락 프로그램을 아우르는 종합편성 방송이라는 선전문구가 무색했다.

다시 시말서 애기로 돌아가면, 양규영 편성원은 그 건으로 인사징계회의에 넘겨져 이 개월 감봉처분까지 받았다. 시말서쯤에 그치지 않고 두 달 동안 월급을 팔십 퍼센트로 감봉하는 벌이었다. 프로그램을 총괄하는 기획제작자로서 이적성 방송을 낸 책임을 물은 것이었다. 하지만 평소 양규영 선배를 잘 아는 나로서는 그에 대한 징계처분이 다분히 의도적인 것이었다고밖에 생각할 수 없는 부분도 있었다. 그가 그동안 간부들에게 미운 털이 박혀 있었다는 사실은 웬만한 직원들이면 다 인정하는 바였다. 따라서 그에 대한 간부들의 악감이 이번 징계 결정에 배경으로 작용했을 거란 추론이 가능해지는 것이었다.

— 어이, 자넨 편성원이면서 어째서 늘 그따위로 방송계획을 짜나? 내 지시를 안 받겠다는 거야?

양규영이 간부나 상사로부터 종종 듣는 소리였다. 간부들은 토론의 여지가 있는 민감한 방송소재는 지금의 대동아전쟁 시국에 맞지 않을뿐더러 자칫 조선인들의 현실인식과 민족의식을 일깨울 우려가 있으니 그런 방송 기획은 피하라는 유언무언의 지침을 내리고 있었다. 그 대신 연예오락 프로에 만담가나 가수 같은 연예인들을 자주 출연시키고 그들의 입을 통해 우스갯소리와 노래를 많이 들려줌으로써 어려운 시국에 청취자들로 하여금 일상의 즐거움과 여유를 느낄 수 있도록 하라는 지시를 누차 내린 터였다. 말하자면 프로그램 연성화 지침이기도 했는데, 그건 방송국이 먼저 알아서 총독부의 뜻을 받드는 일이기도 했다. 분위기가 그랬음에도 양규영은 실수에서건 고의에서건 가끔씩 그런 지침을 어기고 시의적으로 예민한 소재를 프로그램으로 다루곤 하는 거였다. 이번처럼 여름철 기상에 관한 대담방송 따위 말이다. '날씨'는 방송금지 사항 아니던가. 상부의 지침과 지시에 고분고분 따르지 않는 부하 직원을 윗사람이 곱게 봐줄 리 없을 터.

나도 양규영과 함께 일 개월 감봉에 처해졌다. 하지만 내 경우는 좀 달랐다. 나는 시말서 누적이 감봉 처분으로 이어진 것이었다. 일 년에 시말서 두 번이면 자동적으로 감봉 한 달에 처한다는 사규 때문이었다. 나는 이미 얼마 전에 시말서를 제출한 일이 있었다. 그때 담배를 피운 뒤 뉴스방송 원고를 읽다가 갑자기 가래기침이 터지는 바람에 '천황폐하'를 분명하게 발음하지 못하는 실수를 했는데, 그게 시말서 감이었던 것이다. 생리적 현상으로 불가피한 측면이 있었다고는 하나 비상시기에 온 국민이 듣는 뉴스를 진행하는 방송원으로서 그런 불경을 저지른 행위에 대해선 그대로 묵과할 수 없다는 게 일본인 방송국장의 생각이었고, 그 생각을 십분 헤아린 일본인 방송과장과 조선인 방송과장의 일치된 합의와 결정에 따라 나는 참으로 희한한 시말서를 써야 했던 것이다. 그 시말서 사건으로 기침 한 번에 봉급을 날렸다고 동료들의 놀림을 받은 기억이 있다.

기술담당 정은석과 방송작가 황채현은 각각 시말서와 구두경고로 끝났는데 그들로선 다소 억울한 처분일 수도 있었다. 정은석의 경우 생방송 중에 조정판 스위치를 꺼서라도 이적성을 띤 날씨 방송의 송출을 막았어야 하는데 전혀 그런 기술적 비상조치를 취하지 않고 방치했다는 이유였다. 그의 직속 상사인 기술과장에게는 앞으로 유사한 사건이 재발할 경우 지방의 방송국이나 산간벽지의 중계소로 전출시키겠다고 가외로 경고했다. 황채현의 경우는 원고대본 작성과 출연자 섭외를 잘못한 책임이 있으나 외부 방송작가라는 사정을 감안해 구두경고에 그친다는 것이었다. 그에 대한 임면 권한이 있는 방송과장은 앞으로 또 그런 식으로 일처리를 하면 방송국 일감을 주지 않겠다고 덤으로 주의를 줬다.

단체로 시말서를 쓴 그 일요일 오후 내내 비가 내리고 바람이 불었다. 비는 며칠쨈가 이어지고 있었다. 다들 우울한 기분으로 창밖에 몰아치는 비바람이나 바라보고 있던 참인데 황채현이 넉살을 피웠다.

— 그래도 난 시말서도 안 쓰고 구두경고만 받았으니 오늘 내가 한턱 써야겠네요.

— 황 작가, 별 이상한 턱도 다 있네.

양규영의 반응에 우리는 피식 웃었다.

— 내가 시말서 위로주 한잔 사겠다니까요. 갑시다, 저녁때도 됐는데.

— 어디로 가게?

— 우리 가는 데가 명동 깐따빌레 카페밖에 더 있나요!

― 잘됐군. 거기서 글루미 선데이 음악이나 들으면 되겠군.

― 오늘 비도 뿌리는 일요일인데 딱 맞네요.

― 정말 글루미 선데이군.

우리는 말은 그렇게 하면서 또 피식거렸다. 황채현이 나갈 채비를 차리며 말했다.

― 사실은 오늘 저녁 깐따빌레에서 사람을 만나기로 했거든요. 여러분도 알 만한 사람인데 겸사겸사 잘됐네요.

― 아무튼 나갑시다. 황 작가가 시말서 안 쓴 턱을 낸다는데, 덕분에 우리도 기분이나 돌립시다.

내가 바람을 잡으며 황채현을 따라나섰다. 양규영과 정은석도 기꺼이 뒤를 따랐다. 밖에는 장맛비가 쏟아지고 있었다. 우리 넷은 각자 지우산을 받치고 방송국 언덕길을 내려와 전차정류소로 향했다. 비바람이 몰아치는 날씨인데도 태평통 전차정류소는 경성 중심가의 정류소답게 승객들로 붐비고 있었다. 명동, 그러니까 본정과 명치정 방향으로 가는 전차는 만원이었다. 우리는 승차 발판을 디딘 채 앞사람의 등을 떠밀어 올리고 사람들 틈을 비집는 수고를 치른 끝에 겨우 전차 객실로 들어올 수 있었다. 그 북새통에 다들 쫄딱 비를 맞고 말았다. 객실은 눅진한 곰팡내를 풍겼다. 밖에서 빗물이 뿌려들지 못하도록 객실 창문을 모두 내려버려 퀴퀴한 냄새가 더했다. 그 와중에 승객들은 각자 빗물 뚝뚝 떨어지는 우산까지 챙기느라 야단들이었다. 승객들이야 그러건 말건 태평통을 출발한 전차는 남대문을 끼고 돌아 금세 본정통에 닿았다.

우리가 비에 젖은 후줄근한 옷차림으로 깐따빌레 카페에 죽 들어서자 마담과 여급들이 두 눈을 동그랗게 떴다. 짐짓 놀라는 카페 마담 최정자의 화장한 얼굴엔 버릇처럼 애교가 묻어 있었다. 그녀의 넘치지도 모자라지도 않는 애교에서 종종 은근한 교양미가 느껴졌다. 우리는 매번 그녀의 그런 응접 태도가 마음에 들었다. 비가 내리는 일요일 저녁의 카페는 한산한 편이었다. 홀엔 손님들이 띄엄띄엄 앉아 있었고 그 사이를 두어 명의 여급이 한가롭게 오갔다. 우리는 축축한 옷도 말릴 겸 선풍기가 돌고 있는 자리를 골라잡았다. 잔잔하게 흐르는 세레나데풍의 음악이 비 내리는 저녁 분위기와 그런대로 맞아 떨어졌다.

〈우울한 일요일 / 시간은 쉼 없이 흐르네…….〉

우리가 먼저 간단한 음료를 주문한 뒤 잠깐 숨을 돌리는 중인데 남자손님 한 명이 우산을 접으며 카페로 들어왔다. 그는 구둣발을 두어 번 바닥에 탁탁 구르며 구두와 바지끝단에 묻은 물기를 털어내는 시늉을 했다. 황채현이 그를 먼저 보고 손짓을 보냈다.

― 여기야, 여기!

황채현과 사전 약속이 되어 있는 사람이었다. 그는 우리 테이블로 다가왔다.

― 이필헌 씨! 인사부터 나누지. 이쪽은 양규영 편성원, 박숭 아나운서, 정은석 엔지니어. 나랑은 죽이 잘 맞는 사람들이지.

황채현이 우리 쪽을 손으로 가리키며 슬쩍 웃었다.

― 이필헌이라고 합니다. 뵙게 되어 반갑습니다.

그는 우리와 각자 통성명을 한 뒤 합석했다. 황채현이 그에 대한 소개를 덧붙였다.

— 이필헌 씨는 해직된 신문기자입니다. 나하곤 오랜 친구인데 재작년 총독부의 동아일보 강제폐간으로 신문사를 그만두게 되었죠. 지금 이필헌 씨가 큰 뜻을 품고 활동하고 있는데, 경성방송국 여러분의 도움을 필요로 하고 있습니다. 내가 진작 이런 자릴 마련했어야 하는데 오늘 마침 잘 되었네요.

우리는 황채현이 말하고자 하는 뜻을 알아챌 수 있었다. 아까 황채현이 만나보면 알 만한 사람이라고 귀띔할 때부터 우리는 이필헌을 만나게 될 거라고 짐작하고 있었다. 이 자리가 첫 대면이긴 하나 우리는 황채현을 통해 이미 그에 대한 얘기를 들었기 때문이었다. 언젠가 황채현은 우리에게서 수집한 미국과 중국의 단파방송 내용을 전직 신문기자인 친구에게 전달하고 있으며 친구는 다시 그 내용을 비밀리에 국내 독립운동 지도자들에게 전파하고 있다고 밝혔던 것이다. 지도자들은 민족주의 세력과 사회주의 진영으로 좌우익을 망라한다고 했다. 황채현이 말하던 그 친구라는 사람이 바로 이필헌이었다.

우리가 주문한 주스와 냉커피 따위가 나왔다. 여급이 우리 테이블에 음료수를 갖다놓고 되돌아가는데 또 한 손님이 들어왔다. 건장한 사내였다. 그는 젖은 우산을 털어 접은 뒤 우리 테이블이 바라보이는 입구 쪽 구석자리에 가 앉았다. 실내는 여전히 한산했고 음악소리도 잔잔했다. 우리는 음료수로 목을 축이며 이야기를 계속했다. 조용한 분위기를 의식한 듯 황채현이 목소리를 낮췄다.

— 오늘 유일하게 시말서를 쓰지 않은 내가 한턱을 내는 자린데, 친구까

지 동석했으니 잘되었네. 가만있자, 뭘 시켜야 하나.

— 위로술 산다며? 시말서 썼으니 한잔 마시자구!

양규영이 농조로 받아넘겼다.

— 단체로 술 마셨다고 또 단체 시말서 쓰는 건 아니겠지.

황채현도 말장난 같은 농으로 받았다.

— 단체 시말서라니 그게 무슨 얘깁니까?

영문을 알 바 없는 이필헌이 우리의 얼굴을 쳐다봤다.

— 방송에서 날씨 얘기 했다고 모조리 시말서 썼지.

우리는 다시 시말서 건을 화제로 삼았다. 이야기를 나누는 중에 마담이 우리 테이블에 와서 직접 음식 주문을 받았다. 황채현은 일본 본토에서 유행한다는 돈가스라는 서양식 돼지고기요리와 맥주를 시켰다. 그는 음악도 신청했다. 신청곡은 당연히 글루미 선데이였다.

— 그 정도의 날씨 방송조차 못 하는 줄은 미처 몰랐습니다. 하긴 방송에서 천기예보 못 들은 지도 까마득하군요.

시말서 사건의 자초지종을 듣고 난 이필헌이 어이없다는 어조로 나지막하게 말했다.

— 날씨조차 못 내보내니 다른 건 오죽하겠어. 이것저것 보도금지는 많지, 방송통제는 심하지, 여기 이분들도 고충이 크다네.

황채현이 우리의 입장을 대변하듯 말을 거들었다.

— 천기예보는 입도 뻥끗하지 못하게 하고 또 그런 이유로 책임을 묻는다는 건 결국 일본제국의 상황이 그만큼 다급해졌다는 뜻이겠지요. 일본의 패색이 짙어지고 있다는 반증 아니겠습니까.

이필헌이 신문기자 출신답게 예리한 분석을 내놓았다. 얘기가 자연 그쪽으로 흘러갔다. 사제 단파라디오로 해외뉴스를 자주 들어 바깥사정에 밝은 정은석이 입을 열었다.

— 예, 바로 그겁니다. 일본 패망이 가까워지고 있다는 거죠. 조선말로 뉴스를 전해주는 미국 브이오에이(VOA) 방송이 있는데 그 방송을 들어보니까 미국 태평양 함대가 본토를 출발했다고 하더군요. 남태평양에서 연합군과 일본군 간에 대규모 해전이 벌어질 것이라는 뉴스도 나왔어요.

— 그래요? 언제쯤이란 얘긴 없었나요?

이필헌의 눈이 커졌다. 중요한 정보라고 판단한 듯했다.

— 시월쯤으로 예상하더군요. 일본 패망이 곧 다가왔으니 일본에 협조하지 말라는 방송도 나왔고, 식민지 약소국들은 독립될 것이라는 얘기도 했어요.

이필헌은 줄곧 정은석의 말에 귀를 세웠다. 우리도 마찬가지였다. 해외 정보에 관한 한 우리는 정은석이나 오시덕에게 의존하지 않을 수 없었다. 방송국 숙직실에서나 엿듣는 우리와는 달리 직접 단파수신기를 만들어 자기 집에서 해외방송을 청취하고 있는 두 사람이었다. 그들은 그 방면에서 정보통이자 소식통이었다.

— 미국방송에 의하면 지난봄부터 일본군은 태평양 해전에서 연전연패하고 있어요. 산호, 미드웨이, 솔로몬, 과달카날 해전에서 일본이 모조리 패했지요. 물론 미국방송도 어느 정도 과장이야 있겠지만 그래도 일본방송보다는 사실보도를 하는 것 같더군요. 지금 우리 경성방송은 엉터리 거짓방송만 내보내고 있어요. 천황의 군대가 연전연승하고 있다는 대본영

발표 뉴스만 반복하고 있으니 말입니다.

은석은 말하면서 주위를 살피는 눈치였다. 띄엄띄엄 네댓 테이블을 차지하고 앉은 손님들은 저마다 차나 술을 들 뿐 다른 테이블엔 신경을 쓰지 않고 있었다. 아까 우리의 뒤를 이어 들어온 건장한 사내는 여전히 구석자리를 차지하고 있었는데 손에 든 신문에 가려 상반신이 보이지 않았다. 커피 한 잔 시켜놓고 무슨 읽을거리가 그리도 많다고 아까부터 신문에 눈을 박고 있는 것인지.

은석의 말을 듣는 순간 나는 얼굴이 화끈거렸다. 내가 바로 그 엉터리 방송의 장본인이라는 생각이 들어서였다. 물론 은석이 나더러 들으라고 일부러 한 말은 아니겠고 우리의 실상을 거론하려는 것이었겠지만 아나운서인 나로서는 자괴감이 들지 않을 수 없었다. 사실의 호도든 미화든 과장이든 축소든 거짓 방송을 하지 않을 수 없는 내 현실에 슬펐다. 현실에 맞서거나 박차고 나올 용기도 없는 내 나약함에 괴로웠다. 그럴 때면 나는 고개를 떨어뜨리곤 했다. 결국 나는 일본제국 선전방송의 나팔수였다. 나는 어제 저녁 방송에서도 그 나팔을 불어야 했다. 마이크 앞에서 낭독했던 뉴스 원고 내용이 지금도 기억에 또렷하다.

〈대원수 폐하께오선 오늘 육군과 해군 막료장을 궁성으로 부르시어 지나(중국) 방면 주둔군과 남방 아시아 주둔군의 승전에 대해 칙어를 하사하시었습니다. 이어 동경지사 등 각 지사를 차례로 사알하오신 뒤 비상시국의 각 지방 관할 상황에 관하여 주상을 청취하오셨습니다……〉

〈총독 각하께선 오늘 총독부 직원훈시를 통해 황국신민의 길은 천황중심주의 하에 만민보익의 황도를 다함에 있다고 강조하며 경성지역 각급 기

관장 긴급회의 소집을 지시했습니다. 이 회의는 본 경성방송 *JODK*라디오
를 통해 조선 전역에 중계로 방송할 예정입니다…….〉

나는 이 길을 더 가야 하는 것인가, 멈춰야 하는 것인가. 지금 내게 다른
길이라도 있는가. 먹고살아야 하는 현실이 왜 이리 고단한가.

― 큰일입니다. 있는 사실만이라도 방송에서 알려주면 좋을 텐데요. 나
도 신문기자였지만 그게 참 어려운 문제더군요.

이필헌의 말을 들으며 나는 우울한 상념에서 벗어나려 했다. 그때 음식
이 나오기 시작했다.

― 자, 시말서 안 쓴 황 작가, 그럼 시말서 쓴 우리는 잘 먹겠네.

양규영이 툭툭 던지는 농담에 그나마 분위기가 풀어졌다. 이필헌도 처
음으로 미소를 지었다.

― 쥐꼬리만 한 방송작가 원고료 거덜 났네요. 글품 팔아 번 돈인데, 허허!

황채현다운 농담이었다. 한때는 문학가 지망생이었던 그 아닌가.

― 그러게 소설 작가나 되지 그랬어. 불후의 명작도 남기고, 낙양의 지
가, 아니 경성의 지가도 올리고, 좀 좋아.

― 내가 신춘문예에서 연거푸 미역국 먹었다고 놀리는 거죠, 지금?

― 허헛, 그럴 리가!

― 차라리 안 되길 잘했죠. 이 암울한 시절에.

― 이 시대에 글 쓰고 산다는 게 힘든 일이긴 하지.

― 황도문학이니 문인보국이니 하는 세상이니까요.

― 다들 그런대도 우리의 황채현, 그대만은 독야청청, 안 그럴 것 같은데?

― 그걸 누가 압니까? 나, 안 그럴 자신 없네요, 허허!

— 그러니 스스로 펜을 꺾고 침묵하는 이들이 생기는 게야.

— 가슴에 쓰는 침묵의 글이지요. 그 고통 누가 알기나 하겠어요.

양규영과 황채현은 몇 마디 더 주고받다 씁쓸히 웃었다. 두 사람은 방송국에서 편성원과 방송작가로 손발이 맞는 단짝이었다.

— 도무지 글이든 말이든 '황도'를 안 붙이곤 안 되는 세상이니!

— 그래서 우리도 황도방송 아닙니까.

— ……!

만찬의 식탁에 자조가 흘렀다. 그런 말에 글루미 선데이의 멜로디가 퍼졌다. 노랫말도 없이 단조로 흐르는 피아노 멜로디, 오늘도 그 음률은 전율스러웠다. 비가 내리고 바람이 부는 일요일 저녁, 카페 창밖으론 어둠이 내리는 중이었고 가로등과 벤치는 비바람을 맞고 있었다. 글루미 선데이의 음울한 선율이 창밖으로 나가지 못하고 우리 곁에 머물렀다. 우리는 소리를 귀가 아닌 가슴으로 듣고 있었다. 빗소리에도, 바람소리에도, 또 음악소리에도 가슴이 젖을 만큼 우리는 충분히 젊었다. 젊기에 우리는 더 지치는 것인지 몰랐다.

— 두 비스트 비 아이네 블루메, 그대 한 송이 꽃과 같아라.

연득없이 황채현이 하이네의 시를 읊조리기 시작했다. 독일어와 우리말로 번갈아가며 제법 운율을 맞추는 게 그는 이번에도 왕년의 문학도다웠다. 공교롭게도 내가 가미야 아나운서와 함께 애송하던 시, Du bist wie eine Blume! 황채현도 그 시를 좋아하고 있었던가. 그는 눈을 감고 감정을 살리며 제대로 분위기를 잡고 있었다.

— 조 홀트 운트 쇤 운트 라인, 그렇게 사랑스럽고 아름답고 순결하여.

하이네의 시는 글루미 선데이의 피아노곡을 배경음악처럼 깔고 이어졌다. 다소 투박한 독일어 어감으로 전해지는 시의 운율이 피아노의 음울한 선율과 묘하게도 어울렸다. 슬픔의 곡조를 타고 흐르는 사랑의 시, 그것은 역설적 조화였다. 나는 슬픔의 송가와 사랑의 시어를 들으며 가미야 아나운서를 머릿속에 떠올렸다. 우리 두 사람의 청춘을 관계 짓고 있는 그 아이러니와 하모니에 대해 생각하며. 시 속에서, 음악 속에서 가미야 역시 지친 얼굴을 하고 있었다.

— 난 이 싸구려 센티멘털리즘이 문제라니까. 지금이 사랑을 노래할 시대인가.

황채현이 시 암송을 마치며 너스레를 피웠다. 좀 머쓱한 기분도 들었는지 열없이 웃었다. 사실 수더분하고 소탈한 성격의 소유자가 그였다. 우리는 작은 박수로 화답했다. 넉살이 섞이긴 했지만 엉뚱한 얘기도 아니었다. 그의 말대로 그랬다. 사랑의 노래를 부르지 못하고 사랑의 시를 읊지 못하는 시대, 그래서 우리는 외롭고 슬펐다.

— 오, 하이네의 슬픔이여! 이 황채현의 고독이여!

그가 제 이름까지 들먹이며 센티한 감상을 한 번 더 토했다.

낭만과 서정을 노래한 유태계 시인 하이네, 하지만 그도 민족의 암울한 현실과 맞섰다지. 오래전에 죽은 그 시인은 고독과 울분과 싸우며 혁명을 꿈꿨다지. 죽은 지 오랜 세월이 흘러서도 유태인이라는 이유로 독일 나치에 의해 시가 불살라지고 시인의 동상이 끌어내려졌다지.

— 저 비바람 그치면 가을이군. 쓸쓸한, 그러나 그리운 날들이여!

황채현은 창밖을 보면서도 여전히 그 센티멘털리즘에 젖어 있었다.

─ 명동의 가을, 우리의 영원한 노스텔지어…….

나도 한마디 슬쩍 맞장구를 쳐줬다.

─ 박숭 아나운서도 꽤 감성적이란 말이야.

황채현이 나를 향해 가볍게 내뱉었다. 머지않아 저 식민도시의 거리에 스밀 가을빛을 상상하는 일이란 누구에게도 쓸쓸하지 아니한가.

─ ……?

나는 창밖의 거리 풍경에서 시선을 거두려다 불현듯 스치는 이상한 예감에 다시 고개를 돌렸다. 누군가가 우리를 훔쳐보고 있는 듯한 서늘한 느낌. 바로 저 구석자리의 건장한 사내였다. 아까부터 그 사내가 신문지 뒤에 숨어 우리 쪽을 힐끗거리고 있다는 걸 나는 직감적으로 깨닫고 있었다. 그도 내 시선을 의식한 듯 다시 신문지 뒤로 얼굴을 감추었다. 그가 들고 있는 신문은 총독부 기관지인 매일신보였다. '미국함대 격퇴, 제국해군 혁혁한 전과'라는 1면 머리기사의 큰 제목이 내가 앉아 있는 자리에서도 눈에 들어왔다. 비 오는 휴일 저녁, 달랑 커피 한 잔 시켜놓고 딱히 할 일도 없이 신문만 뒤적이며 죽치고 있는 저 사내. 청승궂은 '나 홀로 룸펜'이 많은 실업자 백수의 시대라곤 하지만 그에게선 왠지 룸펜 냄새도 풍기지 않았다. 오히려 그 반대의 느낌을 주고 있었다. 건장한 체구, 짧게 친 머리, 억세고 날카로워 보이는 인상, 활동하기에 편한 반소매 남방셔츠 차림……. 내가 아는 한 그건 룸펜 스타일이 아니었다. 나는 불길한 예감에 사로잡혔다. 혹시 형사? 우리를 미행하고 사찰하는 걸까, 아니면 이필헌의 뒤를 밟아온 걸까? 내가 괜히 앞질러가나 싶기도 했지만 개운치 않은 기분은 어쩔 수 없었다. 나는 넌지시 우리 일행에게 그런 낌새를 알렸다. 모두들 께름해 하는 눈빛이었다. 이필헌이 특히 그랬다.

― 기분이 나쁘군요. 왠지 냄새가 나요!

우리는 잠깐 수군댔다. 그러는 사이에 글루미 선데이의 선율이 한 번 더 흘러나왔다. 손님의 취향을 맞춰줄 줄 아는 센스 만점의 카페 마담이 우리를 위해 레코드판을 다시 돌린 것이었다. 전율적 환각을 불러일으키는 듯한 선율이 우리의 무겁고 불안한 마음을 휩싸고 돌았다. 우리는 음악이 자아내는 환각적 분위기에 빠졌다. 그것도 잠시. 곧 두 번째 글루미 선데이가 끝났다. 그러고는 느닷없게도 '미영 격멸가'와 '태평양 행진곡'이 연이어 울려 퍼졌다. 귀에 딱지가 앉도록 들은 국민가창곡, 국민가(國民歌)였다. 우렁차고 씩씩한 국민가 합창소리가 지금까지 우리의 가슴에 서렸던 글루미 선데이 리듬의 감동의 여운을 일시에 앗아갔다. 카페 마담 최정자가 언젠가 우리에게 말한 적이 있었다. 요즘엔 업소에서도 국민가창곡으로 지정된 노래를 한두 곡쯤 틀어야 한다고. 안 그러면 영업정지 당할 수도 있으니 설령 취향에 맞지 않는 곡이 나가더라도 손님들께서 양해하시라고.

우리의 카페 마담도 아까부터 수상쩍게 앉아 있는 건장한 사내의 정체를 낌새채고 눈치껏 음악 레퍼토리를 바꾼 게 아닐까. 들으라는 듯이 '미영 격멸가'와 '태평양 행진곡'으로.

우리는 낮에 방송에서 들었던 군가풍의 행진곡을 카페에서 또 듣고 있었다. 씩씩한 국민가창곡이 되레 우리를 지치게 했다. 늦여름 장맛비가 내리는 우울한 일요일 저녁, 이래저래 글루미 선데이였다.

〈우울한 일요일 / 시간은 쉼 없이 흐르네……〉

*

식민지 도시에 부는 가을바람은 쓸쓸했다. 방송국 앞마당의 느티나무가 하릴없이 낙엽을 날리는 가을날이었던가. 오후 뉴스를 마치고 나온 나를 가네야마가 복도에서 손짓해 불렀다. 그는 조용히 할 말이 있다며 나를 방송국 옥상으로 데려갔다. 옥상에서 우러러본 하늘은 가을 색조로 선명했고 허공에선 맑은 햇살과 말간 바람이 부드럽게 어우러지고 있었다. 옥상 옆쪽으로 치솟은 송신안테나 철탑이 하늘에 걸린 구름장 하나를 꿰고 있었다. 우리는 시내 중심가가 바라보이는 쪽으로 나란히 섰다. 청량한 가을날이었음에도 풍경은 허전했다. 조선의 전통 궁궐과 가옥들 사이사이를 누비고 있는 서양식 건축물과 일본식 건물들. 그 혼재로 말미암은 부조화는 이 도시의 순탄치 못했던 날들을 웅변해 주고 있었다. 옥상에서 조감하는 경성 시내는 내겐 늘 그렇게 쓸쓸한 정경으로 비쳐졌다. 이미 나는 그 정경에 친숙해졌을 뿐만 아니라 그것을 즐기는 지경이 되어 있었다. 경성이라는 식민의 도시가 자아내는 적적한 분위기에 대해서조차 심미안을 갖게 되었다고나 할까. 시나브로 나는 정동고갯마루에서 이 고독한 도시의 적적미를 즐기는 습성이 들게 되었는지 몰랐다.

— 참 맑네요.

— 슬프도록.

우리는 하늘을 보며 말허두를 뗐다. 어설픈 선문답처럼 되었지만 각기 단단한 속뜻을 담고 있었다. 그 짧게 주고받은 날씨얘기 한마디에 세상에 대한 관점이 은유되어 있었다. 같은 세상을 그는 맑게 보고, 나는 슬프게 보는 건지 몰랐다. 나는 대화 벽두부터 그런 변죽울림을 주고받는 게 별로

거니와 대관절 ‘조용히 할 말’이라는 게 뭔가 싶은 궁금증에서 곧 단도직
입적인 태도를 취했다.

— 가네야마, 용건이 뭐지?

— 박 선배, 급하시네요. 용건도 용건이지만 오랜만에 이렇게 내가 좋아
하는 박숭 선배와 같이 가을하늘을 보고 있으니 더 기분이 좋네요.

가네야마는 딴전도 부리는 여유를 보였다.

— 가을하늘 감상하자고 부른 건 아니겠지. 뭔 얘긴지 말해 봐, 궁금해.
나도 한가하진 않아. 다음 뉴스방송 준비도 해야 되고.

채근하는 내 말투가 스스로도 좀 퉁명스러웠다. 아나운서 선후배로 같
은 부서에서 매일 얼굴을 맞대는 처지에 용건이 있으면 사무실에서 얘기할
노릇이지, 굳이 여기까지 올라오게 해놓고 변죽만 울리고 있는 그의 태도
가 다소 언짢아서였다. 내 채근을 받고서야 가네야마는 본론을 꺼내기 시
작했다.

— 사실은 내가 엊저녁 명월관에서 열린 경성제대 동창회 모임에 갔다
가 검사 동창생을 만났거든요. 경성지방검사국에 근무하는데 나하고는 대
학시절부터 절친했지요. 그 검사 친구로부터 슬쩍 귀띔을 받은 건데, 이 얘
긴 아무래도 박 선배한텐 알려야 할 것 같아서 이렇게 보자고…….

그는 잠깐 숨을 골랐다.

— 그러니까 무슨 얘기야?

나는 조급증을 억누를 수 없었다.

— 그러니까 얘기가 말이죠, 요즘 항간에 괴소문들이 유포되고 있는데
그런 유언비어의 출처가 해외 데마방송이라는 거예요. 그러면서 그 검사

친구는 나더러 방송국에선 해외방송을 청취할 수 있지 않느냐며 마치 그데마 유포의 진원지가 우리 방송국인 것처럼 슬쩍 흘리더군요.

— 그래서?

— 그런 정도였어요. 내 짐작으론 경성검사국에서 경기도경으로 모종의 수사 지시가 내려간 것 같아요. 물론 그 친구는 내가 방송국 아나운서니까 조심하라는 뜻에서 슬며시 귀띔해준 거죠.

— 으음.

— 그 친구는 나를 걱정해서 믿고 한 얘기고 나는 박 선배를 믿고 얘기한 거니까 선배도 꼭 비밀로 해야 됩니다.

가네야마는 입막음 표시로 오른쪽 검지를 입에 갖다 대며 내 다짐을 받기라도 할 태세였다. 그의 팔목에서 금빛 세이코 손목시계가 햇빛에 번쩍였다. 저번 방송국 창립 15주년 기념식 때 모범사원으로 뽑혀 상으로 받은 시계이리라.

— 그런데 선배, 선배도 혹시 방송국에서 단파라디오 밀청합니까?

뜻밖의 질문에 순간 나는 망설였다. 그가 어떤 의미로 묻는 것인지, 일본인 직원들과 더 친하게 어울리는 그에게 곧이곧대로 말해도 될지, 얼른 판단이 서질 않았다.

— 아니, 안 들어. 숙직실에서 음악 한두 번은 들어봤던가.

나는 애매하게 얼버무렸다. 그가 다 알고서 묻는 느낌이 들어서였다. 그리고 요즘 방송국에서 단파라디오로 해외소식을 엿듣는다는 얘기가 파다한 마당에 딱 시침을 잡아떼긴 좀 그랬다. 내가 음악이 좋아서 단파라디오를 들어봤다는 건 맞는 말이었다.

─ 박 선배니까 얘기지만 나도 언젠가 숙직하다 궁금해서 들어봤거든
요.

가네야마가 단파라디오를 들었다는 얘기는 의외였다.

─ 자네가? 그래, 들어보니 어떻던가?

나는 모르는 척 물었다.

─ 뭐, 미국 조선어방송이라는데 일본제국을 헐뜯고 욕하는 모략방송에
지나지 않아 그 뒤론 안 들었죠. 천황폐하의 존엄성을 모독하고 제국의 안
녕을 위협하는 방송을 들을 순 없죠. 그런 선전선동을 계속 듣는다면 사상
이 의심스런 사람입니다. 박 선배도 그따위 괴방송, 데마방송 딱 끊어요!

그의 거칠 것 없는 어투가 또 시국의 냄새가 풍겼다. 나는 가타부타하지
않고 그의 말을 들었다.

─ 선배니까 이런 얘기하는 겁니다. 내가 황도방송에 앞장선다고 동료
들이 수군거리는 거 나도 압니다. 대일협력자라고 매도하는 것도 알고요.
그럼 난 그들에게도 묻고 싶어요. 왜 당신은 제국에 대한 충성심도 없이 제
국 방송에서 일하는가, 왜 마음에도 없는 말을 방송에서 하는가, 먹고살기
위한 직업적 방편으로써 그러함인가, 라고요. 나는 마이크 앞에서 쏟아내
는 말에 스스로 책임을 진다는 자세로 방송에 임해요. 방송 따로 생각 따
로, 이런 거 싫어요. 박 선배, 우린 제국의 방송원으로서 대동아공영권 건
설이라는 국가 과업에 동참해 방송보국의 사명에 모든 걸 다 바쳐야만 합
니다!

가네야마는 아나운서답게 능변을 쏟아냈다. 선배인 내게 훈계조의 말도
마다하지 않았다. 나도 아나운서지만 그의 말재주는 나보다 유창하고 화

려했다. 평소 뉴스에서 스포츠 중계에서, 대담 방송에서 유감없이 발휘되던 말솜씨였다. 하지만 그의 속사포식 달변은 자주 궤변을 포장하는 데 동원되고 있었다. 지금이 그런 경우였다. 그에게서 울려나는 시국의 소리, 그에게서 맡아지는 시국의 냄새, 그에게서 배어나는 시국의 빛깔이 그의 달변을 통해 생생하게 살아나고 있었다. 도그마의 괴물에 사로잡히고 제국주의의 포로가 된 그의 앞에서 나는 달리 할 말도, 하고 싶은 말도 없었다. 그의 교조적 신념에 맞설 기분이나 기운은 더더욱 나질 않았다. 다만 그의 지루한 장광설만큼은 끊고 싶은 마음이었다.

— 우리 서로 부담스러운 얘기는 그만 접지.

난 고작 그렇게밖에 그의 말허리를 자르지 못했다. 문득 뇌리에 한 장면이 스쳤다. 그것은 조선인 가네야마와 일본인 가미야, 그 둘 사이에 이도저도 아닌 존재로 끼여 있는 내 모습이었다. 나는 왜 차라리 가네야마 같지도, 가미야 같지도 못한 것인가.

— 부담스럽다니 유감이지만 그 얘긴 그만두죠. 그건 그렇고 그 단파방송, 선배도 조심해요. 검찰과 경찰 움직임이 심상찮아요.

— 그 얘긴 알려줘 고맙군. 별일 없이 지나갔으면 좋겠네만.

나는 말은 그리했으나 불안감을 떨칠 수 없었다. 어쩔 것인가. 우선은 단파라디오 밀청 구락부 멤버들에게 알려 조심시킬 필요가 있었다. 나는 가네야마와 단파라디오 얘기를 이어가는 게 싫어 화제를 돌렸다.

— 자네, 1방송으로 옮기는 문제는 잘 되고 있나?

가네야마가 조선어 제2방송에서 일본어 제1방송으로 이적하는 문제에 대해 물은 것이었다. 나로선 그의 신상 문제를 화제를 바꾸기 위한 구실로 삼은 셈이었는데 실제로 지금 어떻게 추진되고 있는지 궁금한 사항이기도 했다. 같은 부서원으로서 내 근무환경에도 영향을 미칠 수 있는 사안이었다. 그가 조선인 동료들과의 원만치 못한 관계 때문에 주로 일본인들이 일하는 부서로 이동을 희망한다는 것과 그 문제로 인사과 실무자부터 방송국장까지 만나고 다닌다는 건 다 공공연한 비밀이었다. 가네야마도 그 사실을 굳이 부인하지 않았다.

— 그거요? 얘기 못 할 것도 없죠. 국장님 내락까지 받았는데 정원조정 문제로 기다리는 중입니다. 1방송 아나운서 결원이 생기면 이동하는 걸로 돼 있어요. 박 선배한텐 미안한 얘기지만 정말 2방송은 답답해서 못 있겠어요.

가네야마는 화통한 성격답게 내게 속을 터놓았다. 방송국장의 내락도 떨어졌다니 그가 제1방송으로 가지 못할 이유는 없어 보였다. 조선어보다 일본어가 더 유창하고 무엇보다도 일본인으로 살고 싶어 하는 그였다.

— 그런데 1방송으로 가려는 이유가 또 있다며?

나는 짐짓 건너짚으며 그의 의표를 노렸다. 나도 들은 소리가 있어서였다.

— 또 있다니요?

— 허 참, 중요한 검찰 정보도 알려주면서 그건 숨기려고?

— 도대체 뭘 가지고?

그는 자꾸 넘겨짚고 나오는 내게 마뜩찮다는 표정을 지었다.

— 아키코 말이야.

— 아키코요?

그는 놀라듯 말을 되받았다.

— 둘이 연애한다며? 말 공장이라는 방송국에 비밀이 어디 있나. 연애라는 건 청춘남녀에게 자연스럽고 당연한 일이지.

그는 내게 의표를 찔린 듯 어이없어 했다.

아키코. 그는 일본여성으로 제1방송 편성원으로 근무하고 있었다. 원래 그녀는 만주의 식민지 방송인 신경방송국 아나운서 출신으로 얼마 전에 우리 경성방송국에 입사했다. 그녀는 우리 방송에서도 아나운서로 뉴스를 담당하다 최근에 편성원으로 전직했다. 아나운서로서의 재색도 겸비한 재원이었다. 그런 그녀에게 가네야마가 마음을 두고 꽁무니를 쫓아다닌다는 얘기가 그의 인사문제와 더불어 방송국 안에서 소문으로 퍼지다 마침내 내 귀에까지 들어오게 된 거였다. 소문은 구체성을 띠어 더욱 설득력 있게 들렸다. 즉 그가 제2 조선어방송에서 제1 일본어방송으로 옮기려는 이유는 물론 자기 신념대로 진정한 일본제국의 아나운서가 되어 방송보국의 사명을 다하고자 하는 것이었지만, 또 다른 이유는 바로 아키코와 한 부서원이 되어 방송 일을 함께하며 사귀어보고 싶어서라는 것이었다. 어느 날 저녁엔가는 가네야마와 아키코가 함께 부민관 극장에서 '햄릿' 연극공연을 관람하더라는 얘기도 들렸고, 어느 공휴일 오후엔가는 말쑥한 양복 차림의 가네야마와 꿩 깃털 달린 실크 모자를 쓴 아키코가 창경원에서 나란히 동물 구경을 하더라는 얘기도 돌았다.

— 이젠 내가 호사가들의 입방아에도 오르는 모양이죠?

그는 아키코와의 관계를 부인할 생각은 없는 듯했다.

— 암튼 자네 청춘사업 잘 되길 바라네.

─ 선배, 솔직히 잘 안 돼요. 나만의 짝사랑인지 뭔지 모르겠어요.

─ 나무는 열 번 찍으면 넘어간다는데.

─ 나무가 아니고 사람이니까 문제죠.

그녀와의 관계가 순조롭지 않은 듯했다. 나도 소문에 얼핏 그렇게 들었던 것 같다. 우리는 잠시 말을 멈추고 가을빛이 스민 경성 시내를 바라봤다. 옥상에선 여전히 허전한 풍경이 펼쳐지고 있었다. 지금까지 가네야마는 어떤 문제든 비교적 솔직히 답변하는 자세를 견지하고 있었는데 나로선 그 점만은 마음에 들었다.

─ 매사에 자신 있는 자네한테 잘 안 되는 일도 있군. 아무튼 아키코와 잘 되길 바라네, 가네야마!

─ 세상에서 다루기 힘든 게 여자라는 걸 요즘 절감하고 있습니다. 여자는 자신 없어요.

그가 처음으로 풀기 없는 표정을 지었다. 그때 옥상 계단에서 사람들이 올라오는 소리가 났다. 곧 일본인 직원 서넛이 모습을 드러냈다. 바람을 쐬러 나온 기술부 소속 남자직원들이었다.

─ 박 선배, 나중에 또 얘기하고 우린 그만 내려갑시다.

─ 그러지. 나도 뉴스 하러 가야 돼.

우리는 일본인 직원들과 눈인사를 교환하며 옥상에서 내려왔다. 나는 계단을 내려오면서 가네야마가 짝사랑하고 있다는 아키코라는 여자에 대해 생각했다.

아키코가 만주 신경방송국에서 조선 경성방송국까지 오게 된 사정은 대략 이랬다. 그녀는 일찍이 만몽개척단이었던 부모를 따라 어린 나이에 일본에서 만주로 이주했다. 그녀는 만주 땅에서 성장했고 그 후 식민지 방송인 신경방송국에서 일본어 아나운서로 일했다. 그러나 그녀의 부모가 거칠고 고달픈 만주 이민생활에 적응하지 못하고 다시 일본 고향으로 돌아오게 되자, 결국 그녀도 방송국을 그만두고 부모와 함께 귀국하게 된다. 사실 일본 관동군이 주도한 만몽개척단이란 이름의 강제이민 정책은 처음부터 문제를 안고 있었다. 만주 땅에 괴뢰국가까지 세운 일본제국은 본토 내지인 오백만 명을 이주시킨다는 계획으로 조선인 이민까지 장려했지만 그 추진 과정엔 많은 애로사항이 뒤따랐던 것이다. 황무지 개척의 어려움에다 민족갈등과 혹독한 추위에 이르기까지 개척단원들의 현지 적응을 가로막는 문제가 한둘이 아니었다. 일제는 다민족 괴뢰국인 만주국 통치를 위해 오족협화(五族協和), 그러니까 만주족, 한족, 몽고족, 조선족, 일본족의 화합이라는 기치를 내걸었으나, 내면적으로는 임금 지급과 식량 공급에서 차별대우하는 등으로 외려 민족 간의 대립을 심화시켰다.

일본으로 귀국한 그녀는 만주 식민지에서의 방송아나운서 경력을 살려 본토 방송국에 취직하려 했으나 뜻대로 되지 않았다. 도쿄의 JOAK 중앙방송국, 오사카의 JOBK, 나고야의 JOCK 같은 NHK 방송에 자기소개서를 보내도 보고 직접 찾아가도 봤으나 그녀를 받아주는 곳은 없었다. NHK 방송은 북쪽 변방의 식민지 방송국 출신을 상대해주지 않았고, 때론 이류방송 아나운서라고 무시하는 태도를 보였다. 그녀는 비애와 울분을 삼켰다. 그래, 본국 대도시의 일류방송에서 일하는 당신들의 눈엔 식민지 방송국이 이류로 하찮게 보일지 모르지만 우리도 제국을 위해 식민지 최전방에서 목숨을 걸고 방송전선에 나섰던 사람들이라구! 그녀는 제 딴으로 자부하던 아나운서로서의 능력과 자질을 고스란히 썩힐 수밖에 없는 처지에 직면한 것이었다. 그녀보다 뛰어나 보이는 젊은 또래들도 전쟁과 불경기에 일자리를 얻지 못하고 청년백수로 지내는 실정이긴 했다.

그러던 어느 날 조선의 JODK 경성 방송국과 대만의 JFAK 타이베이 방송국에서 아나운서를 모집한다는 신문기사가 났고 그녀는 며칠 동안 그 신문에서 눈을 떼지 못했다. 그녀는 고심 끝에 본국 방송이 하찮게 여기는 식민지 방송에 다시 취직하기로 마음먹었다. 본국 일본에서 희망 없는 여자 백수 생활을 계속하느니 비록 이번에도 식민지 방송이긴 하지만 다시 아나운서로 돌아가 마이크 앞에 서는 게 백번 낫다는 판단에서였다. 어쨌거나 아나운서는 선망의 대상인 신종 직업 아닌가. 문제는 JODK 경성행이냐, JFAK 타이베이행이냐 하는 거였는데 그 결정에는 별다른 고민이 따르지 않았다. 그녀는 쉽게 JODK를 선택할 수 있었는데, 그녀의 선택을 도운 건 급여라든지 장래성이라든지 하는 근무여건이 아니라 뜻밖이게도 현지의 기후 조건과 거리상의 문제 같은 지리환경 요인이었다. 우선 기후 조건으로 얘기하면, 북방 만주의 끔찍한 추위를 경험했던 그녀로선 마찬가지로 남방 대만의 무더위도 싫었다. 연중 여름인 대만에서 끈끈한 무더위에 시달리기보다는 일본처럼 사계절이 있는 조선에서 생활하는 게 그녀로선 훨씬 나았다. 봄, 여름, 가을, 겨울 계절 따라 꽃과 나무와 낙엽과 눈이 어우러지는 방송은 낭만도 있을 것 같았다. 다음으로 조선은 지리적으로 본토에서 가깝다는 점이었다. 배를 타고 현해탄만 건너면 되는 거리이므로 본토의 부모를 방문하거나 초청하기도 좋았다.

이렇게 해서 그녀는 조선 경성방송국 일본어 아나운서가 되어 경성에서 홀로 새로운 삶을 가꾸게 되었다. 방송국에 입사하는 과정에서는 그녀의 만주 식민지 방송 경력이 강점으로 작용했다. 제국의 수도 도쿄에선 홀대받던 경력이 식민지인 경성에서는 외려 우대 받은 것이었다. 그녀가 만주의 방송 경험을 통해 식민지 정서와 조선의 문화를 이해하고 있어 경성방송 아나운서로 적임이라는 거였다. 하기야 다민족국인 만주엔 조선인도 많이 살고 있고 실제로 그녀가 근무했던 방송국에서는 만주 조선인을 위한 방송을 내보내기도 했다. 또한 그전부터 JQAK, MTBY 같은 만주지역 방송과 조선 경성방송 간에 정례적으로 음악프로나 방송극을 서로 송출하는 이른바 만선(滿鮮) 교환방송을 실시해 오고 있었기 때문에 그녀로선 JODK 경성방송이 낯설지 않았다. 일본 본토와 조선, 대만, 만주 등지의 제국 방송들은 효율적인 전파 사상전을 수행하기 위해 황민권 방송이라는 명목으로 하나의 대동아 방송권역을 구축해 방송교류를 해오고 있었다.

아키코가 경성방송 아나운서에서 편성원으로 전직하게 된 데에도 사연이 있었다. 그녀가 아나운서로서 활약하던 중 일본이 미국과 전쟁을 벌이게 되면서 방송에도 전시 총력동원의 바람이 불었다. 방송은 종합편성이 아닌 전황뉴스 우선의 보도제일주의로 전환되면서 더욱 경직되어 갔다. 프로그램들은 전시체제 하에서 국민 여론을 결집하고 국민적 전의와 사기를 진작시키는 내용이어야만 했다. 〈국민총력의 시간〉〈대동아는 우리를 부른다〉 같은 시국 프로그램이 그런 것이었는데, 그에 걸맞은 방송진행 지침도 내려온 상황이었다. 여자 아나운서의 곱고 가냘픈 목소리는 더 이상 비상시기의 사회분위기에 맞지 않으니 가급적이면 강하고 박력 있는 남자 아나운서 목소리로 대체하라는 지시였다. 전쟁을 수행하는 비상시국에 여자 아나운서의 '꾀꼬리 방송'은 국민 청취자들을 감상에 젖게 하고 결전의 의지를 꺾게 만든다는 좀 해괴한 논리였다. 어느 날 방송국장이 그녀를 조용히 불러 말했다. 지금 우리 경성방송에선 아름답고 부드러운 여자 목소리는 필요 없게 됐으니 안됐지만 아나운서 사직이냐, 편성원 전직이냐에서 택일하라고. 그녀로선 사표를 내고 변방 식민지의 아나운서 출신에 대한 홀대와 암담한 백수생활이 기다리고 있는 일본으로 돌아가기는 싫었다. 그녀가 사직과 전직 가운데 후자를 택하자 국장은 즉석에서 편성원 인사발령을 냈다. 아키코 양은 다음 달부터 방송편성 일을 하라고. 그녀는 아나운서에서 편성원이 되는 것에 큰 불만은 없었다. 조선 청취자들에게 꾀꼬리 같은 목소리를 들려주지 못하는 아쉬움은 있지만 여자 편성원으로서 남자 아나운서와 함께 프로그램을 기획하고 제작하는 일도 나름대로 보람이 있을 듯싶었다. 물론 천편일률적인 관제 성격의 프로그램으로 전시동원을 획책하는 내용이 되겠지만.

지금 그녀는 제1 일본어방송 편성원으로서 업무에 충실하고 있으며 별 애로사항은 없다. 다만 한 가지, 집요하게 자신의 꽁무니를 따라다니는 가네야마라는 제2 조선어방송 아나운서 문제만 없다면 말이다. 조선 사람으로서 진정한 일본인이 되기 위해 방송국에서 맨 먼저 창씨개명을 했다는 그 남자. 그녀는 종종 생각에 잠기곤 한다.

＊

가네야마, 그의 구애 공세가 날로 거세다. 내 환심을 사려 안달이다. 언젠가 부민관 연극공연과 창경원 동물원에 함께 간 적이 있지만 그건 어디까지나 동료 아나운서로서 그의 호의를 뿌리칠 수 없어 받아줬던 것뿐이다. 처음에

멋모르고 그를 따라간 게 잘못이긴 하다. 창경원에서 그는 조급하게도 내게 청혼을 암시하는 말을 했다. 그것도 우아한 공작새가 현란한 꼬리를 펼치고 있고 한쪽에선 원앙도 잉꼬도 쌍쌍으로 어울리고 있는 새들의 우리 앞에서였다. '아키코, 그대를 통해 내가 황국신민의 가정을 꾸며 내선일체의 삶을 살아갈 수 있게 된다면 그보다 더한 영광은 없을 것이오' 라고. 대체 그게 웬 거창스러운 말인가. 내지인인 나와 조선인인 자기가 원앙부부, 잉꼬부부 같은 연이라도 맺자는 거 아닌가. 그때 나는 대꾸할 가치를 느끼지 못하고 몸을 홱 돌려 바로 옆의 호랑이 우리 쪽으로 옮겨감으로써 그 어색한 자리를 피하지 않았던가. 그는 그 뒤로도 무슨 미술전, 음악회, 영화관의 입장권 따위를 들고 와 은근한 구애 작전을 폈다. 나는 번번이 거절했지만 그는 앞으로도 그럴 것이다. 나는 매번 퇴짜를 놓겠지. 귀찮은 식민지 조선남자!

나, 아키코가 그 남자, 가네야마를 퇴짜 놓을 수밖에 없는 이유가 있다. 내겐 정작 애인이 있기 때문이다. 그도 역시 조선남자다. 난 왜 이렇게 조선남자들만 걸리는 거지. 애인은 경성주식거래소에 근무하는 주식 전문가이다. 처음에 우리는 라디오 주식시세 방송에서 아나운서와 출연자로 만났다. 아직도 주식이 뭔지 모르는 세상이고 보면 분명 내 애인은 시대의 첨단을 앞서가고 있는 것이다. 나도 방송 아나운서라는 첨단 직종에 있고. 십년 전쯤이라면 조선사람들의 표현대로 우리는 모단(毛斷, modern) 청춘남녀, 모단 보이와 모단 걸로 불렸을 법하다. 휴일에 나를 데리고 경성 근교의 골프장과 경마장을 찾는 그가 나는 좋다. 그는 집안도 좋아 부유층 아들이다. 아버지가 경성 조지야백화점의 조선인 중역이다. 조지야는 유통업계 1위인 미쓰코시를 바짝 뒤쫓는 유명 백화점인데 그의 아버지가 그곳의

임원으로 있는 것이다. 지금 우리는 죽고 못 사는 사이다. 나는 그와 결혼하게 될 것이다. 봄, 여름, 가을, 겨울이 있는 아름다운 경성에서 골프도 치고 승마도 즐기며 그와 행복한 인생을 살게 될 것이다. 가네야마처럼 세상이 어쩌네, 사상이 어쩌네 하며 무겁고 심각하게 사는 건 싫다. 지금 내 애인은 가네야마와는 차원이 다른 남자다.

고백하건대 나, 아키코라는 여자는 일본 빈농집안의 딸이다. 오죽했으면 부모가 만몽개척단이 되어 황량한 만주벌판을 떠돌았겠는가. 난 부모처럼은 살기 싫다. 풍족하고 화려한 삶을 즐기고 싶다. 아직까진 만주에서 경성으로 이어지고 있는 식민지 생활이지만 말이다. 나는 지금 경성에서 인생역전을 노리고 있다. 엄연한 본토 내지인임에도 불구하고 외지 척식의 땅을 전전해야 했던 내 식민지 인생도 곧 끝나겠지. 나는 경성에서 가장 행복한 일본여자가 되고 싶다. 그땐 모든 게 구름처럼 흘러간 옛 이야기가 되어 있겠지. 경성 하늘에 떠가는 저 구름아!

송년파티

　―평소 직원 관리를 어떻게 하셨기에 이런 일이 생긴단 말입니까?

　― 면목 없게 됐습니다.

　― 우리가 그동안 내사를 했는데 문제가 보통 심각한 게 아니더군요.

　― ······.

　― 단파방송을 밀청하지 않는 직원이 없을 정도예요. 일부는 외부세력과 끈이 닿아 있어요.

　― 저도 그 정도일 줄은 미처 몰랐습니다.

　― 본격 수사에 들어가기 전에 국장님의 협조가 필요합니다. 확인할 사항도 있고요.

　― 예, 얼마든지.

　경기도경찰부 고등계 주임인 사이치로 경부가 조용히 방송국장실로 찾아온 건 그해 겨울이었다. 찬바람이 몰아치던 겨울날 오후, 조개탄 난로의 훈훈한 불기운이 감도는 국장실에서 사이치로와 방송국장이 머리를 맞대고 있었다. 중년인 그들은 쉰 살 안팎으로 나이도 비슷해 보였다. 사이치로는 정중히 예의를 갖추긴 했으나 내내 위압적이었다. 마치 국장을 심문이라도 하려는 태도였다. 그 앞에서 카키색 국민복 차림의 국장은 저자세를 취했다. 사회적 위치나 영향력으로야 경성방송국장이 경기도경 주임보다는 훨씬 위였지만 중대 사건에 직면한 지금 그런 걸 내세울 자리가 아니었다. 자칫 국장 자신의 신상에도 여파가 미칠 수 있는 사건이었다.

— 국장님, 지금부터 내가 지목하는 직원들의 명단을 하나하나 확인해주셔야겠습니다.

사이치로 주임은 두툼한 가죽점퍼 안주머니에서 검정색 수첩과 연필을 꺼냈다. 수첩에는 서너 페이지에 걸쳐 방송국 직원들의 이름이 빼곡하게 적혀 있었다.

— 주임님, 잠깐만요. 일선 직원들에 대해선 아무래도 저보단 실무 방송과장이 잘 압니다. 그래야 구체적인 답변도 할 수 있겠고요. 과장을 부르면 어떻겠습니까?

— 그래요?

주임은 수첩에서 눈길을 떼어 국장 쪽으로 옮겼다.

— 그게 더 정확성을 기할 수 있고 수사에도 도움이 될 것 같습…….

주임이 성급히 국장의 말을 채뜨렸다.

— 과장이 내지인입니까, 조선인입니까?

— 둘 다 있습니다만.

— 내지인 과장은 믿을 만합니까?

— 내가 신임하는 직속 참모입니다.

— 좋습니다. 그럼 내지인 과장만 조용히 부르시오. 조선인은 보안에 문제가 있어요.

주임이 고개를 끄덕이며 말했다. 국장은 부속실 여비서에게 지시해 제1방송의 일본인 방송과장을 불러오도록 했다. 비서가 방송과장을 부르러 간 사이에 국장이 자리에서 일어나 난롯가로 다가가더니 손수 부삽을 들었다. 그러고는 난로에다 조개탄을 두어 삽 더 집어넣었다. 그 광경을 탐탁지 않게 바라보던 주임이 퉁명스럽게 내뱉었다.

— 지금도 방이 더운데 또 불을 땝니까?

— 예?

— 아주 따뜻하게 사시는군요.

국장은 주임의 뜻밖의 말에 당황한 나머지 부삽을 든 채 무춤하고 섰다. 가시가 돋친 발언임이 분명했다.

— 내가 따뜻해지자는 게 아니라, 특별한 손님이 오셨는데 추우실까 봐……

국장의 말은 변명투였으나 어느 정도까진 사실이었다. 자기 딴엔 상대를 배려한 행동이었음에도 막상 상대방이 뜨악한 분위기로 나오니 그로서는 적이 곤혹스러웠다.

— 국장님, 지금 때가 어느 땝니까. 주제넘은 얘기인진 모르겠으나 전시 총력동원에 물자가 부족한데 석탄 한 덩어리라도 아껴야 하지 않겠습니까. 더구나 국민계도에 앞장서야 할 언론, 방송기관인데요. 전선에서 멀리 떨어진 총후지역이라고 우리만 배 부르고 등 따습게 지낼 순 없죠. 이 순간

에도 북방 전선에서 혹한에도 용전분투하고 있을 우리의 황군 용사들을 생각한다면 말입니다.

주임은 소파에 앉아서 말하고 있었고, 국장은 부삽을 든 채 듣고 있었다. 어이없게도 주객이 전도된 상황이었지만 주임의 얘기는 틀린 구석이 없었다. 일개 수사주임으로부터 느닷없는 일장훈계까지 듣게 된 국장으로선 무안쩍을 뿐이었다. 국장이 어색하게 얼버무렸다.

— 아, 예! 그렇지요. 주임님은 역시 국가관이 확고하시군요.

— 나라의 운명이 나의 운명, 국가의 영광이 우리의 영광 아닙니까. 나는 오직 국가를 생각합니다.

— 아무렴요, 국가가 최우선이죠. 지금 국가적 비상시기에 석유 한 방울, 석탄 한 덩어리라도 에너지 낭비는 없어야겠죠. 그 점은 우리도 유념하고 있습니다.

국장은 얼렁뚱땅 받아넘기며 부삽을 도로 내려놓았다. 얼굴이 홧홧 달아오르는 게 단지 난롯불의 화기 때문만은 아니었다. 똑똑, 노크 소리와 함께 일본어 방송과장이 국장실에 들어온 건 그 잠깐의 멋쩍은 촌극이 벌어지고 난 뒤였다. 과장 역시 국장과 같은 카키색 국민복 차림이었다.

— 국장님, 부르셨습니까?

과장은 낯선 손님을 보고 주뼛주뼛하는 눈치였다. 국장이 손짓으로 과장을 옆자리에 불러 앉히고 주임의 방문 목적에 대해 간단히 알렸다. 과장은 대번에 놀란 눈빛이 되었다. 주임이 수첩을 뒤적이며 말했다. 그는 과장을 향해서는 더욱 고압적인 태도를 취했다.

— 지금부터 내가 거명하는 직원들에 대해 기본적인 사항 몇 가지 확인

해주시오.

— 예, 그러겠습니다.

과장이 앉은 자세로 허리를 굽혔다.

— 먼저 오시덕이라는 직원이 있지요?

— 예. 제2방송 기술원으로 주조정실 송출 업무를 하고 있습니다.

— 미국 이중국적자가 맞죠? 미국 이름이 스따……스따니, 오 스따니던데.

주임이 영어에서 발음이 들엉겨 붙는지 갑자기 말을 더듬었다. 오시덕의 영어 이름 '오 스탠리(Oh Stanley)'를 엉터리로 발음하면서 그나마도 혀가 꼬여버린 거였다. 일본식 말투의 된소리 영어 발음이 스스로도 우스꽝스럽고 어색했는지, 지금까지 거만스러우리만치 당당하기만 하던 그의 표정에 잠깐 무안한 기색이 스치기도 했다. 하긴 제국경찰의 투철한 길을 일념으로 걸어온 그였기에 본디부터 영어 따위엔 까막눈이나 다름없을 터였다. 게다가 이제는 전쟁으로 적성국 언어가 된 그놈의 미국말과는 아예 담을 쌓아왔을 테니, 그가 지금 '스탠리'를 '스따니'로 발음하는 몽매한 처사에 대해서 사실은 흉볼 것도, 시시비비할 것도 없기는 했다. 어쨌거나 그는 오시덕의 영어 이름까지 알아낸 걸로 보아, 이모저모로 뒷조사만큼은 미리 충분히 하고 온 노련한 수사관임에 틀림없었다.

— 미국 시민권이 있다는 사실은 알고 있었습니다만…….

— 그럼 방송국에선 그걸 알고도 채용했단 말이오?

— 그가 입사할 땐 미국과 관계가 좋았던 시절이라 그런 게 별로 문제가 되지 않았습니다.

― 그땐 그때고 지금이 문제 아닙니까? 이자는 상습적으로 미국방송을 밀청하는 미국 간첩이오. 우리 제국이 지금 미국과 결사항전을 치르는 중인데 이런 자를 방송국에 그대로 두고 있었다는 게 문제요. 도대체 미국 간첩놈을 데리고 방송한다는 게 말이나 됩니까? 방송국에선 그 정도의 현실감각과 판단능력도 없단 말입니까?

주임은 입으로는 과장을 힐난하며 눈으로는 힐끗 국장을 바라봤다. 과장보다는 오히려 국장을 향해 던지는 질책의 소리나 마찬가지였다. 국장은 난롯불에 얼굴이 벌게진 채 묵묵부답이었다.

― 방송과장님, 그리고 이자는 서양 야소교를 믿는 예수꾼이오. 우리 일본 민족의 신토(神道)를 모시지 않는 이런 자는 애초부터 충량한 황국신민이 되긴 글러먹었단 말입니다. 괘씸한 게 이것뿐이 아네요. 이자가 미국방송을 들으려고 집에서 사제 단파라디오까지 직접 만든 것 같은데, 과장님은 그런 낌새를 알았습니까?

― 제가 직장 상사이긴 합니다만 그런 개인적인 행동까진…….

― 모르시겠다? 방송국 고위층들이 이렇게 깜깜하다니!

주임은 과장이 하려는 말까지 가로채며 자꾸 기고만장해졌다.

― 좋소. 다음 정은석이라는 직원이 있지요?

― 예. 제2방송 기술직으로 입사해 현재 오시덕과 같은 부서에서 근무하고 있습니다.

― 이자도 스따니, 그 오 스따니와 함께 단파라디오 밀청 구락부 활동을 주도하고 있소. 평소 특이점을 발견하지 못 했나요?

― 예, 평소 그저 기계 속에 파묻혀 과묵하게 일하는 기술자입니다만.

― 이자도 사제 단파라디오를 소지하고 있는 것 같소. 알고 있소?

― 그건 잘 모르겠습니다.

― 양규영은 어떤 직원이오?

― 제2방송 편성원으로 방송 프로그램을 기획하고 제작하는 일을 하고 있습니다.

― 기획하고 제작하는 업무라면 중요한 직책 아니오?

― 그렇긴 합니다.

― 어떤 성향의 인물이오?

― 우리도 문제 있는 직원으로 평가하고 있습니다. 다소간 민족의식도 있는 걸로 보입니다. 지난번엔 방송금지 사항인 천기예보를 임의로 방송하다 시말서에 감봉처분을 받기도 했습니다.

― 그렇게 불온불령한 자에게 중요한 일을 맡겨왔군요.

― 우리도 그래서 다음 인사 때 지방근무나 송신소 발령을 낼 생각이었습니다.

주임은 과장의 말을 들으면서 연필로 뭔가를 수첩에 적어 넣기도 했다. 국장과 과장은 긴장한 표정으로 맞은편에서 그 모습을 지켜봤다.

― 박승이란 직원은 어떻소? 이자는 직접 마이크 방송을 하는 사람 아니오?

― 그렇습니다. 제2방송 조선어 방송원입니다. 사상적으로 별 문제는 없는 걸로 봐왔습니다만.

과장은 대답을 얼버무렸다.

― 평소 직원들의 동태를 잘 파악하셨어야지요. 문제없는 게 아니라 박

숭, 이 친구도 밀청 구락부원인 것 같소.

  — 그랬군요.

  — 경찰인 나보다 더 잘들 아시겠지만, 방송원은 마이크 앞에서 목소리
를 내는 사람이라 그만큼 위험성이 큰 것 아닙니까? 만에 하나 방송원이 생
방송에서 엉뚱한 헛소리라도 지껄이면 그게 전파를 타고 전 조선반도로 쫙
퍼져나갈 거 아닙니까. 얼마나 아찔하고 무서운 일입니까? 한번 뱉은 말은
주워 담을 수도 없고요.

  — 주임님, 그래서 우리도 수시로 조선인 직원들 정신훈화 교육을 해왔
습니다.

  이번엔 국장이 끼어들었다.

  — 그랬으면 뭐합니까, 이 지경이 됐는데.

  — 불미스런 일이 생겨 방송 책임자로서 유감입니다.

  — 홍, 죠센진이 제국의 방송원까지 됐으면 본분에 맞게 대본영 발표 뉴
스나 성실하게 보도할 일이지 무슨 딴 짓거리야!

  주임은 국장의 유감 표명엔 아랑곳하지 않고 혼잣말처럼 중얼거렸다.
그는 다시 수첩에 시선을 박으며 또 한 명의 이름을 댔다.

  — 그럼 가미야는 어떤 직원이죠?

  — 예? 가미야요? 그 사람은 2방송이 아니라 1방송 일본어 방송원인데
요?

  과장의 눈이 휘둥그레졌다. 제2방송 조선인들만 거명되다 갑자기 제1방
송 직원의 이름까지 나왔기 때문이었다. 가미야는 바로 자기가 데리고 있
는 직원이었다. 과장이 걱정스런 목소리로 주임에게 거꾸로 물었다.

― 가미야도 연루된 건가요?

― 아직은 내사 단계지만 조선인들의 비밀 구락부에 휘말린 것 같아요.

― 내지인으로서 그럴 리가…….

과장은 아연한 표정을 지으며 국장의 눈치를 살폈다. 자신의 직속 부하까지 사건에 관련되어 있다는 주임의 말이 믿어지지 않는 모양이었다. 국장도 몸 둘 바를 몰라 했다.

― 내 말이 그 말이오. 조선인들이야 그렇다 쳐도 내지인이 어찌해서 그들과 어울릴 수 있느냔 말이오. 대관절 가미야란 자가 누구요?

주임은 눈썹을 치켜세웠다.

― 예. 원래 조선에서 태어나 경성제대를 나와 방송국에 입사한 엘리트로…….

― 아아, 과장님, 그건 됐고요. 그런 신상명세서는 우리도 갖고 있어요. 우리가 알고 싶은 건 그 부모가 어떻게 해서 조선 땅으로 건너왔는지 하는 점이오. 혹시 들은 바 없습니까?

― 글쎄요. 부모가 초창기의 조선 이주민이었다는 것밖엔 아는 바가 없는데요.

― 하긴 하도 오래전의 일이어서 우리 경찰 자료에도 그런 건 정리돼 있지 않습니다. 그의 집안과 성장 배경이 궁금한데…….

― 가미야에게서 언젠가 얼핏 들은 얘깁니다만, 어머니가 일찍 과부가 되어 혼마치와 명치정 길바닥에서 어렵게 모찌떡, 소바국수 장사를 해서 자기를 키웠다죠. 그 정도만 알고 있어요.

― 흥, 백프로 순수 내지인도 아니고 경성 떡장수 아들인 주제에 출세했

군. 그러고도 제국의 은혜를 모르다니! 반쪽짜리 내지인인 주제에!

주임은 또 뭔가를 수첩에 적었다.

— 그럼 평소 근무태도는 어땠나요?

— 방송업무는 무난히 수행해왔습니다. 집단적인 것을 싫어하는 내성적 성향이라고나 할까요, 음악을 좋아하는 낭만적 성격이기도 하고, 좀 독특한 면이 있긴 하죠.

— 흠, 그런 썩어빠진 정신이 문제요. 이 비상시국에 어설픈 개인주의나 낭만주의에 젖으면 되겠어요. 제국의 방송원이면 국가적 사명감을 가지고 방송보국에 앞장서야 할 것 아닙니까. 도대체 내지인이 그따위 해외 데마 방송, 모략방송에 귀를 기울인다는 게 말이 됩니까?

— 설마 그러기야 했을까요? 음악과 예술 이런 걸 좋아하니까 혹시 서양 음악 나부랭이를 들었던 게 아닐까요?

과장이 가미야를 두둔해 말했다. 자기네 일본인 직원까지 사건에 연루되면 그로서도 골치 아플 뿐더러 면목도 없을 노릇이었다.

— 아무튼 나중에 조사해보면 알 일이고, 다음 묻겠소. 황채현은 누구요?

주임은 노련한 수사관답게 짚고 캐고 따졌다. 수첩 명단 하나하나를 대조해나가며 사상경찰의 깐깐한 면모를 보여주고 있었다.

— 황채현요? 편성원을 도와서 대본도 쓰고 극본도 쓰는 방송작갑니다. 글재주가 있어 보여 채용한 건데…….

— 보세요, 과장님! 글 쪼가리, 소설 나부랭이 그딴 건 내 관심 밖이고, 그러니까 황채현은 출입 외부인이죠?

― 그렇죠. 직원이 아니라 전속계약을 맺고 원고료를 받는 외부인입니다.

― 방송국에선 외부인을 아무나 받아주나요? 그 사람이 무슨 생각을 가졌는지, 어떤 성향인지, 그런 기본적인 신상조차 알아보지 않느냔 말이오.

― 저희로선 그게 좀 어려운 일이기도 하고 또 업무능력을 우선시하다보니까…….

과장이 말끝을 얼버무렸다.

― 이거 문제가 한두 가지가 아니군요. 방송과장님, 원래 그런 글쟁이연하는 자들이 정서가 분방하고 자유롭다보니 불온사상에도 쉽게 물드는 거 아닙니까?

― 글쎄요, 그런지 어떤지는 저로선 알 수 없는 일이고…….

과장은 주임의 견해에 선뜻 동의하기 어렵다는 의미로 다시 말끝을 흐렸다.

― 경성방송국은 전파 사상전을 수행하는 우리 제국의 중요 시설이잖습니까? 최전선이나 다름없단 말입니다. 방송국을 출입하는 외부사람들을 철저히 관리하셨어야죠.

― 죄송합니다. 그런데 황채현은 무슨 혐의인가요?

― 내사 중입니다. 아무튼 이자가 문젭니다. 방송국 내부와 외부의 불온세력을 연결하는 고리 역할을 하고 있어요.

― 고리 역할? 그런 엉뚱한 짓을 하고 있었군요.

― 그뿐 아녜요. 황채현을 배후에서 조종하는 인물이 또 있어요.

― 또요? 그것도 우리 직원인가요?

　국민복 차림의 국장과 과장이 나란히 귀를 곤두세웠다. 입성으로만 본
다면 그들이 점퍼 차림의 주임보다도 외려 기관원 같았다. 주임이 수첩을
다음 장으로 넘기며 답변했다.

　— 아니오. 이번엔 전직 신문기자요. 이필헌이라고 혹시 아시오?

　— 이필헌? 모르는데요.

　— 우리 직원이 아니어서 그나마 다행입니다.

　국장과 과장의 얼굴에 다소 안도하는 빛이 스쳤다. 자기네 직원의 이름
이 거명될 때마다 곤혹스러웠던 그들이었다.

　— 좋습니다. 거기까진 모르시겠죠. 이필헌, 이자는 이년 전 우리가 폐간
시킨 언문 신문의 기자였어요. 그때도 내가 그 사건 담당형사로서 힘들었
는데 지금 또 그 폐간지 기자가 말썽이군요. 이자 역시 미국유학파로 미국
물을 듬뿍 먹은 자요. 우리는 이자를 핵심 인물로 파악하고 있어요. 이자가
경성방송국에서 흘러나온 해외정보를 외부 불온세력에 직접 전파하고 있
어요. 전황뉴스와 국제소식들이 조선의 독립을 꾀하는 민족주의, 사회주
의 불령단체, 그러니까 좌익, 우익 진영 모두에게 흘러들어가고 있단 말입
니다.

　— 사태가 심각하군요.

　— 방송과 신문이 얽혔군요.

　국장과 과장이 한마디씩 거들었다.

　— 이제라도 감을 잡으시니 다행입니다.

　수사주임은 딱하다는 듯이 방송국 수뇌부를 잠시 응시했다. 그가 다시
말을 꺼냈다.

― 그런데 방송국에서 단파수신기 보안관리가 왜 안 되는 거죠?

국장과 과장의 얼굴에 다시 긴장감이 감돌았다. 주임의 질문이 방송국 관리책임 문제에 초점을 맞춘 것이었기 때문이다. 경찰의 수사 방향에 따라선 자신들의 책임 문제로 연결될 수 있다는 점을 그들은 알고 있었다. 그 부분에선 과장이 적극 해명하고 나섰다.

― 주임님, 우리가 보유한 단파수신기는 수시로 업무에 활용되는 방송 장비여서 관리에 애로점이 있습니다. 직원들이 함부로 손대지 못하도록 자물쇠를 채워두기도 하나 그 또한 어려움이 많습니다. 숙직할 때 간부들이 밤마다 숙직원들을 감시할 수도 없는 노릇이고요.

― 뭐, 애로사항이야 있다고 해도 그걸로 면책이 되겠습니까?

주임이 뻗대는 식으로 나오자 이번에는 국장이 사정 조로 말했다.

― 지금 세간에 불온언론 범죄가 극성을 부리고 있는데 저희 방송국까지 이런 사건으로 심려를 끼쳐 재삼 죄송스럽습니다. 모쪼록 선처 바랍니다.

― 아니, 방송국장님! 미국 간첩이 암약하고 불령분자들이 들끓는 방송국을 어떻게 잘 봐줄 수 있습니까?

주임은 핀잔먹고 머쓱해 하는 국장을 향해 마저 말을 해버렸다.

― 제 말씀 잘 들으세요. 문제는 단파라디오로 해외뉴스를 밀청하는 자들이 더 있다는 사실입니다. 지금 우리 고등계 형사들이 모두 사찰하고 있어요. 우리 제국경찰은 불온세력들을 분쇄함으로써 총후의 치안과 공공의 안보를 확보할 것입니다. 두 분에게 부탁드리는데요, 본격 수사에 들어갈 때까지 오늘 나눈 얘기들은 비밀에 부쳐주십시오. 해당 직원들을 평상시

처럼 대하란 얘깁니다, 아시겠죠?

다짐을 놓는 수사주임 앞에서 국민복 차림의 방송국 수뇌부는 묵묵히 고개만 끄덕였다.

— 그런데, 전국에 라디오가 얼마나 보급돼 있나요?

주임이 갑자기 궁금한 듯 물었다. 국장이 즉시 답했다.

— 삼십만 대 정도 등록돼 있습니다.

— 삼십만 대라…….

— 실제로는 그보다 훨씬 많을 걸로 추정됩니다. 청취허가 안 받고 몰래 도청하는 집들이 많거든요.

— 그렇겠죠. 어쨌건 삼십만으로 잡고, 한 집에서 예닐곱 명씩 듣는다면 이백만, 그 이백만이 이웃사람 두 명씩에게만 얘기를 옮긴다면 사백만, 그 사백만이 또……. 으음, 대단하군요!

주임은 제멋대로 어림잡은 계산을 내놓았다.

— 예, 조선반도 이천오백만 인구에 소식이 퍼지는 건 순식간이죠. 게다가 방송은 신문과 달리 속보성과 광파성이 있지요.

— 속보, 광파? 아, 그렇겠네요. 라디오 전파라는 게 삽시간에 하늘로 퍼져 날아간다지요?

주임이 다소 방송에 대한 무지를 드러내는 듯했다. 그 참에 국장은 전문가적 식견을 내보이려 애썼다.

— 그럼요. 그런데 놀라운 건 외국에선 라디오보다 더 새로운 매체가 등장했다는 점이지요.

— 라디오보다 더 새로운 거라니, 그게 뭔가요?

― 테레비라는 것입니다.

― 테레비요?

― 귀로 듣기만 하는 게 아니고 눈으로 볼 수도 있는 신매체죠.

― 아니, 라디오에서 사람 목소리가 나오는 것도 신기한데, 그럼 사람 얼굴까지 보인단 말인가요?

― 예. 가히 과학기술의 혁명이죠.

― 대체 그게 외국 어느 나라죠?

― 미국, 영국 이런 뎁니다. 몇 해 전에 테레비를 발명해낸 거죠.

― 우리 제국의 적, 그 미영귀축들이 말입니까?

주임의 눈살이 찌푸려졌다.

― 사실 우린 미영귀축으로 부르지만 그들의 과학기술 수준은 월등합니다. 라디오도 그쪽에서 들어왔잖습니까? 그런 점은……, 우리가 사실대로 인정하고 들어가야 할 것입니다.

국장은 그 대목에선 다소 머뭇거렸다. 혹여 주임의 비위를 거스를까 저어하는 표정이었다.

― 아니지요. 국장님의 그런 정신상태가 벌써 문제인 겁니다. 그러니까 방송국 직원들까지 다 그 모양이지요.

― 예?

아니나 다를까, 또 느닷없이 질책의 불똥이 튀는 상황이고 보니 국장은 어안이 막힐 지경이었다.

― 국장님, 한번 생각해보세요. 미영귀축 그 서양 것들이 과학기술이 앞섰다지만 우리 일본제국과 싸워 이길 수 있다고 생각합니까? 그들은 우리

를 못 이겨요. 그들은 정신력이 부족해요. 우리 제국 신민들의 결사정신, 옥쇄정신 이런 것을 당해낼 수 없다는 말입니다. 난 정신이 물질을 이긴다고 믿는 사람이거든요.

군국 경찰의 진면모를 드러내는 주임의 발언이었다. 국장은 그가 한심스러웠지만 내색할 수는 없는 노릇이었다. 그저 주임의 얘기가 이 이상은 심각한 쪽으로 흐르지 않았으면 하는 게 국장의 솔직한 심정이었다. 안 그래도 딱딱한 판에 공연히 대화 분위기가 과열되어 자신이 자꾸 곤란한 처지에 놓이게 되고 마는 상황을 어쨌든 피하고 싶은 것이었다. 국장은 주임의 흥분기를 가라앉혀 볼 요량으로 천천히 말을 돌렸다.

— 여담으로 꺼낸 테레비 얘기가 쓸데없이 길어져 유감이군요. 사실 테레비는 서양에서도 극히 초보단계이고 지금은 라디오가 대세입니다. 그동안 우리 제국의 라디오 방송도 얼마나 발전했습니까. 본토는 물론이고 조선, 만주, 대만 곳곳에 라디오 방송국이 세워졌잖습니까.

— 난 방송 전문가는 아니지만, 이거 하나는 분명합니다. 라디오든 테레비든 방송은 우리 제국의 원대한 목표인 대동아공영권 건설에 앞장서야 한다는 것 말입니다.

국장이 고개를 끄덕이며 주임의 말을 받았다.

— 물론이죠. 사실 우리끼리 하는 얘기지만, 조선총독부의 식민통치에 우리 경성방송만큼 기여한 매체도 없어요. 물론 신문도 있고 잡지도 있습니다만 효과 면에서 방송을 따를 순 없지요. 우린 그 점을 자부합니다. 우리 제국이 아시아 식민지에 방송국부터 세우는 이유도 그런 거 아니겠어요.

지금까지 죄송함과 유감의 뜻을 표명하며 저자세로 일관하던 방송국장이 모처럼 목에 힘을 줬다. 자신의 말에 슬쩍 공치사 한마디 끼워 넣는 것도 잊지 않았다.

— 그러고 보면 방송국장님이 우리 3만 제국경찰보다도 힘이 세고 총독각하보다도 영향력이 큰 셈이군요.

— 어이구, 무슨 그런 말씀을!

— 그런 막강한 힘을 가진 분이니 앞으론 좀 잘하시란 얘깁니다. 방송이 국가시책에 적극 호응해야지, 이렇게 내부에서 엉뚱한 물의나 빚어서야 되겠습니까? 아주 이건 방송국이 아니라 간첩과 불령분자의 소굴이에요, 소굴!

상대방을 추어올리는 것도 잠깐, 주임은 국장의 되살아난 기를 눌러버리려는 듯 다시 오금을 박았다. 방송 문외한인 자신 앞에서 은근히 젠체하는 태도가 아니꼽살스러운 건 둘째 치고 무엇보다 부하 직원들이 미국놈 스파이인지, 중국놈 앞잡이인지, 독립운동 하는 조선놈 끄나풀인지도 모르고 방송국장입네 하고 앉아 있는 꼴이 밉고 딱해 정말 침이라도 뱉어주고 싶은 게 주임의 부글부글 끓는 심사였다. 그러나 기분대로 할 수는 없는 노릇, 상대는 일개 수사주임인 자신과는 사회적 위상으로나 영향력으로나 비교가 안 되는 방송국장이었다.

— 지금 대체 전국의 방송국 직원 수가 얼마나 됩니까?

주임은 끈덕지게 국장을 물고 늘어졌다.

— 에, 우리가 통상 1천 사원이라고 말하니까 조선반도 전체로 천 명 가까이 됩니다. 중계소까지 포함해서요. 그중에 조선인이 7백 명, 우리 내지

인이 3백 명으로 구성비로 보면 7대3의 비율입니다.

국장의 보고는 자세하고 친절했다. 주임이 자신의 상관이라도 되는 듯했다.

— 조선인이 그렇게나 많아요?

— 좀 많긴 합니다만 대부분 하위직이거나 청취료 징수원 같은 단순직입니다. 주요 직책은 주로 우리 내지인들이 맡고 있어 운영체계의 문제는 없습니다.

국장은 의아한 표정을 짓고 있는 주임을 위해 다시 친절한 설명을 해야 했다.

— 그래도 그렇지, 방송국은 돈이 썩어 납니까? 제국 방송의 밥을 먹는 조선인이 7백이나 되다니요. 조선인이 그렇게 많으니 방송국이 이 꼴로 불온분자들의 아지트가 된 거 아닙니까?

주임의 끊임없는 닦달에 국장은 혼쭐이 빠질 지경이었다. 자세한 보고도 친절한 설명도 다 쓸데없었다.

— 1천 사원이라! 국장님, 그 많은 직원들을 다 끌고 가실 겁니까? 좀 솎아 내시죠. 특히 조금이라도 이상한 조선인들은 사정없이 잘라 내세요. 불온의 싹을 미리 자르란 말씀입니다. 방송 조직이 방만하다는 여론도 있던데, 인원 감축도 하고 그래야 하는 거 아닌가요? 제가 듣기론 요즘 방송국이 적자 운영이라던데…….

주임은 한낱 경찰관으로서 주제넘게도 방송국 경영 문제까지 간섭하려고 들었다. 국장이 이건 아니다 싶었는지 한마디 하고 나섰다.

— 주임님! 뜻은 알겠는데 말씀이 좀 과하십니다. 방송국 운영은 우리의

문젭니다. 적자 얘기도 현 시국을 도외시한 겁니다. 전시 비상방송 총력 체제인 지금 방송국이 수익만 따질 계제는 아니잖습니까. 우리도 여러 애로 사항이 있다는 걸 알아주시기 바랍니다.

명색 방송국 대표로서 하는 말이었다. 그로서는 부하인 방송과장을 의식해서라도 언제까지 주눅 잡혀 있을 일이 아니었다. 그런데 방자하던 주임은 웬일로 그 말엔 까다로운 토를 달지 않았다. 스스로도 월권적 발언이었다고 생각했는지 잠자코 있었다. 국장의 말이 타당하다고 여겨서도 그럴 것이었다. 그뿐더러 주임은 이제 용무가 끝났다는 듯 자리를 정리할 태세를 취했다.

— 국장님, 아무튼 협조 고마웠습니다. 끝으로 다시 한번 말씀드리지만 오늘 우리가 나눈 얘기들은 비밀입니다. 아시겠죠.

면구스러워 하며 고개를 숙이는 국장과 과장을 앞에 두고 마침내 주임이 자리에서 일어났다. 수첩과 연필을 챙겨 점퍼 안주머니에 찔러 넣고 일어서는 주임의 어깨 뒤편으로 창밖의 풍경이 비쳤다. 짧은 겨울해가 어느덧 기우뚱 서녘으로 기울어 있었다. 주임은 국장실을 걸어 나가던 맡으로 또 한마디 했다. 마지막까지도 그예 입을 놀리는 것이었다.

— 아, 국장님! 조개탄 아끼세요. 난롯불이 괄더라고요.

끝끝내 난로에 불 때는 문제를 걸고넘어지는 경기도경찰부 고등계 수사 주임 사이치로 경부였다. 이쯤 되면 부아가 치밀 만도 했지만 노회한 방송 국장은 비굴할 정도로 아무 내색을 하지 않았다. 아닌 게 아니라 더웠다. 사이치로 경부가 방을 나간 뒤에야 비로소 국장은 자신이 땀을 흘리고 있다는 걸 깨닫고 손수건을 꺼냈다. 땀을 흘리는 이유가 단순히 난로의 화기

때문만은 아니란 것도 그는 알고 있었다. 난롯불로 빚어진 촌극을 알 리 없
는 방송과장이 눈을 끄먹거리며 국장의 땀 빼는 모습을 바라보고 있었다.

*

스산한 연말 풍경에 시국의 빛깔이 배어 있었다. 정동 1번지, 방송국 고갯마
루에 부는 찬바람이 회색빛 송신안테나 철탑을 후리고 넘어갔다. 잠자코 쓸
쓸히 덕수궁 뒷담을 따르던 샛길이 가팔라진 언덕배기에서 방송국을 비껴
구세군사관학교와 덕수국민학교 모퉁이로 휘돌았다. 연말이면 호들갑스레
들뜨던 방송국은 그해엔 유독 잠잠했다. 방송국 언덕 아래 구세군에서도 자
선냄비 종소리가 울리지 않았고, 방학에 들어간 국민학교 운동장은 휑했다.
한 해의 끝자락에서 속절없이 박탈된 식민지 인생들이 숭숭 구멍 뚫린 가슴
을 부여안았다.

대동아전쟁 전만 해도 연말연시가 되면 방송국에선 제야의 종소리와 새
해 첫닭 울음소리를 방송하기도 하고 그랬다는데 이젠 다 옛말이었다. 우
리의 선배들이 쌀뒤주만 한 녹음기를 지게꾼에 지워 새소리, 맹꽁이소리를
녹음하러 산으로 들로 쫓아다니고, 소리 잘하는 권번 기생을 출연시키려
명월관으로 국일관으로 내닫곤 했다던 방송 초창기엔 그나마 낭만이라도
있었다. 그 시절 라디오는 요술부리는 신기한 소리통이었다. 지금은 라디
오가 죽음과 파멸의 요술을 부리는 세상이었다.

세기의 위대한 발명, 과학기술의 결정체, 문명이기의 총아라는 찬사와
각광을 받으며 라디오가 지구상에 처음 등장한 게 지금으로부터 이십여 년
전이었다. 그 사이에 어느덧 라디오는 전쟁을 수행하는 도구로 전파의 총
탄을 퍼붓는 무기가 되어 있었다. 일찍이 독일 나치의 괴벨스는 군사력을

218

제1의 전선, 경제력을 제2의 전선, 그리고 라디오 방송을 제3의 전선이라고 갈파했다는 거 아닌가. 사상전의 도구로서 라디오의 중요성과 유용성을 간파한 독일 나치는 이미 외국방송 청취금지, 단파수신기 몰수, 교란전파 발사 같은 일련의 조치들을 취하고 있다고 했다. 그러고 보면 지금 일본 제국은 독일 나치를 따라하고 있는 것이었다.

〈방송을 청취하는 조선 학도들이여, 그대들 앞에 황군의 영광스러운 길이 있음을 알고 있나요?〉

라디오는 군가와 사이렌 소리로 아침부터 저녁까지 요란했다. 나는 제국의 방송원으로서 마이크 앞에서 학병출정, 총후국민, 성전완수를 되뇌어야 했다. 매일같이 내 입에서 말들이 날뛸 때 나는 한낱 말하는 기계였다. 목젖을 거칠게 밀고 넘어온 말들이 마이크 속으로 사납게 빨려 들어갈 때 이미 내 언어감각은 마비된 것이었다. 말이 담고 있는 어마어마한 의미를 아무렇지도 않게 간과할 때도 있었다. 하루하루 말하는 기계가 되어가는 내가 두려웠다.

그 신랄하고 살벌한 계절 내내, 내 언어는 '소리의 탄환'이 되어 세상을 날았다. 무기공장에서 기계적 공정을 거쳐 제조되는 총탄처럼 내 언어 역시 소리의 탄환으로 만들어지기 위한 생산과정을 거쳤다. 나의 말은 순간적으로 음성신호에서 전파신호로 바뀌어 거대한 소리물결을 이루었고, 그 기계적 변조를 거치는 과정에서 말의 뜻은 백 곱절 천 곱절 증폭되었다. 내 언어가 피와 죽음을 부르는 총칼이 되어 날아다닌다는 건 두렵고 괴로운 일이었다. 그럴 때 나는 밀폐된 스튜디오 마이크 앞에서 소스라치듯 놀라 주위를 돌아보곤 했다. 가공할 소리의 탄환의 진원지인 스튜디오는 아이러니하게도 정적 그 자체였다. 늘 그러하듯이 공기의 흐름조차 멎은, 소리를 위해 침묵해야 하는 그 역설의 공간뿐이었다. 나는 그 밀실을 박차지 못했다.

쓸쓸한 연말, 방송국 마당의 앙상한 느티나무에 삭풍이 불 때 우리는 하염없었다. 써늘하기 짝이 없는 불길한 예감이 하루하루 우리를 휘감았다. 우리는 어떤 불행의 시간을 기다리는 사람들이었다. 우리에게 불행은 정해진 것이었고 다만 그것이 언제 닥칠 것이냐 하는 시기의 문제가 남았을 뿐이었다. 불행의 예고는 이미 가네야마를 통해 나온 것이었다. 지난번 가네야마가 단파라디오 밀청과 관련한 수사당국의 움직임을 내게 넌짓 흘려줬던 게 바로 그런 것이었다. 그러나 그의 귀띔에도 불구하고 막상 우리로서는 어떤 대비나 조치를 취할 방도가 없었다. 누구에게 미리 손을 쓸 수도 없는 노릇이고 수사망을 피해 지레 몸을 피할 것도 아니었다. 닥쳐올 순간을 각오하는 게 고작이었다.

한 해가 저무는 계절, 마음이 혼란스러운 우리는 명동 간따빌레 카페를 찾곤 했다. 겨울날 씁쓸한 커피 한 잔을 앞에 놓고 언제까지고 '글루미 선데이'를 들었다. 고즈넉한 침묵 속에 초조의 빛을 드리우며.

*

성탄절 저녁 근무를 끝낸 나는 운 좋게도 방송국 현관에서 택시를 잡아탔다. 때마침 방송에 출연하는 손님을 태워다 주고 막 방송국을 빠져나가는 빈 택시가 눈에 띈 것이었다. 바삐 가야 할 곳이 있던 나로서는 시간을 번 것이었다. 나는 서둘러 종로 2정목에 있는 오시덕의 집에 가야 했다. 거기서 성탄절 송년파티가 열리기로 되어 있었다. 택시는 엎어지듯 정동고개를 내려왔다. 달리는 택시 안에서 JODK 라디오 소리가 흘러나왔다. 가네야마 아나운서가 진행하는 뉴스방송이 나오고 있었다.

〈다음은 산업계 소식입니다. 조선 산업계의 1인자 화신백화점이 비행기 공장을 세워 군수사업에도 진출할 것이라고 밝혔습니다. 이로써 유사 이래로 조선반도에서도 고도 과학기술 집적의 총아라는 비행기를 생산할 수 있게 되었는바, 이는 천황폐하의 황은에 보답하는 조치로서…….〉

나는 뉴스 내용보다도 마이크 앞에서 한껏 상기된 얼굴로 뉴스원고를 낭독하고 있을 가네야마의 얼굴을 떠올렸다. 천황폐하를 말하는 대목에선 버릇처럼 공손히 머리를 숙였을 그의 모습도 그려졌다.

— 그럼 조선에서도 비행기를 만드는 건가요? 돈이 많이 들 텐데.

택시 운전수가 뉴스에 관심을 보이며 물었다.

— 글쎄요. 그 돈이 어디서 나오겠어요. 결국 우리 조선사람들의 피땀 아니겠어요.

내가 시큰둥한 반응을 보이자 운전수는 더는 말을 붙이지 않았다. 택시는 종로통을 향해 달렸다. 성탄절 풍경 따위가 있을 리 없는 식민도시 경성의 한복판이었다. 길거리는 사람도 차도 거칠 것이 없어 휑할 뿐이었다. 나는 종로 2정목 우미관 영화관 뒤편에 도착해 택시에서 내렸다. 오시덕의 집이 거기였다.

성탄절 저녁, 송년파티는 조촐했다. 기독교도인 오시덕이 성탄절을 송년모임의 날로 잡은 것이었다. 참석자는 양규영, 정은석, 그리고 나였다. 제2방송 조선인 직원들로 단파라디오를 함께 청취해오던 멤버였다. 송년파티라곤 하지만 마냥 먹고 마시고 떠드는 모임은 아니었다. 맥주나 한잔

씩 곁들여 저녁식사를 하면서 한 해를 회고하고 세상 이야기나 나누는 소박한 자리였다. 우리는 지금 파티를 즐길 만한 처지가 되지 못했다. 우리가 모여 앉은 거실엔 작은 크리스마스트리가 놓여 있었고 축음기에선 영어 노래가 은은하게 흘러나오고 있었다. 오시덕이 미국에서 돌아올 때 가져온 크리스마스캐럴 레코드판이라고 했다.

— 형님, 무슨 곡이죠? 예전에 들어본 것도 같은데.

내가 오시덕에게 물었다. 성탄축하곡이라는 건 알겠는데 곡명이 떠오르지 않았다.

— 사일렌나잇 홀리나잇(silent night holy night)!

오시덕의 영어 발음이 유창했다.

— 예전에 들어본 것도 같은데요.

— 고요한 밤 거룩한 밤이라는 캐럴이지. 요즘은 경성에서도 듣기 힘들걸.

오시덕이 잠시 눈을 감고 음악을 듣는 시늉을 했다. 가끔 속 모르는 주변 사람들로부터 '남산 신궁 참배나 하러 다닐 일이지 무슨 놈의 야소교 예수꾼 노릇이냐' 는 소리를 듣기도 한다는 그의 가정이었다. 지금 식민지 조선에서 서양 명절인 성탄절을 이 정도나마 쉬는 집도 드물 것이었다. 오시덕은 아내와 함께 기도했고 우리의 행복과 평화를 기원했다. 우리는 솔직히 서양의 성탄절 풍습에 대해 자세히 알지는 못했다. 일제 식민지 상황, 그것도 전쟁이 극단으로 치닫고 있는 군국 치하의 시절이고 보면 성탄절이라는 말을 꺼낼 분위기는 도저히 아니었다. 예수꾼도 신사참배를 하라며 순사들이 으름장을 놓는다는 얘기도 돌았다. 먼저 일본의 신을 참배한 뒤 교회

예배를 드리라는 것이었다. 연말이면 종로와 광화문통에 자선냄비를 걸고 모금의 종을 울리던 구세군사관학교도 올해는 침묵했다. 구세군은 우리와 번지수가 같아 방송국 바로 앞에 있었다. 구세군과 방송국은 비슷한 시기에 정동 1번지 고갯길에 세워졌는데 구세군 건물의 건축양식이 방송국에 비해 더 멋져 보인다며 우리 직원들이 부러워했던 기억이 있다. 지금 구세군은 당국에 비협조적이라는 이유로 머지않아 폐쇄될 거라는 소문이 나도는 터였다. 하기야 우리 방송국에서는 옥상에 일본 신토 사당을 꾸며놓고 아침마다 직원들에게 참배하도록 하던 시절도 있었다.

우리는 성탄 축하의 노래를 들으며 밥을 먹었고, 술을 마셨고, 얘기를 나눴다. 우리 중에 송년의 감회에 젖어 행복한 표정을 짓는 사람은 없었다. 축하의 노래는 울렸지만 우리는 무엇을 축하할 마음의 여유가 없었다. 우리는 경찰에 불려갈 거라는 걸 알고 있었다. 방송국 직원 중 어떤 이는 이미 경찰에 가서 조사를 받았다는 얘기도 들리는 터였다.

— 무슨 일이 생기더라도 우리 당당해지세. 주님이 보살피실 것이네.

연장자로서, 교인으로서 오시덕다운 말이었다.

— 난 집에서 듣던 단파수신기도 미리 없앴네.

— 선배님, 나도 땅속에 깊이 묻었어요.

정은석의 말이었다. 사제 단파라디오 수신기를 직접 조립한 그들은 지금 경찰조사에 대비하고 있었다.

— 저들이 바깥세상을 막아버리니까 우리가 해외방송에 귀를 기울이게 되는 것 아닙니까. 난 떳떳하게 경찰조사에 응하겠어요.

양규영은 대범한 편이었다.

― 나부터 우리 방송 못 믿겠어요. 점점 더 엉터리가 돼가요.

나도 맞장구를 쳤다.

― 마이크 앞에서 박숭 아나운서가 참 괴롭겠군.

오시덕이 내게 동정을 보였다.

― 총후보국, 방송보국에 지친 식민지 영혼들이죠.

나는 힘없이 대답했다.

― 우리 기술자들도 힘들어. 우린 전시 비상방송에도 동원되고 있어.

높은 천장에서 얼비치는 전등불빛에 오시덕의 안색도 어두웠다. 푸석푸석한 얼굴에 퀭한 눈이 깊었다. 크리스마스캐럴 음악은 여전히 은은했다.

― 요샌 야간 재밍까지 하느라 더 피곤해.

요즘 오시덕은 정은석과 함께 근무시간 외에 철야로 재밍(jamming) 즉 전파교란 방송에 동원되는 바람에 밤잠을 제대로 못 잔다고 했다. 전시 상황에서 중국, 소련 같은 적성국들이 보내오는 심리전 방송을 차단하기 위해 역으로 방해전파를 발사하는 일이었다. 재밍 수법은 무지막지스러웠다. 경성 시내 몇몇 곳에 마련된 비밀 송신시설에서 밤새도록 시끄럽고 불쾌한 레코드판 잡음을 송출하는 작업이었다. 그러니까 레코드판 위에 녹음재생 바늘을 고정시켜 놓고 계속 회전시키면 점점 홈이 패여 지글지글 끓는 소리를 내게 되는데 이 잡음을 다시 송신기에서 변조시키면 굉장한 소음이 발생했다. 이 소음이 적성방송과 동일한 주파수에 맞춰 송출되면 상대 쪽 심리전 방송전파를 차단할 수 있는 것이었다. 얼마 전 상부명령에 따라 경성방송 기술자들은 제1, 제2 방송 구분 없이 순번을 짜서 이 특별한 공작 임무에 나서고 있었다. 오시덕과 정은석은 연희방송소나 남대문, 용

산의 비밀 송출장소에서 철야로 이뤄지는 재밍 방송에 투입되고 있다고 했
다.

ㅡ 전파전이 치열하니까 우린 더 힘들어요. 이제 방송국은 총알이 아닌
전파가 빗발치는 전쟁터예요, 휴!

정은석이 한숨을 뱉었다.

ㅡ 도쿄 NHK 국제방송에선 재밍 차원을 넘어 본격적으로 미군 모략방
송을 시작했더군. 〈제로 아워(Zero Hour)〉라는 프로인데 남태평양 전선의
미군을 상대로 한 심야 심리전 방송이지.

ㅡ 선배님, 나도 얘기 들었어요. 도쿄 로즈라는 젊은 여자아나운서가 진
행한다는 그 방송 말이죠. 미군 병사들이 자기들을 헐뜯는 방송인데도 그
여자아나운서의 매혹적인 목소리를 듣고 싶어 안달이라지요?

오시덕의 말에 정은석이 알은 척하고 나섰다.

ㅡ 그렇다더군. 도쿄 로즈라는 애칭도 미군들이 붙였다는군. 일본계 미
국여자라는데 지금은 미국의 적이 된 비운의 아나운서지. 두 개의 조국을
가진 이민자의 운명이랄까, 한 조국엔 애국이고 또 한 조국엔 매국이 되는
거지.

ㅡ 좀 슬픈 얘기군요.

ㅡ 전쟁에선 별일이 다 일어나는 법이지.

ㅡ 자기들을 욕하는 방송아나운서를 좋아하는 병사들도 그러네요, 참!

정은석은 고개를 갸웃했다.

ㅡ 병사들의 그 심정도 알 것 같네요. 오죽하면 적군 방송을 하는 여자의
나긋한 목소리에 빠지겠어요.

― 죽음의 그림자가 어른거리는 전쟁터인데 누구나 불안하고 외롭겠지요.

이번엔 양규영과 내가 번갈아 끼어들었다.

― 그런데 난 말이야, 도쿄 로즈의 사연에 더 끌려. 처지가 나랑 비슷하더군. 그 여자도 조국 일본을 방문했다가 전쟁이 터지는 바람에 미국으로 돌아가지 못하고 방송 일을 하게 됐다는 거야. 그 여자나 나나 일본제국을 위해 방송을 하고 있으니 이젠 미국엔 돌아가지 못하는 신세가 된 거지.

오시덕의 낯빛에 짙은 그림자가 스쳤다.

― 국가, 민족, 인간, 사상, 대체 이런 게 다 뭘까.

오시덕의 어마어마한 혼잣말에 우리는 아무도 입을 열지 않았다. 사실 그의 처지에선 그런 말을 내뱉을 만도 했다. 지금까지 조선, 미국, 일본 세 나라에 걸쳐진 그의 삶이었다. 조선에서 출생하고 미국에서 성장하고 일본 식민지에서 살아가는 것이었으니, 그의 사십년 인생 자체가 판이한 세 국가의 판이한 환경에 의해 규율되어온 것이었다. 파란 많고 굴곡 많은 조선의 운명에 맞물려진 인생역정이었을진대 자기도 모르게 불쑥 튀어나온 지금 같은 혼잣말도 그의 입장에서 본다면 그다지 이상하거나 엉뚱한 건 아니었다.

― 얘기가 딱딱해졌군. 자, 우리 한잔 들지. 메리 크리스마스 해피 뉴이어!

오시덕은 부러 재미있게 영어 한마디를 덧달았다. 파티의 무거운 분위기를 덜어내려는 나름의 노력이었다.

― 송구영신합시다!

우리가 술잔을 들어 건배를 하려던 맡이었다. 쾅쾅쾅, 거칠게 대문을 두드리는 소리에 우리는 얼떨결에 건배의 잔을 다시 내려놓았다. 오시덕의 아내가 눈이 휘둥그레져 현관에 나갔다가 기겁을 하며 뛰어 들어왔다. 그녀 뒤로 시커먼 점퍼 차림을 한 대여섯 명의 덩치 큰 남자들이 따라 들어왔다. 점퍼들은 구두도 벗지 않고 우르르 거실로 들이닥쳤다. 거실 입구의 크리스마스트리가 한 사내의 구둣발에 채여 쓰러졌다. 우리는 아연해 앉아 있을 뿐이었다. 맨 앞장 선 중년의 가죽점퍼가 오시덕 쪽을 향해 떠들었다. 다짜고짜 날카로운 말투의 일본어였다.

— 당신이 경성방송 직원 오시덕, 오 스따니인가?

그는 예의 어색한 발음으로 영어 이름까지 들먹이며 다그쳤다.

— 그렇소만 당신들은 누구요?

오시덕의 목소리가 떨렸다. 옆에선 아내가 그의 팔을 잡고 역시 목소리를 떨었다.

— 누,누구예요?

— 경기도경 고등계 수사주임 사이치로 경부다. 오 스따니와 당신들 모두 조사할 게 있으니 우리와 함께 순순히 가주기 바란다. 해외 괴방송 밀청 및 유언비어 유포 혐의로 당신들을 체포한다.

— 으음…….

우리는 가느다란 한숨소리를 흘렸다. 하지만 우리는 담담하고 순순하게 행동했다. 각오한 대로 올 게 온 거였다.

— 오 스따니! 오늘이 당신네 야소교 명절이라지? 흠, 야소교 노래도 영어로 듣고 역시 미국 예수쟁이 집은 다르군.

사이치로가 비아냥거리며 크리스마스캐럴이 흘러나오는 축음기를 노려봤다. 식민지 조선의 기독교 가정에서 펼쳐지는 서양의 성탄절 풍경이 영 못마땅한 모양이었다. 그에게 신이 있다면 그것은 살아 있는 신, 아라히토가미(現人神) 즉 천황이었다.

— 어이, 저 영어노래부터 꺼버려!

그는 신경질적인 목소리로 옆에 있던 부하에게 명령했다. 그러자 좀 전에 크리스마스트리를 걷어차 넘어뜨렸던 가죽점퍼가 이번에도 우악스럽게 나서더니 축음기를 휙 꺼버렸다. 찌이익, 레코드판이 날카롭게 긁히는 소리를 내며 멈췄다. 캐럴도 멎었다.

— 동지 여러분, 갑시다. 가서 떳떳이 조사에 응합시다.

오시덕이 아내의 손목을 힘없이 밀쳐내며 먼저 일어섰다. 우리도 말없이 따라 일어났다. 성탄절 그 고요한 밤 거룩한 밤에 우리는 경찰로 향했다. 우리에게 메리 크리스마스와 해피 뉴이어는 없었다. 오시덕의 아내가 우리를 몇 발짝 뒤따라오다 말고 어둠 속에서 두 손을 모으고 기도하는 모습이 얼핏 보였다.

*

제국경찰의 본산, 경기도경찰부.

조선총독부를 우러르듯 그 앞편짝에 세워진 경기도경 이층 건물은 연말 광화문통의 을씨년스런 거리 풍경에 잠겨 스산한 분위기를 더했다.

해외 단파방송을 밀청한 경성방송국 제2방송 직원들이 속속 이곳 지하 유치장으로 끌려 왔다. 하룻밤을 자고 나면 새로운 얼굴들이 들어왔다. 우리는 유치장 창살 너머로나마 서로 눈인사를 주고받았다. 방송원, 편성원,

기술자, 사무원에서 청취료 징수원까지 방송국의 모든 직종이 망라되었다. 그들은 혼자거나 두셋이거나 아니면 그 이상의 무리로 끌려왔다. 집에서 잠자다, 스튜디오에서 방송하다, 길거리에서 전차를 타다, 그런 식으로 끌려왔다고 했다. 유치장이 갑자기 방송국 사람들로 넘쳐났다.

— 지금까지 우리 중앙방송국만 마흔 명이라는군. 지방 직원들도 부지기수고.

— 기계만 가져오면 여기서 방송도 하겠는걸.

— 방송국을 유치장으로 옮기면 어떨까.

와중에 누군가는 농담도 했다. 그러나 농담은 오래가지 못했다. 무지막지스러운 고등계 형사들이 우리를 맞이했으므로. 하루쯤 지나니 우리 중에 농담하는 이는 아무도 없었다. 농담의 '농' 자는커녕 농의 'ㄴ' 자도 꺼내는 사람이 없었다. 우리는 밤낮없이 취조를 받다 유치장으로 돌아와 널브러지곤 했다. 시도 때도 없이 목덜미에 떨어지는 목검 세례는 기본이었다. 누구는 고춧가루 물을 먹다 왔고, 또 누구는 천장에 매달려 비행기를 타다 왔고, 또 다른 누구는 전기에 감전되다 왔다.

사상경찰 사이치로 경부에 의해 우리는 이런저런 죄목을 쓰고 사상범이 되어갔다. 오시덕은 미국 간첩으로, 정은석은 중국 간첩으로 둔갑되고 있었다. 미국 자유의 소리 방송과 중경 임시정부 방송을 밀청하고 이를 모략 전파한 간첩이라는 것이었다. 두 방송기술자는 골백번도 더 같은 질문을 되풀이하는 사이치로 앞에서 진저리를 쳤다. 왜 해외 데마방송을 들었나, 왜 단파수신기를 만들었나, 어디다 단파수신기를 숨겼나, 미국 누구와 교신했나, 중국 누구와 내통했나……

사이치로는 특별히 오시덕에 대해서는 미국인 대접을 해줬다. '미국놈 예수꾼 오 스따니' '미영귀축 앞잡이놈 오 스따니' 라고 부르며 전쟁 중에 간첩죄는 사형감이라고 을렀다. 오시덕은 말끝마다 미국놈, 미국놈 하는 욕설은 둘째 치고 스따니, 스따니 하는 그 희한한 된소리 영어 발음이 귀에 거슬렸다. 아니, 저자는 스탠리라는 발음이 그렇게도 어렵나? 그 와중에 오시덕은 어처구니없게도 헛웃음이 나왔다. 소싯적 미국 양부모가 조선 양아들을 위해 몇날며칠을 고심해가며 지은 귀한 이름인데 일본 형사가 저다지도 엉터리없이 부르다니 매우 무람없는 짓 아닌가!

양규영과 나도 매일같이 반복되는 심문에 넌더리가 났다. 데마방송을 밀청한 목적이 뭔가, 밀청 구락부에 또 누가 있는가, 밀청한 데마를 누구에게 유포했나…….

사이치로와 그의 부하들이 백날 떠드는 소리였다. 어느 날은 다른 형사가 나를 취조했는데 처음부터 능글맞게 굴었다.

― 이거, 인기 아나운서님을 대하게 돼서 영광인데!

그의 일본말은 유창했으나 어딘가 모르게 본토 일본인들과는 다른 어감이었다. 말씨뿐만이 아니라 행동거지도 그렇고, 왠지 조선사람 같다는 느낌을 주는 위인이었다.

― 게다가 우린 구면이어서 더 반갑고, 흐흐!

그는 계속 느물댔다. 구면이라고? 나도 어디선가 본 듯한 얼굴이었는데 얼른 생각이 떠오르진 않았다.

― 아나운서 양반, 기억력은 별로시군. 벌써 잊으셨나, 깐따빌레?

그랬다. 지난 늦여름 장맛비가 내리던 일요일 저녁, 글루미 선데이의 피아노 선율이 흐르던 명동 음악카페 깐따빌레에서 본 얼굴이었다. 방송에서 날씨 얘기를 했다고 해서 우리 제작진이 시말서를 썼던 그날, 기분을 돌리기 위해 찾아간 우리의 단골 카페에서였다. 그때 혼자 구석자리에 앉아서 신문을 읽는 척하며 우리를 힐긋거리던 그 작자였다.

— 그때부터 우리를 사찰했단 말이오?

그는 내 말엔 대꾸조차 하지 않고 또 선웃음만 쳤다. 취조가 시작되자 그도 사이치로가 하던 소리를 되풀이했다. 언제 어디서 누구와 무슨 목적으로 어떤 내용의 해외 모략방송을 청취했나, 라는 심문. 나 역시 같은 소리를 녹음기처럼 되풀이해야만 했다. 방송국 숙직할 때 지루해서 동료와 재즈음악을 듣다가 국제정세가 궁금해 잠시 귀를 기울인 것뿐이었다, 라는 진술. 반복되는 문답이 피차간에 걸맞았다. 그는 자기가 같은 질문만 하는 생각은 안 하고 나더러 같은 답변만 한다며 화를 냈다. 사실대로 말하라며 막무가내에 우격다짐이었는데 그때 그의 표정과 말투는 확실히 조선인의 그것이었다. 그 순간 나는 그가 일본인이 아니라는 걸 확신했다.

— 당신은 조선인 형사시군!

그는 내게 의표를 찔린 듯 흠칫했다. 하지만 이내 제 자세로 돌아갔다.

— 흠, 눈치가 빠르시군. 방송국 다니면 다 그렇게 눈치가 빠른가. 그래 그게 어쨌단 거야?

역으로 나를 다그치는 게 그는 고등경찰다웠다.

— 일본인인 척하는 당신이 딱해 보여 그러오.

— 꼴에 누굴 걱정해! 뭐, 이리 됐으니 우리 그럼 이제부턴 조선말로 하자구!

그가 느닷없이 일본말 대신 조선말을 썼다. 그가 그렇게 나오니 나도 말을 바꿔야 했다.

— 이봐, 아나운서 양반! 내선일체, 모르나? 하긴 모르니까 이런 데 끌려오지. 도무지 취조관한테 건방지고 말이야. 아나운서라서 신사적으로 대하려 했더니 안 되겠군. 여기가 당신 말솜씨 자랑하는 방송국인 줄 알아?

그는 목에 핏대를 세웠다.

— 동족이 아닌 일본 형사의 취조를 받는 게 차라리 속 편하겠소. 동족으로서 당신이 연민스럽소.

— 역시 말쟁이군. 방송국을 말 공장이라고 한다더니, 말 공장 말쟁이가 입만 살아가지고! 물에 빠지면 주둥이만 동동 뜰 것들!

— 말 삼가오.

— 당신부터 삼가게 해주지. 그쪽은 말솜씨가 있는지 모르지만 난 이런 솜씨가 있지.

그가 갑자기 검은 가죽점퍼를 벗어던지며 일어섰다. 그러곤 내게 슬슬 자신의 고문 솜씨를 보여주기 시작했다. 그의 첫 솜씨는 내 오금에 목봉을 끼우는 것이었다. 그날 나는 다리뼈가 부러지는 줄 알았다. 그는 그 기술을 시작으로 내게 몇 가지 솜씨를 발휘했다. 목봉 하나로도 다양한 응용기술을 펼쳐 보였는데, 그것은 조선인 고등계 형사로서의 자질과 능력이 돋보이는 대목이었다. 나중에 소문으로 들어 알게 된 바, 그 형사는 자신에게 조선은 육신의 조국이요, 일본은 정신적 조국이라고 떠들고 다닌다는 사람이었으니, 그날 나는 용코로 걸린 것이었다.

그렇게 며칠이 지나갔다. 그동안 내 오금에는 두어 차렌가 더 목봉이 끼워졌다. 하지만 솜씨 좋은 고등계 형사들의 노력과 수고도 헛되이 나는 감옥에 가는 죄인까지 되진 않았다. 간첩도 못 되고 단파수신기도 못 만들고 외부와 내통도 못한 나는 결국엔 단순가담자로 분류되었다. 그나마 다행이랄까. 점점 중죄인이 되어가는 동료들 앞에서 염치없게도 다행스러운 일이라 말할 수 있을까만, 아무튼 내 혐의는 한결 가벼워졌다. 취미로 서양음악을 들으려고 단파라디오를 가까이했다는 증인의 구증까지 뒷받침되었다. 나중에 내가 훈방되고 나서 알게 된 일이지만, 나를 위해 결정적 증언을 해준 증인은 바로 가미야였다. 그 자신도 경찰조사를 받으면서 나를 적극 감싸고 나섰던 것이다. 즉 그는 자술서에서 '제1방송 방송원 가미야 본인과 제2방송 방송원 박숭, 양인은 평소 자주 어울리던 음악동호인으로, 단순히 재즈음악을 감상하기 위해 해외 단파방송을 밀청했다'고 일관되게 진술한 것이었다. 그런 가미야를 향해 형사들은 '내지인과 반도인 두 사람이 특별한 사이 같은데 제국의 원수인 미영귀축의 그 흐느적거리는 양악을 들으며 서로 사귀기라도 하는가? 그러고 보니 내선일체는 내선일첸데 어째 좀 이상한 내선일체군' 이라고 비아냥대며 모욕까지 줬다고도 했다. 가미야가 경찰에 들볶이면서도 끝까지 나를 옹호했다는 사실에 나는 한참 콧부리가 시큰했다. 그는 왜 나를 지켜주려고 했을까.

　당시 나는 가미야가 경찰에 체포돼 조사를 받고 있다는 사실도 유치장에서 뒤늦게 알았다. 나보다 며칠 뒤에 연행되어 온 동료직원을 통해서였다. 나는 그 직원을 붙잡고 물었다.

　― 아니, 가미야도 잡혀왔나요? 언제죠?

　― 박숭 씨 당신 일행이 끌려간 다음날이었지요.

— 그럼 지금 가미야는 어디 있죠? 여긴 없는 것 같은데요.

— 여기가 아니라 종로경찰서래요.

— 왜 따로 조사하는 걸까요?

— 조선인들의 불미스런 사건에 일본인까지 연루되니까 조용히 처리하려는 거겠지요. 일본경찰도 쉬쉬하는 눈치래요.

제1방송 일본인 직원 중에 몇몇이 참고인 자격으로 경찰에 출두하긴 했으나, 피의자 신분으로 연행된 건 가미야 혼자뿐이라고 했다. 그러니까 경찰은 자국인인 가미야에 대해서는 우리와 달리 경기도경찰부가 아닌 종로경찰서에서 별도로 조사를 진행하는 모양이었다.

유치장에서 나는 별난 취급도 받았다. 간수들이 나를 유다르게 다루는 것이었다. 취조를 받고 몸과 마음이 파김치가 되어 유치장으로 돌아오면 간수들이 가외로 괴롭혔다. 그건 내가 다른 직종의 직원들과 달리 아나운서였기 때문이다. 그들의 눈엔 방송 아나운서가 신기한 사람이었다. 아직도 라디오를 요술부리는 소리통으로 여기는 사람들이 많듯이 유치장 간수들도 아나운서를 말재주 부리는 요술쟁이쯤으로 알고 있었다. 그들은 내가 자기들 앞에서 천의 목소리를 내는 아나운서가 되길 요구했다. 간수부장은 불쑥불쑥 내게 신문지를 들이밀며 뇌까렸다.

— 그 신문기사 좀 뉴스 하는 식으로 읽어봐!

다른 고참 간수도 지껄였다.

— 경성그라운드 축구경기 중계하는 식으로 해봐!

마지못해 몇 마디 입을 여는 내 앞에서 간수들은 낄낄댔다.

— 야, 이거야말로 생방송이네! 실제 목소리가 더 낫구먼.

― 아니지, 방송 목소리가 더 나은 것 같은데.

간수들은 실없이 티격태격했다. 그들의 요구를 거부하는 날은 저녁을 굶어야 했다. 그런 날 밤 나는 비애로 공복을 채웠다.

그러던 어느 날 사이치로 경부가 나를 불러 뜻밖의 소식을 알렸다.

― 박숭, 당신 운 좋은 줄 알아. 우리 제국경찰은 당신에 대해 범죄의 정상에 참작할 만한 사유가 있다고 판단하여 특별 훈방 조치한다. 금후로는 개전의 정을 보여 제국 방송원의 본분을 망각하지 말아야 할 것이다. 아울러 대동아 황민권 방송에 일로매진, 방송보국 사명을 완수함으로써 이번에 범한 죄과를 스스로 씻도록!

12월 31일, 그해 마지막 날, 나는 연행 칠일 만에 단순가담자로 분류된 몇몇 직원들과 함께 경기도경찰부 유치장에서 풀려났다. 지하실 유치장에서 송구영신하게 될 여러 동료들을 뒤로 한 채. 오시덕, 정은석, 양규영이 퉁퉁 부은 얼굴에 창백한 웃음을 묻히고 내게 손을 흔들어줬다. 나는 그들을 똑바로 바라볼 수 없어 고개를 떨구었다. 그들은 엄청난 죄목들을 뒤집어쓰고 있었다. 몸도 추스르지 못하는 그들이 그 무거운 죄목에 깔려 감당이나 하려나. 그들은 긴긴 영어의 시간을 보내야 할 것이었다. 어두운 날들에 만난 그대들이여, 햇살 눈부실 날의 만남을 위하여 모두모두 안녕하길.

같은 날 가미야도 종로경찰서에서 나왔다. 그날 사이치로는 친히 경찰서를 찾아 가미야에게도 준엄하고 장황한 질타를 퍼부었다.

― 가미야, 당신은 나와 같은 내지인으로서 조선인을 선도해야 마땅함에도 불구 조선인들의 사건에 연루되었다는 사실에 제국경찰로서 분노와 수치를 금할 수 없다. 그러함에도 당신이 내지인이라는 점과 혐의가 단순

하다는 점을 감안, 상부 방침에 따라 특별히 석방의 은전을 베푼다. 향후 방송을 통한 국가 사명의 수행에 가일층 분발, 황국신민의 견마지로를 다함으로써 천황폐하께 지은 대불경죄의 과오를 씻어야 할 것이다. 조선인도 아닌 내지인이 일본제국의 국체를 부정, 배반하는 행위는 절대 용서 못한다. 그따위 썩어빠진 정신을 가진 내지인은 더 이상 우리 야마토 민족이 아니다. 그런 자는 내 손에 죽을 것이다. 명심하도록!

그날 12월 31일, 정동고개에 매서운 눈바람이 불어 세모의 풍경이 더 사납던 저녁나절, 나와 가미야는 다시 방송국에서 만났다. 우리는 며칠 새 해쓱해진 얼굴로 서로를 한동안 응시했다. 한 해의 마지막 날이 저물고 있었다.

— 슝! 정말 다행이군요.

— 가미야 자네도.

— 나는 내지인이어서 빨리 풀려났을 겁니다.

— 일본사람이 조선인들과 어울렸다는 사실을 경찰도 덮고 싶었겠지.

우리는 서로 안도의 눈빛을 교환했다.

— 가미야, 정말 고마웠네!

— 나만 나오고 당신은 못 나왔다면 내가 괴로웠을 겁니다.

— ……!

가슴이 뻐근했다. 그에게 다시 한 번 고맙다는 말을 하려다 가까스로 삼켰다. 가미야, 우리는 왜 이 모순의 시절에 만난 고단한 청춘들인가.

— 슝! 이젠 재즈도 못 듣고 새해도 암담하겠군요.

— 깐따빌레에서 글루미 선데이나 들어야겠지.

*

새해 연초에 우리는 시릿한 가슴을 안고 방송 현업에 복귀했다. 원래대로 나는 제2방송, 가미야는 제1방송으로. 우리는 제국의 방송원으로 또 마이크 앞에 앉아야 했다. 해가 바뀌었다고 해서 스튜디오가 달라질 건 없었다. 여전히 갑갑한 스무 평 남짓의 공간, 정지된 공기의 흐름에 숨이 멎을 것 같은 밀실. 우리는 그 익숙하고도 낯선 공간에서 다시 말하는 기계가 되어 갔다. 아침부터 저녁까지 되풀이되는 똑같은 말, 말, 말…….

나는 내 입이 하는 말을 믿지 않았다. 그것은 이미 내 말이 아니었다. 날카로운 메시지를 담아 한순간에 전파로 바뀌어버리는 그것이 내 입에서 나온 말이라 할 수 없었다. 칼끝 같은 이즘(ism)을 앞세운 선전선동의 음성신호일 뿐이었다. 그때 내 입은 한낱 그 신호를 발생시키는 도구였다. 사상을 선전하고 이념을 선동하는 나의 말은 날이 서 있었다. 그것은 매일같이 벼려져 전파에 실렸다. 전파는 사람들에게 사나웠고 무차별적이었다.

방송전파, 그 바람의 소리가 어찌하여 변했는가. 부드러운 그 바람의 소리는 어디로 갔는가. 광풍의 소리가 몰아치는 스튜디오 공간에서 나, 박숭은 하릴없이 삭막한 존재였다. 다시 돌아온 스튜디오는 여전히 살벌했다.

스튜디오 정면 유리창에 방송 개시를 알리는 빨간 램프불이 켜질 때 나는 그 불빛을 똑바로 쳐다보지 못했다. 빨갛다 못해 섬뜩한 핏빛의 램프불이 나를 노려보는 것 같아서였다. 애써 램프를 외면하고 떠들 때 내 목울대가 가늘게 떨렸다.

〈제이·오·디·케이, 고치라와 게이죠 호소교쿠데스!〉

〈제이·오·디·케이, 여기는 경성방송국입니다!〉

새해가 밝고도 경찰의 단파라디오 밀청 사건 수사는 계속되었다. 아니 도리어 본격적인 수사로 확대되는 양상이었다. JODK 경성중앙방송을 필두로 전국의 방송국에서 검거선풍이 불었다. 단파라디오 밀청자들이 연일 경찰에 끌려갔다. 아나운서, 편성원, 기술자, 사무원, 누구라 할 것 없었다. 라디오 청취료 수금원과 라디오상점 주인도 붙들려갔다. 직원들이 잡혀가 텅텅 비어버린 방송국에선 저절로 마이크가 꺼졌고 송출이 멎었다. 달랑 직원 세 명이 근무하는 어느 산골의 방송중계소는 세 사람 모두 단파라디오를 엿듣다 끌려가는 통에 아예 문을 닫아걸었다. 아무도 없는 산골 중계소를 혼자 남은 개가 밥을 굶고 지켰다. 제2방송이 사라지는 건 시간문제로 보였다.

새해 벽두부터 제2방송 아나운서 가네야마는 우거지상을 하고 다녔다. 가네야마는 당연히 단파라디오 사건에 연루되지 않았으니 경찰에 불려가지도 않았고, 방송국에서는 여전히 타의 귀감이 되는 모범사원이었는데도 말이다. 어쩌다 사무실이나 복도에서 마주치기라도 하면 그에게서 찬바람이 일었다. 그의 차갑고 냉담한 태도는 지난 가을 우리에게 경찰수사 낌새를 귀띔해주던 때와는 다른 것이었다. 그때 자기가 미리 암시를 줬는데도 끝끝내 반제국주의적인 행동을 하다 경찰조사를 받고 나온 우리에 대해 어쩌면 그는 고소를 금치 못할 뿐더러 속으로는 경멸의 삿대질을 할지도 모를 일이었다. 가네야마라는 이름의 일본 제국주의자로 살고 싶어 하는 그의 눈에 우리가 곱게 보일 리 없었다. 가네야마는 특별히 가미야에 대해서는 실망의 빛을 넘어 반감을 드러냈다. 일본인으로서 조선인들과 밀모해 반제국적 책동을 자행한 가미야를 도저히 이해할 수 없다는 태도였다. 그는 군국 경찰 사이치로 경부와 같은 생각을 하고 있는 것이었다.

가네야마는 한술 더 떠서 단파라디오 사건을 계기로 제2방송을 아예 폐지해야 한다는 주장을 했다. 반제국주의 음모를 획책함으로써 불온의 온상이 된 제2방송을 제1방송으로 통폐합시키는 것이 마땅하다고 공공연히 떠들었다. 그것은 방송의 내선일체를 이루는 의미도 있다고 목소리를 높였다. 다혈한인 그의 성격을 감안한다고 해도 터무니없을 수밖에 없는 주장이었다. 그 맹랑한 주장 속에 그의 다른 본색이 감춰져 있지는 않은 걸까. 제1방송에서 일하고 싶어 하는 그의 개인적 여망을 드러낸 발언일 수도 있지 않겠는가. 뜻도 손발도 맞지 않는 제2방송 조선인 동료들과는 함께 일할 수 없을뿐더러 자신의 소신, 야망, 이상 따위를 펼치기 위해서는 일본어 제1방송으로 옮겨가야 한다고 믿고 있는 그였다. 그의 주장이 아니더라도 이미 제2방송은 개점휴업 상태나 다름없었다.

내가 얼마 뒤에 알게 된 사실이지만 가네야마가 정초부터 우거지 인상을 쓰고 다니는 데는 두어 가지 다른 이유가 더 있었다. 그 하나는, 지난 연말 정기인사가 이뤄지지 않은 것에 대한 실망 내지는 불만이었다. 가네야마는 제1방송으로 자리를 옮기고 싶어 인사권자인 방송국장까지 찾아가 청탁을 해온 터라, 내심으로는 연말에 예정된 정기인사에 큰 기대를 걸었던 모양이었다. 인사권자의 내락도 받아놓은 상태 아니었던가. 그런데 하필이면 그때 단파라디오 사건이 터져 방송국이 쑥밭이 되는 바람에 연말 직원인사 계획은 무기한 연기되고 만 것이었다. 방송국장으로서는 자칫 자신의 목이 날아갈 판인데 직원 인사고 뭐고 생각할 겨를이 없었던 것이다. 방송 간부들이 다들 그 사건에 코가 빠져 감독기관인 총독부 체신국은 물론 수사기관인 경성지방검사국과 경기도경찰부를 찾아다니며 허리 굽혀 사죄를 드리고 선처를 부탁하기에 바쁜 판국이었다. 그런 마당에 방송국장의 인사권 행사라니 그게 가당한 노릇인가. 아무리 인사발령에 대한 기대감이 굴뚝같았다고 한들 가네야마로서는 냉가슴 앓듯 끙끙대는 수뿐이었으니 심기가 있는 대로 뻗친 것이었다.

또 하나는 그가 사모하는 아키코에 관한 문제였다. 제1방송 편성원인 아키코, 그녀가 누구던가. 그의 끈질긴 구애작전에도 끄떡하지 않았던 그 도도한 일본 여인 말이다. 사실 그가 제1방송으로 가고자 했던 이유의 하나도 바로 그녀 아니었던가. 그녀와 같은 부서에 배치돼 그녀와 함께 일하게 되면 좀 더 적극적인 구애 공세를 펼 수 있을 것이고 그러다 보면 그녀의 마음을 얻을 기회도 잡게 될지 모를 일이었다. 그는 그녀와 제1방송 스튜디오에서 함께 방송하는 행복한 꿈을 꿨을 것이다.

— 사랑하는 아키코! 편성원인 그대가 프로그램을 제작하고 방송원인 내가 그대의 프로를 진행한다면 내 가슴은 그 얼마나 뛰놀 것인가. 그럴 수만 있다면 언젠가는 틀림없이 당신의 사랑도 내게로 돌아오겠지.

그는 생각만 해도 꿈에 부푼 나머지 혼자서 그런 헛소리를 늘어놓기까지 했던 것이다. 하지만 그건 말 그대로 꿈이었다. 그녀의 사랑이 돌아오기는커녕 멀리 떠나고 있었다. 지난 연말, 그러니까 우리가 경찰에 끌려가 고생하고 있던 무렵에 가네야마는 허망하게도 아키코에게 실연을 당한 것이었다. 그는 인사발령이 나면 그녀를 초대해 근사한 송년 축하파티를 벌일 계획이었는데 그것도 다 허사가 된 거였다. 연말에 그녀는 그의 정중한 송년파티 초대를 일언지하에 거절했다. 무참하게도 그녀는 충격 발언까지 했다. 자기에겐 결혼 상대자로 만나는 다른 남자가 있다고. 그것은 실로 그녀의 잔인한 연말 선물이었다. 가슴 시린 실연을 당한 그가 이제 할 일은 송년파티 행사 무산에 따른 몇 가지 뒷수습이었다. 그녀와 함께 갈 생각이었던, 도쿄 가극단의 경성 특별초청 공연이 곁들여지는 조선호텔 호화 디너쇼 예약을 위약금까지 물으며 취소해야 하는 일이었다. 그녀에게 줄 생각이었던, 미쓰코시 백화점의 시세이도 고급 화장품 선물세트 상품권을 환불해야 하는 일이었다. 그녀와 함께 볼 생각이었던, 종로 우미관의 연말 개봉 특선대작 영화 입장권을 도로 물러야 하는 일이었다. 영화표 그까짓 것은 물릴 거 없이 그냥 발기발기 찢어버려도 그만이었다.

*

경성의 무망한 봄은 오는 게 더디기까지 했다.

전직 신문기자 이필헌과 방송작가 황채현이 경찰에 체포된 건 봄이 더디게 오던 그 무렵이었다. 오시덕, 정은석, 양규영에 이어 그 두 사람까지 체포되면서 우리의 해외 단파라디오 청취 구락부 활동도 끝이 났다. 우리의 귀에서 워싱턴, 런던, 파리, 로마, 중경, 블라디보스토크의 소리는 사라졌다. 전황 뉴스도 재즈 음악도 더는 들리지 않게 되었다. 구락부는 자연 해체되었다. 고등계 수사주임 사이치로 경부의 표현대로라면 '일망타진'이었다. 하지만 제국경찰은 하늘을 타고 흐르는 소리의 전파까지는 일망타진하지 못하고 있었다. 일망타진이라니! 그 망이 헤엄치는 물고기나 한꺼번에 잡는 그물일지는 모르되 어찌 그 도도한 소리물결을 한 번에 잡는 그물일 수가 있겠는가. 그런 면에서 사이치로 경부, 아니 제국경찰은 아직 전파의 세계를 알지 못하고 있었다.

먼 다른 세상에서 들려오는 소리의 전파는 눈에 보이지도, 손에 잡히지도 않았다. 그 소리물결들은 오로지 한 가지 소리밖에 흐르지 않는 식민도시 경성의 상공을 엄습하고 있었다. 모름지기 방송전파란 하늘에서 뿌려지고 하늘로 흩어지는 신비의 세계였다.

천연덕스러운 봄빛이 야속하던 어느 날, 방송국 마당의 느티나무 아래에서 가미야가 내게 조용히 말했다.

— 숭, 가끔씩이라도 우리 곁을 떠난 동료들의 집에 쌀이라도 보내죠. 가족들은 먹고살 게 있어야 하지 않겠어요.

내가 미처 생각지도 못한 말을 가미야가 하고 있었다. 나는 천천히 고개를 끄덕였다. 내가 가미야에게 가슴 따뜻한 일본사람이라고 쑥스럽게 말했더니 그는 더 쑥스럽게 웃었다.

그 봄, 나는 동료들이 떠나간 뒤 하릴없는 처지가 되어 정동 1번지 경성방송 고갯길을 오르내렸다. 내가 출근하는 그 오르막길로는 곧잘 짙은 안개가 끼곤 했다. 그런 날엔 숫제 가까운 데도 뵈질 않아 방송국 2층 건물로 솟은 안테나 철탑만이 뾰족할 뿐이었다. 아침나절에도 늦은 안개가 피어 방송국 언덕바지까지 차오르는 날이 많았다.

〈2권으로 이어집니다〉